publication PN°1
Bibliothek der Provinz

Franz Zalto VERSTOSSENE ENGEL

oder WIE DIE LESERIN UND DER LESER SICH GEWUNDERT HABEN, AUF EINMAL IN EINEM TIERKREISROMAN ZU SEIN

herausgegeben von Richard Pils

ISBN 3 85252 554 3

A-3970 WEITRA 02856/3794

printed in Austria by Janetschek A-3860 Heidenreichstein

Die Kenntnis der direkt und indirekt in den Roman eingeflossenen astrologischen Zusammenhänge verdankt der Autor seiner ausgiebigen Beschäftigung mit den Lehr- und Seminarbänden Wolfgang Döbereiners (Verlag Döbereiner, München).

Die Zitate aus Dantes »Göttlicher Komödie« sind der Übersetzung von Ida und Walther von Wartburg entnommen (Manesse Verlag, Zürich).

Es war Markttag im ehemaligen Deutsch-Westungarn, wird der Leser später zu Protokoll geben. Unter einem Sonnenschirm, ein wenig abseits von den anderen Verkaufsständen saß an diesem Vormittag ein Mann, nicht mehr jung und noch nicht alt. Er trug einen blauweiß gestreiften Pullover, eine weite Stoffhose und keine Schuhe. Vor sich hatte er auf einem schwarzen Tuch seinen tragbaren Computer aufgestellt und daneben etwas, das auf den ersten Blick aussah wie eine altmodische Taschenuhr, anstelle der Stunden und Minuten aber astrologische Koordinaten und Gestirnsstände anzeigte.

Er arbeite, sagte der Mann, ohne daß wir ihn ausdrücklich danach gefragt hatten, an einer Art Tierkreisroman. Etwas, das die Welt noch nicht gesehen habe, obwohl es eigentlich naheliege in einer Zeit, in der die Astrologiegläubigkeit beinahe schon wieder mittelalterliche Ausmaße annehme.

Der Hauptunterschied zum herkömmlichen Roman bestehe darin, daß im Tierkreisroman weniger psychologisiert werde und die einzelnen Abschnitte statt nach Kapiteln nach Tierkreisgraden geordnet seien, beginnend mit dem Frühlingspunkt. Der Frühlingspunkt oder

0° Widder

sagte der Mann, das ist der Anfang und das Ende und alles, was nach dem Anfang war und vor dem Ende sein wird: die vollständige, von keiner Gegenwart zusammengehaltene oder auseinanderdividierte Vergangenheit und Zukunft der Welt. Stammvater Moses, von der Mutter in ein Kästlein aus Rohr gelegt, treibt weinend im Schilf am Ufer des Nils, und die Urenkelin meiner jüngeren Tochter, die sich zum hundertsten Jahrestag des Ausbruchs des dritten Weltkriegs eine Ägyptenreise gewünscht hat, geht hinab, weil sie baden möchte im Fluß. Aber der Fluß ist verschwunden und am anderen Ufer eines anderen Flusses, vermutlich die Elbe bei Wittenberg, steht der Bibelübersetzer Martin Luther, reißt sein großes Maul auf und schreit DIE NEUZEIT IST ERÖFFNET, LIEBE BRÜDER UND SCHWESTERN!

Die Neuzeit ist beendet, du alter Schweinepriester, tippe ich in die Computertastatur, und die noch ungefügte Zeit auf 0° Widder bringt es mit sich, daß wir beide recht haben.

1° Widder

Das ist der Anfang vom Übergang aus dem Nochnicht in das Jetztabergleich, die Brücke aus dem Keinerhatsgesehn in das Daschauher: DA SCHAU HER! ruft der Reformator L. vom anderen Ufer eines anderen Flusses, vermutlich die Donau zwischen Aschach in Oberösterreich und Passau in Niederbayern, hebt seine Mönchskutte ein wenig auf und tausend kleine Schweinepriester kommen zum Vorschein, deren einziger Lebenszweck es ist oder war oder sein wird, das von Luther gespaltene Abendland noch einmal zu spalten. Bevor die kleinen Schweinepriester Zeit haben, sich zu sammeln, in die Donau zu springen und zu mir herüberzuschwimmen, mache ich einen Punkt und rette mich auf

2° Widder

wo glücklicherweise sofort der Wecker läutet, ach nein, es ist das Telefon. Es ist Kollege Grillparzer, der für den kommenden Herbst eine gemeinsame Lesung in Wien organisiert hat und höflichkeits- oder auch interessehalber fragt, woran ich gerade arbeite.

Ich arbeite an einer Art Tierkreisroman, antworte ich wahrheitsgemäß. Vorgestern habe ich angefangen, vorvorgestern in einem Jahr werde ich fertig werden, sofern die Götter mir Gesundheit schenken und der für den Ausdauerbereich zuständige Erzengel das nötige Sitzfleisch. Er selber, sagt Grillparzer, habe seit Weihnachten kein Wort geschrieben; was auf den Tierkreis übertragen seit ungefähr 0° Steinbock bedeutet.

Heute, den 23. März, geht die Sonne, mag sie im Weltraum auch stillstehen, im Tierkreis wie an jedem 23. März von 2° auf

3° Widder

und ich, da ich offensichtlich nichts besseres zu tun habe, gehe mit. Das heißt, ich schreibe den Tierkreisgrad hin, der dem Sonnenstand des heutigen Tages entspricht. Würde ich statt 3° Widder 24. März hinschreiben, wäre es im Prinzip das gleiche, in Wirklichkeit aber etwas ganz anderes. Meine Aufmerksamkeit, würde ich 24. März hinschreiben, wäre allzu leicht abgelenkt vom Schneesturm vor dem Bürofenster oder von den stündlich hereinkommenden Nachrichten, das Übergehen der Donau in Oberösterreich betreffend, an deren linkem Ufer ich seinerzeit aufgewachsen bin. Und der anmaßende Augustinerpater Dr. Martin L., der den Leuten ihre Verbindung zum Himmel abgeschnitten hat, so daß sie heute zum Psychotherapeuten gehen müssen, wenn sie geistigen Beistand brauchen, käme schon wieder ungeschoren davon.

Wenn dich jemand fragt, lieber Grillparzer, wem es denn zu verdanken ist, daß die Flüsse heute Kanäle sind und die Hochwasser schlimmer als zur Zeit, als sie noch Flüsse waren, so gib ihm zur Antwort: Der Reformator L. ist zumindest nicht unschuldig daran. Hätte er seinerzeit darauf verzichtet, das Heilige madig zu machen und das Nützliche heilig zu sprechen, wäre später niemand auf die Idee gekommen, es könnte erlaubt sein, auch nur ein einziges Flußbett zu begradigen.

4° Widder

gleichzeitig 25. März, Palmsonntag: Die ganze Nacht schon rüttelt der Schneesturm an den Fensterläden. Jetzt hängt der Sekundenzeiger des Weckers auf einmal fest am höchsten Punkt seiner Bahn, weil die Batterie schwach oder der Zeiger locker oder die Zeit selber noch schlampig gefügt ist auf 4° Widder, sodaß im selben Augenblick, in dem du diesen auf 12 Uhr Mittag vor- und zurückzuckenden Sekundenzeiger anstarrst, der Palmesel samt seinem Herrn an deinem Bett vorbeigehen könnte, und du bemerktest es nicht. Hosianna!, würden die kleinen Schweinepriester ausrufen und du hörtest es nicht, weil der

Schneesturm so laut an den Fensterläden rüttelt oder weil es klänge wie ein Rütteln von Schneesturm an Fensterläden. Hosianna! Wir haben die Flüsse begradigt und aus dem Abendland Kleinholz gemacht! Hosianna in der Höhe! Du klopfst mit dem Mittelfinger ganz leicht auf das Weckergehäuse, und der Sekundenzeiger läuft wieder.

5° Widder

Immer noch stürmisch, aber der Schneefall hat nachgelassen. Es schneflt nur noch so vor sich hin. Es schneflt? Ich werde Grillparzer anrufen, ihm mitteilen, daß ich soeben ein neues Wort erfunden habe.

6° Widder

Was heißt *ein* Wort? Wer gestern schnefln gesagt hat, sagt heute vielleicht Schneflingen und meint damit das Dorf Schneflingen am Schneflbach. Der Schneflbach entspringe am höchsten Punkt des Schneflingerlandes, meint er, dem zehn Kilometer nördlich Schneflingens gelegenen, sich 900 Meter über das Meer, aber nur geringfügig über die umliegenden namenlosen Hügel erhebenden Hutwisch. Was aber schon deshalb nicht stimmen kann, weil der Hutwisch geographisch zur sogenannten Buckligen Welt gehört und politisch zum Bundesland Niederösterreich.

Mit Schneflingerland kann sein Erfinder deshalb, wenn er nicht als unseriös dastehen will, nur die Gegend südlich des Hutwischs meinen. Das Schneflingerland, kann er behaupten, weil es historisch korrekt ist, wurde jahrhundertelang von Budapest aus verwaltet. Erst im Friedensvertrag von Saint Germain hat man es der vormals k. k. Bundesrepublik Österreich zugeschlagen.

Die erste urkundliche Erwähnung Schneflingens setzen wir, damit hier endlich etwas weitergeht, auf den 28. März 1381 fest. Das entspricht beinahe der Realität und gleichzeitig einem Sonnenstand von

7° WIDDER

In Schneflingen selber geht ja seit vielen Jahren nichts weiter. Das mögen diejenigen, die immer schon hier gelebt haben, bedauern. Ich persönlich, der ich erst vor dreieinhalb Jahren durch Einzug ins Einfamilienhaus Schneflingen Nr. 95 zum Schneflinger geworden bin und von denen, die es vor mir schon waren, nichts anderes erwarte, als in Ruhe hier wohnen gelassen zu werden, bedauere es nicht, freue mich aber auch nicht darüber.

Schneflingen als realer wie auch als literarischer Ort liegt 300 Meter unter dem Hutwisch, also 600 Meter über dem Meer. Das Meer selber beginnt 300 Kilometer südlich, aber auch ungefähr 1000 Kilometer nördlich, östlich und westlich von Schneflingen.

8° WIDDER

Im Gasthaus Schneflinger Hof muß man nicht unbedingt gewesen sein, es kann aber vorkommen, daß einer zwangsweise dort eingeliefert wird, wenn er im Suff die Ehefrau verprügelt und diese von ihrem Recht auf polizeiliche Wegweisung Gebrauch macht. Polizeilich weggewiesene Ehefrauenverprügler oder von den Ehefrauen der Ehefrauenverprügelung bezichtigte Ehemänner sind heute die Hauptklientel im einstmals gutbürgerlichen Schneflinger Hof.

Wer im ehelichen oder auch nichtehelichen Haushalt entgleist, wird von der Gendarmerie aufs Abstellgleis geschoben und das heißt bei uns im Scheflingerland seit ein paar Jahren Schneflinger Hof. Wird einer bei einem Sonnenstand von 29° Fische sturzbetrunken in den Schneflinger Hof eingewiesen, darf er diesen auf Geheiß der Gendarmerie nach frühestens zehn Tagen, das heißt also auf

9° WIDDER

wieder verlassen, vollständige Ausnüchterung vorausgesetzt.

Aber welcher Alkoholiker schafft es schon, nach zehn Tagen aus einem Gasthaus, das der Schneflinger Hof auch nach seinem Abstieg zur Ehefrauenverprügleraufbewahrungsanstalt immer noch ist, wirklich nüchtern herauszukommen. Dem Schneflinger Hof schräg gegenüber steht das ehemalige lutherische Bethaus, worin heute mit gefalteten, wie im Gebet erstarrten Händen der Leichnam des Kriegsgefangenen Karl Fliegenschnee liegt. In der Realität seiner Existenz war der gestern verstorbene Karl Fliegenschnee Maurer. In der Wirklichkeit seines Lebens, die meistens mit der Realität der Existenz gleichgesetzt wird, seit Luthers kleine Schweinepriester die Begriffe verwirrt haben, war er sechzig Jahre lang Kriegsgefangener. In der Realität ist morgen der 31. März, in Wirklichkeit Ostersonntag und im Tierkreis erreicht die Sonne

10° Widder

Der Himmel, den so viele Lichter schmücken,
nimmt aus dem tiefen Geist, der ihn bewegt,
das Bild und macht sich dann zu dessen Prägstock.

Und wie im Innern eures Leibs die Seele
durch all die vielgestalten Glieder sich
zu ganz verschiednen Wirkungen verbreitet,

Ganz gleich entfaltet über alle Sterne
die Geisteskraft vervielfacht ihre Güte,
indem sie stets um ihre Einheit kreist

schrieb Dante Alighieri zum Thema Wirklichkeit, um die Begriffe zu entwirren, ungefähr zweihundert Jahre bevor Luther und die Lutheraner überhaupt anfangen konnten, sie zu verwirren (*Die göttliche Komödie. Paradiso,* II. Gesang, Vers 130-138).

11° Widder

und wieder kein Tag im Leben des Karl Fliegenschnee, der der Roten Armee im Winter 1944 knapp entkommt, vom Krieg als solchem aber ein Leben lang gefangen gehalten wird.

Im Dreißigjährigen Krieg hatte man seine lutherisch gesinnten Vorfahren aus Süddeutschland ins westungarische Grenzgebiet vertrieben. Im 21jährigen Frieden zwischen 1918 und 1939 ist dann auf einmal die Glorreiche Zukunft vor der Tür gestanden, hat laut und deutlich, wenn auch in einem verdächtig schnarrenden preußischen Tonfall gerufen: Komm heim ins Reich, armer Maurergeselle. Jetzt wird endlich alles gut!

Als die Glorreiche Zukunft sich ein paar Jahre später als der bloß als Glorreiche Zukunft verkleidete Weltkrieg enttarnt, ist Karl Fliegenschnee längst dessen Gefangener. Und sechzig Jahre nach Kriegsausbruch hat er immer noch Heimweh nach Lappland, wo er vor der Roten Armee davonläuft mit erfrorenen Zehen bei 40 Grad unter Null, als wäre es heute. *Man liebt den Krieg, weil man der Wärme bedürftig ist – als einen Zustand erhöhter Temperatur,* bemerkte dazu Ernst Jünger, der den Realisten suspekt und den Ideologen verhaßt ist, weil er versucht hat, die Wirklichkeit zu beschreiben.

Das Strahlen des Kriegsgefangenen, das heißt von der Kriegswirklichkeit gefangenen Pensionisten F., wenn er fünfundfünfzig Jahre danach von den im Kriege erfrorenen Zehen erzählt, scheint Jünger, was immer gegen ihn eingewendet werden mag, zu bestätigen.

12° Widder

Heute wird der Leib Karl Fliegenschnees, den der Weltkrieg als einziges an ihm verschont hat, wird dieses von den feindlichen Kanonen verschmähte Kanonenfutter, dem auch 57 Jahre Nachkriegszeit nicht viel anhaben konnten bis zum unerwarteten Aussetzen des Herzschlags am vergangenen Freitag, der Erde zurückgegeben. Wobei es interessant wäre, zu wissen, ob die Seele über den Tod des Leibes hinaus in Kriegsgefangenschaft bleibt. Und wenn ja, wie lange diese Gefangenschaft dauert, nachdem der Gefangene, wie gesagt wird, das Zeitliche gesegnet hat, quasi aus der irdischen Zeitnehmung herausgefallen ist.

13° Widder

Wäre man gestern noch mitgegangen zum Leichenschmaus im Schneflinger Hof, hätte man den Pfarrer theoretisch fragen können, ob er als studierter Theologe so etwas wie eine außer- oder überirdische Zeitnehmung für denkbar hält. Ob das seiner Meinung nach eine angemessene Strafe wäre für die Sporthelden des 20. Jahrhunderts: in einem von Dante Alighieri seinerzeit noch nicht betretenen, voll digitalisierten Kreis der Hölle zu sitzen und am Bildschirm die Hundertstelsekunden zählen zu müssen bis zum Eintreffen des Jüngsten Gerichts? Praktisch wäre man an den Pfarrer nicht herangekommen, weil der beim Leichenschmaus traditionsgemäß am Tisch der Hinterbliebenen Platz nimmt, an dem entfernte Bekannte des Verstorbenen nichts verloren haben.

14° Widder

Grillparzer, der am 21. Jänner 130. Todestag gehabt hat, aber in der Gegend herumtelefoniert wie ein Lebendiger, läßt durchblicken, zu seiner Zeit hätte ein ehrbarer Schriftsteller sich nichts darauf eingebildet, ein Wort wie schnefln erfunden und dieses über Nacht zur ganz und gar nicht in die Gegend des ehemaligen Deutsch-Westungarn passenden Ortschaft Schneflingen aufgeblasen zu haben.

Einmal im Leben erfindet man etwas, dann meldet sich dieser pedantische Biedermeiermensch unter dem Vorwand, der ihm befreundete Maler Seidelmann wünsche ein Horoskop für seine neugeborene Tochter und untergräbt den aufkeimenden Erfinderstolz schon durch den Tonfall, in dem er das erfundene Wort ausspricht: *Schnefln...?* sagt Grillparzer, als hätte man ihn gerade gewarnt, nur ja nicht anzustreifen an diesem ekligen, klebrigen, Fäden ziehenden Schneflzeugs, das die Nachgeborenen erfinden, weil ihre Gegenwart anscheinend weder an Dramatischem noch an Erbaulichem genug abwirft, um die Ansprüche einer verwöhnten Leserschaft zu befriedigen.

15° Widder

Recht hat Grillparzer leider mit seiner Bemerkung, der Ortsname Schneflingen passe nicht wirklich ins ehemalige Deutsch-Westungarn. Hiesige Ortsnamen, das sollte einer, der über zwanzig Jahre in der Gegend lebt, eigentlich wissen, enden in den Tälern meistens auf dorf oder bach, im Hügelland fast immer auf berg. Manche hören mit isch itz oder ing auf, aber kein einziges mit ingen.

Ich würde es einfach Schreibersdorf nennen, sagt Grillparzer, oder Wörterberg, weil es für pannonische Verhältnisse doch recht hoch über dem Meer liegt.

16° Widder

Wäre *Schnefl* ein junger Mann, der mit *ingen* an der Hand auf des Meeres und der Liebe Wellen zwischen Schreibersdorf und Wörterberg einer besseren oder auch weniger besseren, also quasi dramatischen Zukunft entgegengeht, würde das schon eher nach Grillparzers Geschmack sein: Hand in Hand gehen der Herr Schnefl und das Fräulein ingen im Auwald vor sich hin. Ingen ist bis über die Ohren in Schnefl verliebt, aber Schnefl in ingen oder Inge, wie er sie der Einfachheit halber nennt, nur bis an die Gürtellinie, also eigentlich überhaupt nicht.

Der junge Mann war bereits zweimal verlobt, einmal verheiratet und gleich darauf wieder geschieden. Aber verliebt war er noch nie. Denn der liebe Gott, wir wollen nicht länger darum herum reden, hat ihn aus dem zähen Holz geschnitzt, das in seiner Werkstatt für die Zuhälter reserviert ist.

Das läßt nichts Gutes erwarten für die ahnungslose oder sich jedenfalls ahnungslos stellende Diplomkrankenschwester Inge, wenn sie morgen, am 7. April, den ersten Sonntag nach Ostern, bei einem Sonnenstand von

17° Widder

aus ihrem traumlosen ohnmachtähnlichen Schlaf erwacht im ehemaligen Gasthaus Schrapf, das jetzt Manhattan Bar heißt und von 8 Uhr abends bis 5 Uhr früh geöffnet hat. Schwester Inge wird ihren Lebensrhythmus umstellen müssen, wenn sie ab kommender Nacht hier arbeitet. Sie wird den Namen wechseln, wird vielleicht den Künstlernamen Johanna annehmen, nach der

Jungfrau von Orleans, die seinerzeit bei einem Sonnenstand von 8° Zwillinge verbrannt worden ist, heutzutage aber schon auf 17° Widder als Namenspatronin gefeiert wird, wie Inge dem Lokalteil der Sonntagszeitung entnimmt.

Wir halten unsere Pforten ab 20 Uhr für dich geöffnet, steht als Bildunterschrift unter einem Foto, mit dem die Manhattan Bar in der regionalen Presse auf Kundenfang geht. Das Foto zeigt Johannas neue Kolleginnen in ihrer Ordenstracht: hohe Lacklederstiefel und knapper Minirock. Wobei Ordenstracht ein zwar passender, gleichzeitig aber gefährlicher Ausdruck ist, weil er diejenigen provoziert, an deren Provokation einem nicht gelegen ist und diejenigen zur Komplizenschaft ermuntert, die man nicht zu Komplizen haben möchte.

18° Widder

Der Reformator L., selber mit einer Klosterschwester verheiratet, hätte verstanden, wie das mit der Ordenstracht gemeint ist. Nonne und Hure waren im Sprachgebrauch des Spätmittelalters *fast synonyme Begriffe,* schreibt Egon Friedell in seiner Kulturgeschichte der Neuzeit. *Als einmal die Zustände in einem fränkischen Kloster so skandalös wurden, daß der Papst eine Untersuchung anordnete, mußte der damit beauftragte Kommissär berichten, er habe fast alle Nonnen in gesegneten Umständen angetroffen.*

Nonne und Hure sind der Antitypus der Ehefrau, die ewigen Dienerinnen und Geliebten. Mit ausgeprägt geistlicher Schlagseite, als Dienerin und Geliebte *des* Herren, die eine. Ganz ans Gegenständliche gefesselt, als Liebesdienerin *der* Herren, die andere. Und je nachdem, wie die Zeiten gerade sind, vermischt das eine sich mit dem anderen offen oder heimlich, mehr oder weniger, ganz oder gar nicht.

Gemeinsam ist der Nonne und der Hure, daß sie in einer von Ehefrauen beherrschten Welt weder Verständnis noch Dankbarkeit für ihre Aufopferung erwarten dürfen. Der Unterschied ist, daß die Nonne damit fertig wird, indem sie sich schon auf Erden zur Komplizin des Himmels aufschwingt, wodurch sie sich zwangsläufig gegen das Leben versündigt, was wiederum dem

Himmel, aus dem alles Leben hervorgeht, nicht gefallen kann. Die Hure, auf Erden ungetröstet, wird es zweifellos einmal leichter haben, in den Himmel zu kommen. Aber auch darauf sollte sie sich nicht zu sehr verlassen.

19° Widder

Endlich Wolken aus dem Süden: In Madrid hat es vorgestern schon geregnet, in Mailand gestern, und heute also auch in Wörterberg ob der Lafnitz, dem alten Grenzfluß, dem man vor achtzig Jahren durch die Auflösung des Komitats Deutsch-Westungarn seine Grenze weggenommen hat. Die Manhattan Bar steht am linken, vormals ungarischen Ufer, tief unterhalb und weit außerhalb des eigentlichen Dorfes. Herr Anton Schnefl, der steirische Onkel des jungen Franz Schnefl, hat das Schrapfgasthaus seinerzeit von der alten Frau Schrapf gekauft. Zwei Jahre danach ist es abgebrannt, an einem Ruhetag, als zufällig keiner daheim war. Die Versicherungssachverständigen haben mit den Zähnen geknirscht, sagt Franz Schnefl zu seiner Freundin Inge, als er Sonntag vormittag aus dem Badezimmer zurückkommt. Letzten Endes konnten aber auch sie nur bestätigen, daß das Haus einerseits schön gebrannt hat und andererseits gut versichert war.

Inge traut sich nicht, ihrem Franz zu erzählen, sie habe im Traum heute früh den Künstlernamen Johanna angenommen. Er und sein Onkel Anton hätten sie geschlagen, beschimpft und mit dem Umbringen bedroht, falls sie sich weigere in der Manhattan Bar zu arbeiten, die im Traum eine Art Kloster mit strengen Regeln und Ritualen gewesen sei.

Sie wird Franz nahelegen, daß sie es an der Zeit fände, gefragt zu werden, ob sie nicht gewillt wäre, ihn zu heiraten.

20° Widder

Das ist im wirklichen Leben Mittwoch, der 10. April. In Schnefls und Ingens etwas unwirklichem, vom erfundenen Luftkurort

Schneflingen am Schneflbach, dem nachmaligen Wörterberg ob der Lafnitz hergeleiteten Leben, ist es immer noch Sonntag, der 7.

Mein Onkel Anton, sagt Schnefl zu Inge, ist ein wirklicher Zuhälter und die Manhattan Bar ist ein wirkliches Freudenhaus, wenn auch die angebotenen Freuden nicht ganz die wahren sein dürften, eben weil es sich um angebotene, an bestimmte Tarife gebundene, ein bißchen schäbig inszenierte Freuden handelt. Aber was sind wir? Die unverwesbaren Überreste eines auseinandergefallenen Luftkurortes sind wir, gefangen im ewigen Vormittag eines 7. April, der genauso gut ein 20. September sein könnte oder auch überhaupt kein Tag. Ich bin das Ober-, du bist das Unterdorf.

Du das Hauptwort und ich die Nachsilbe. Das könnte dir so passen, antwortet Inge.

21° Widder

Einen Kilometer flußaufwärts der heutigen Manhattan Bar hat das wirkliche Leben vor 23 Jahren ein Stück gespielt, das als Liebespaarmord im Getreidefeld auch in der überregionalen Presse starke Beachtung fand: Der Tierpräparator und Kleinlandwirt R., schrieben die Zeitungen damals, bemerkt ein ihm unbekanntes Auto bei seinem Getreidefeld unten in der Au. Zufällig oder auch vorsätzlich hat er ein Gewehr dabei und aus bis heute nicht geklärter Ursache meint er, davon Gebrauch machen zu müssen, indem er den Autobesitzer und dessen Freundin erschießt.

Beobachtet hat den Tierpräparator niemand beim Erschießen des Liebespaares im Getreidefeld. Ein Geständnis war weder auf der Gendarmerie noch vor Gericht aus ihm herauszubekommen. Aber das Volk im ehemaligen Grenzgebiet hat auf einmal gewußt, auf wessen Konto sämtliche unaufgeklärten Einbrüche, Diebstähle und Betrügereien der jüngeren Vergangenheit verbucht werden müssen. Und im Gefängnis sitzt der alte R., wenn er inzwischen nicht gestorben ist, noch heute.

22° Widder

Mitten im Frieden in einem Getreidefeld der Lafnitz-Auen erschossen zu werden, kann ein ganz gewöhnlicher oder ein äußerst ungewöhnlicher Tod sein, je nachdem, ob man als lebendiges Reh oder als lebendiger Mensch in das Getreidefeld hineingegangen ist. Nach buddhistischer Auffassung müßte es aber auch möglich sein, daß einer heute als Jäger auf dem Hochstand am Rande des Getreidefeldes sitzt und hundert Jahre danach oder hundert Jahre davor als kapitaler Rehbock im selben Getreidefeld, das jetzt vielleicht eine Wiese ist, vom eigenen Urenkel oder vom eigenen Urgroßvater erschossen wird.

Ein bißerl eine kindische Religion, würde Grillparzer sagen, der aber schon länger nicht angerufen hat. Falls man diese zum Zwecke der Selbsterlösung inszenierte Anbetung des Nichts und Wiedernichts überhaupt eine Religion nennen kann.

23° Widder

Hätte der Tierpräparator danebengeschossen, wäre das tragische Liebes- heute ein gewöhnliches Ehepaar, am Übergang von den mittleren zu den reiferen Jahren. Oder der Romeo von damals wäre die männliche Hälfte des gewöhnlichen Ehepaares X, seine Julia die weibliche Hälfte des gewöhnlichen Ehepaares Y, ihre gemeinsame Erinnerung an das Getreidefeld eine Jugendtorheit mit beinahe tödlichem Ausgang, die man vor dem jeweiligen Ehepartner verschweigt.

So oder so würde die Gegenwart im Einfamilienhaus nicht halten können, was man sich einst im Getreidefeld als Zukunft von ihr versprochen hatte. Aber eine Gegenwart wäre es immerhin, mit Regen heute und gestern Schneeregen und morgen, falls die Wettervorhersage hält, vielleicht schon wieder eine Andeutung von Sonnenschein hinter sich auflösenden Wolken.

24° Widder

In Wahrheit hat der Tierpräparator natürlich nicht danebengeschossen. Und wie er das getroffene Liebespaar auf einmal tot daliegen sieht im Getreidefeld, packt ihn das Entsetzen und schüttelt ihn, daß ihm Hören und Sehen vergeht und setzt sich nun selber an die Stelle, an der Hören und Sehen gerade noch gesessen sind. Befiehlt ihm, die Leichen in Stücke zu hacken und in dem großen Kessel zu kochen, den er sonst für die Wildschweine und die Rehe hernimmt. Seine Frau soll die ganze Nachbarschaft für morgen zum Hirschgulasch einladen. Die Knochen aber, wenn alles aufgegessen ist, soll sie in ihr schönstes seidenes Tuch binden, unter den Wacholderstrauch in das grüne Gras legen und abwarten, was passiert.

Kywitt, kywitt, wat vör'n schön Vagel bün ik, singt das Entsetzen. Los, sing mit Tierpräparator! *Kywitt, kywitt, wat vör'n schön Vagel bün ik,* singen der Tierpräparator und das Entsetzen gemeinsam, bis die Gendarmerie da ist und das Entsetzen den Tierpräparator langsam losläßt.

25° Widder

Zuerst, nehme ich an, ist das Entsetzen in den Gesichtern der Liebenden gestanden, von diesen erst auf den Tierpräparator übergesprungen, vom Tierpräparator auf dessen Ehefrau, von der Ehefrau auf die Gendarmerie, von der Gendarmerie auf die Angehörigen der Erschossenen, von den Angehörigen auf das Dorf und tags darauf, als die Geschichte in der Zeitung stand, wurde das ganze Land von unvergleichlich viel schwächeren, aber immer noch als solche wahrgenommenen Ausläufern dieses aus den Gesichtern, genauer gesagt aus den Augen der Liebenden auf ihren Mörder übergesprungenen Entsetzens erfaßt. *Kywitt, kywitt, wat vör'n schön Vagel bün ik!*

26° Widder

Kywitt, kywitt sei dein Gesang jetzt und immerdar, flüstern die zurückgekehrten Ausläufer des Entsetzens dem Tierpräparator ins Ohr. *Kywitt, kywitt* singt er vor der Gendarmerie. *Kywitt, kywitt* vor dem Untersuchungsrichter. Und wenn sie ihn fragen, was es bedeutet, sagt er, daß es falsch ist, die Knochen unter einen Mandelbaum zu legen. Nur der Wacholder hat die Gabe zu verjüngen und wieder lebendig zu machen. Deshalb bindet man die Knochen in ein seidenes Tuch und legt sie unter den Wacholderstrauch in das grüne Gras. Dann bewegt der Wacholderstrauch seine Zweige, gerade so als wenn sich einer so recht freut und in die Hände klatscht und mit dem Klatschen kommt so ein Nebel aus dem Baum und mitten in dem Nebel brennt ein Feuer und aus dem Feuer fliegen zwei schöne Vögel und fliegen hoch in die Luft und singen so herrlich *kywitt, kywitt, wat vör'n schön Vagel bün ik!* Wenn sie weg sind, ist der Wacholderstrauch wieder so, wie er vorher gewesen ist und das Tuch mit den Knochen ist verschwunden.

Man wird einen psychiatrischen Sachverständigen beiziehen müssen, sagt, als er dieses vernimmt, aber nichts versteht außer *kywitt, kywitt*, der Untersuchungsrichter.

27° Widder

Der psychiatrische Sachverständige und der Tierpräparator einigen sich dahingehend, daß *kywitt* mit Ypsilon und zwei harten T ins psychiatrische Gutachten hineinzuschreiben sei. In der Sache selber kommt es zu keiner Annäherung der Standpunkte, und vor Gericht wird der Tierpräparator sich als *nicht schuldig* bekennen. Schuldig machen, behauptet er, kann der Mensch sich nur gegenüber dem Himmel. Je nachdem, ob er sich mehr oder weniger schuldig gemacht hat, legt der Himmel ihm vielleicht einen Ast in den Weg, damit er sich den Knöchel verstaucht und nachzudenken beginnt, ob er nicht die ganze Zeit schon zu schnell unterwegs war oder es schickt ihm der Himmel einen Mann mit einem Gewehr, damit dieser Mann tut, was ein vom Himmel geschickter Mann mit einem Gewehr eben tun muß. Wobei es alles andere als eine Gnade des Himmels ist, von diesem als Mörder oder sogar Doppelmörder auserwählt zu sein.

So viel Schuld, wie mindestens sein muß, um sich in den Augen des Himmels als Doppelmörder zu qualifizieren, können Sie in einem einzigen Leben gar nicht auf sich laden, vermute ich, sagt der Tierpräparator zum psychiatrischen Sachverständigen. Womit ich jetzt nicht ausdrücklich etwas gegen ihre Vorfahren oder eventuelle eigene Vorleben gesagt haben möchte, damit Sie mich nicht mißverstehen.

Für den Sachverständigen aber hört es sich so an, als sagte er die ganze Zeit nur *kywitt, kywitt*. Außer *kywitt*, wird er vor Gericht zugeben müssen, habe auch er kein Wort aus dem mutmaßlichen Mörder herausgebracht.

28° Widder

Ich hoffe, werde ich zu Grillparzer sagen, falls er noch einmal anruft, ich hoffe, mein Lieber, mich über das tägliche Schreiben entlang des Tierkreises langsam einem volksmärchenhaften Ton anzunähern. Momentan schaut das noch ein bißchen unbeholfen aus: Mit der einen Hand halte ich mich am Tierkreis, den die Erfinder der Neuzeit eigentlich schon abgeschafft hatten. Mit der anderen tappe und taste ich nach dem volksmärchenhaften Ton. Mit der rechten Maustaste öffne ich das Astrologieprogramm im Computer. Mit der linken schließe ich es, wechsle hinüber ins Schreibprogramm und laufe genau wie die Sonne, die sich durch den Tierkreis bewegt und dennoch nicht von der Stelle rührt, in das offene Messer der Brüder Grimm, das eigentlich eine Hacke ist, wie geschaffen zum Zerteilen von Leichen.

Astrologisch gesehen ein echtes Mars-Werkzeug, diese Grimmsche Hacke und als solches dem Sternzeichen Widder zugeordnet. Genau wie das Feuer, das im Grimmschen Märchen *Von dem Machandelboom* aus dem Nebel, dem Neptun, entsprechend dem Sternzeichen Fische hervorgeht. So muß es auch sein: Der Neptun (das Chaos, die gähnende Leere) gebiert den Mars (die noch ungerichtete reine Energie): Im Nebel brennt ein Feuer und aus Nebel und Feuer erhebt sich das neue Leben, der Uranus, entsprechend dem Sternzeichen Wassermann. Im Märchen, und also auch in Wirklichkeit: die Vögel.

29° Widder

Die Vögel fliegen die anderthalb oder zwei Kilometer aus der Lafnitz-Au hinauf in das 600 Meter hoch gelegene Dorf Wörterberg, wo die Welt mit einem Schlag eine völlig andere ist. Gerade so, als würde auf 30° Widder von unsichtbarer Hand ein Schalter umgelegt und man befände sich im selben Augenblick auf

0° Stier

und hätte nicht nur das Gefühl, nicht mehr fliegen zu können, sondern hielte schon den Gedanken, einem Vogel jemals auch nur ähnlich geschaut zu haben, für eine absurde Zumutung. Ich bin ich, würde man sagen. Und was im Bett nebenan schläft, das ist Nichtich, mein angetrautes Weib Inge Schnefl. Ach nein, es ist die Katze. Meine Frau muß schon aufgestanden sein, sagt oder vielmehr denkt der Schriftsteller und Astrologe Franz Schnefl bei sich.

Frühstück, lieber Franz!, ruft, als hätte sie eine frohe Botschaft zu verkündigen, im selben Augenblick Frau Schnefl. Frühstück ist fertig und der Regen hat auch aufgehört! Es wäre also an der Zeit, hinauszugehen, in die Hände zu spucken und dem Gemüsegarten die Löwenzähne zu ziehen, solange die Erde so wunderbar feucht und locker ist.

Deswegen, flüstert Franz Schnefl der schlafenden Katze ins Ohr, müßte sie nicht gleich poetisch werden. Seinerzeit wären wir nach dem Samstagsfrühstück noch einmal zurück ins Bett, anstatt hinauf in den Gemüsegarten. Ganz zu schweigen von den unvergesslichen Samstagnachmittagen im Getreidefeld. Morgen, den dritten Sonntag nach Ostern, bei einem Sonnenstand von

1° Stier

hätte das Liebespaar Franz und Inge in getrennten Kirchenbänken um Vergebung gemeinsam begangener Samstagssünden gebetet, seinerzeit. Heute blättert das Ehepaar Schnefl am Vormittag stumm, aber keineswegs andächtig in den Sonntagszeitungen und am späten Nachmittag schaut der Pfarrer Loidl aus Schreibersdorf mit seiner Pfarrersköchin, die von ihrer Ausbildung her eigentlich Historikerin ist, auf ein Glas Rotwein vorbei. Der Wind hat gedreht, sagt Franz Schnefl zum Pfarrer, und wenn so ein Tiefdruckgebiet einmal abgezogen ist Richtung Serbien oder Rumänien, ist es erfahrungsgemäß für längere Zeit vorbei mit dem Regen. Gestern, sagt er, habe man den Löwenzahn noch mit der bloßen Hand herausziehen können, so schön feucht und locker sei die Erde gewesen.

Wenn Dichter umstechen, antwortet der Pfarrer, der in seiner Freizeit selber Gedichte schreibt, freuen sich die Kulturpflanzen. Schaut, schaut, sprechen die Kulturpflanzen untereinander: der Löwenzahn bekommt seine wohlverdiente Wurzelbehandlung.

2° Stier

Aus dem Glas Rotwein, auf das der Pfarrer und die Köchin am Nachmittag vorbeigeschaut haben, werden im Lauf des Abends mehrere Flaschen. Als die erste Flasche ausgetrunken ist, lösen sich erwartungsgemäß die Zungen und Franz Schnefl predigt seinen Gästen von der Abschaffung des Schicksals:

Die Abschaffung des Schicksals durch die vereinigten Proletarier aller Länder hat euch Pfarrern und uns Dichtern und euch Pfarrersköchinnen, sofern ihr gleichzeitig Dichterinnen seid, den Boden unter den Füßen weggezogen. Bedauerlicherweise ist mit der Abschaffung des Schicksals und seiner ordnungsgemäßen Entsorgung in den dafür vorgesehenen Einrichtungen der allgemeinen Schul- und Versicherungspflicht den nunmehr Schicksalslosen auch der Sinn des Lebens abhanden gekommen.

Jetzt irren sie ruhelos von Therapeut zu Therapeut, von Guru zu Guru oder wen immer sie für zuständig halten und jammern: Meister, mir ist der Sinn meines Lebens abhanden gekommen. Bist du bereit, mir bei der Suche zu helfen, so soll es dir reichlich gelohnt werden. Und der Meister, wenn er ehrlich ist, gibt ihnen zur Antwort: Erstens bin ich mit Ihnen nicht per Du, guter Mann, gnädige Frau. Zweitens: von welchem Leben reden Sie überhaupt? Glauben Sie allen Ernstes, Sie könnten ein Leben haben und gleichzeitig das für dieses und nur für dieses Leben vorgesehene Schicksal an die Sozialversicherung delegieren? Hätten Sie ein Leben, bräuchten Sie nach dessen Sinn nicht zu fragen.

Da die meisten Meister aber selber in der Sozialversicherung sind, antworten sie alles mögliche, nur eben das nicht.

3° Stier

In der ganzen Pfarre Schreibersdorf, zu der außer Schreibersdorf selber noch Bernstein, Rettenbach, Wörterberg, Hackerberg und Redlschlag gehören, gibt es vielleicht fünf Menschen, mit denen man reden kann, sagt der Pfarrer Loidl, als die zweite Flasche fast ausgetrunken, die dritte bereits geöffnet ist.

Das kommt davon, antwortet der vom Rotwein beflügelte Laienprediger S., wenn die Herde das Mittelalter noch vor sich und der Hirte die Neuzeit beinahe hinter sich hat. Aber sehr lang kann es nun nicht mehr dauern, bis der Himmel endlich ausgießt die sieben goldenen Schalen voll vom Zorn Gottes auf die Erde, wie es geschrieben steht bei Johannes dem Apokalyptiker. Vielleicht möchte die Herde oder was der Zorn Gottes an versprengten Schafen von der Herde übrig gelassen hat, dann plötzlich reden und der Hirte hätte auf einmal gar keine Lust mehr dazu.

Das kommt davon, denkt, als sie Herrn Schnefl so reden hört, die Pfarrersköchin, wenn der Wein einem theologisch Unbedarften die Zunge gelöst und einen Teil seiner Hirnzellen vernichtet hat.

Wir rufen uns dann zusammen!, sagt sie und der Pfarrer legt den Rückwärtsgang ein und es wird Nacht und es wird Tag und es wird wieder Nacht und es wird wieder Tag, der heutige nämlich und morgen, Mittwoch, bei einem Sonnenstand von

4° Stier

verläßt unser Laienprediger Franz S. zum ersten Mal, seit er in den Gesichtskreis der Leserin und des Lesers getreten oder vielmehr hineingeflogen ist, sein blau angestrichenes Einfamilienhaus Wörterberg Nr. 95, zieht Arbeitshandschuhe an, holt die Sommerreifen aus dem Schuppen, legt sie in den Kofferraum, fährt hinunter in die Lafnitz-Au, wo er das ehemalige Gasthaus Schrapf, die heutige Manhattan Bar rechts liegen läßt, die ehemalige Staatsgrenze, die heute nur noch Landesgrenze ist, überquert, um drüben in der Steiermark den lange hinausgeschobenen Reifenwechsel endlich erledigen zu lassen.

Je weiter er ins Steirische hineinfährt, desto flacher wird das Land. Je flacher das Land, desto kurvenreicher die Straße. Logisch ist das nicht, aber die Steirer sind zu 99 Prozent katholisch, denkt Herr Schnefl. Als würde das irgendetwas erklären, als würde das ein Licht werfen auf diesen rational nicht erklärbaren Kurvenreichtum im ebenen Gelände. Ein warmes freundliches Licht. Nicht dieses grelle, *Haltet den Tod! Haltet den Tod!* schreiende Blaulicht des Rettungsautos, das jetzt auf einmal im Rückspiegel heran und in die träge vor sich hin, gleichsam mit den Kurven sich gemächlich mitdrehenden Schneflschen Gedanken hineinrast. *Haltet den Tod!*, *den Dieb dieses einzigartigen unersetzlichen Lebens* schreiend, als säßen der Dieb und seine Beute, das vielleicht noch pulsierende, vielleicht schon im Auskühlen begriffene, vielleicht tatsächlich noch zu rettende Leben da hinten in Schneflautos Kofferraum.

Im Kofferraum liegen aber nur diese vier Sommerreifen. Nichts als Gummi und Metall, mit ein wenig zusammengepresster Luft dazwischen. Morgen dann, auf

5° Stier

könnte man den Herrn Schnefl, wie er in Wörterberg genannt wird, wieder in seinem Einfamilienhaus antreffen, falls man an einem solchen Treffen interessiert wäre.

Daß Franz Schnefl von fast allen anderen Wörterbergern nur *Herr* Schnefl genannt wird, wirft ein Licht auf ihn, das auch bei flüchtigem Hinschauen nicht mit einem warmen freundlichen Licht verwechselt werden kann.

Vor dreißig Jahren mag es genügt haben, ein zugereister Akademiker zu sein, um von den Dorfbewohnern im ehemaligen Deutsch-Westungarn bis an sein Lebensende mit Herr Doktor angeredet zu werden. Aber heute hat die Intellektualisierung sich so weit ins Volk hineingefressen, daß praktisch jede Familie ihren Doktorensohn oder ihre Magistraenkelin in der Auslage stehen hat.

Je mehr dieser diplomierten Hoffnungsträger herumstehen, desto weniger kommt das Leuchten des einzelnen zur Geltung. Nichts desto weniger handelt es sich in den meisten Fällen um ein warmes freundliches Leuchten und kein Mensch käme auf die Idee, der Magistraenkelin Sie zu sagen, weil sie so fleißig gelernt und am Ende erfolgreich die vorgeschriebenen Prüfungen abgelegt hat.

Franz Schnefl hingegen, das kommt in seinem Fall noch erschwerend hinzu, ist weder Doktor noch Magister, weder Professor noch Ingenieur. Er ist, ob bei warmem oder bei kaltem Lichte betrachtet, ein Schriftsteller, der in mehr als zwanzig Jahren Schriftstellerei bloß ein einziges Buch hervorgebracht hat und gehört als Astrologe, der er nebenbei auch noch zu sein behauptet, einem Berufsstand an, der irgendwann am Übergang vom Mittelalter zur Neuzeit ausgestorben sein dürfte. Das aber fasse, wer es fassen kann, sagen sich vermutlich die Dorfbewohner und bleiben vorsichtshalber bei ihrem förmlichen Sie.

6° Stier

Das steirische Kurvenrätsel hat Herr Schnefl vorgestern noch schnell auf die Reifenhändler-Rechnung (*4 umstecken, 2 wuchten, Stahl – Gesamtsumme EURO 21,80*) hinaufgekritzelt. Man weiß ja nie, ob sich so etwas nicht als Kapitelüberschrift oder auf irgendeine andere Art verwenden läßt für den gerade erst angefangenen Roman *Im Rokoko der Moderne*.

Statt *Im Rokoko der Moderne*, schreibt er in der Einleitung zu seinem Roman, könnte es auch heißen *Die Agonie der Moderne*. Im Rokoko der Moderne ist es mit der eigentlichen Moderne, die in hundert Jahren als Fehlgeburt ihrer nahezu unfruchtbaren Mutter, der Neuzeit, abgetan werden wird, lange vorbei. Die Nachgeburt der Fehlgeburt, die sogenannte Postmoderne, ist auch schon abgegangen. Starr vor Angst, aber die Ärmel aufgekrempelt, als gäbe es noch irgendetwas zu erledigen, wartet der moderne, in hundert Jahren als Anbeter einer Fehlgeburt vielleicht ein bißchen lächerlich dastehende Mensch, und weiß nicht recht worauf.

7° Stier

Seit die Moderne in Agonie verfallen, das heißt in den durch Parfums und Deodorants übertönten Fäulniszustand des Rokoko übergegangen ist, beschreiben die meisten Schriftsteller nur noch Schriftsteller, die über das Schreiben schreiben.

Hilflos vor der Welt, schreibt Herr Schnefl in der Einleitung zu seinem Roman, bleibt für den Schriftsteller (also auch für mich) und die Literatur wenig Hoffnung, aus dem selbstbezüglichen Gespräch herauszufinden. Der Schriftsteller ist schon zu schwach, einen Schritt vom Spiegel wegzutreten. Es dürfte aber der Tag nicht mehr fern sein, an dem er mit diesem Rokoko-Spiel des Spiegels im Spiegel auch seine letzten beiden Leser vergrault haben wird.

Einen Bauchnabel, wird die letzte Leserin zum letzten Leser sagen, habe ich selber. Was ich von einem Schriftsteller erwarte, ist entweder eine ordentliche Unterhaltung oder eine brauchbare Orientierung, wie der vormoderne Mensch sie durch den Tierkreis gehabt hat oder durch den Vogelflug oder durch einen Bissen vom Leibe des Erlösers am Sonntag vormittag, also morgen beispielsweise, dem vierten Sonntag nach Ostern bei einem Sonnenstand von

8° Stier

wenn Franz Schnefl sich in seiner Hälfte des Ehebettes aufrichten und dabei wie immer unfreiwillig selber ins Gesicht schauen wird.

Wir sollten diesen Schlafzimmerspiegel weghängen, flüstert er, da die Ehefrau das Bett schon verlassen hat, seiner Katze ins Ohr. Nachts im Traum laufen mir die letzten Leser davon und wenn ich morgens in den Spiegel schaue, verwechsle ich das eigene Gesicht mit dem meines Romanhelden, der mir im Aufwachen durch den Kopf geht, wie es ja ganz natürlich ist bei einem, der sich Tag und Nacht mit Romanschreiben beschäftigt. Mein Romanheld hat nur noch wenig Haare auf dem Kopf. Seine Augenbrauen sitzen fast direkt auf den Wimpern. Mag sein, daß sie herabgerutscht sind im Laufe eines bald 47 Jahre währenden Lebens. Kann aber auch sein, daß sie von Geburt an ein bißchen zu tief gehängt waren. Versucht der Mund ein Lächeln, sagen diese herabgerutschten Augenbrauen gleichzeitig: aber wir, wissen Sie, wir meinen's nicht so.

9° Stier

Frau Vogel aus R. ruft an, um dem Herrn Schnefl mitzuteilen, sie sei erstens die Mutter einer Freundin seiner Tochter, wisse zweitens nicht, wie es im Leben weitergehen soll, habe drittens einen umfangreichen Roman fertig im Kopf und wünsche viertens mit ihm, dem Schriftsteller Schnefl über das Schreiben im allgemeinen und über diesen Roman im besonderen zu sprechen. Am liebsten heute noch. Am besten sofort, wo sie jetzt schon einmal ganz in der Nähe sei, nämlich unten in Schreibersdorf, sich endlich ein Herz gefaßt und zum Hörer gegriffen habe.

Behalten Sie Ihr Herz vorläufig in der Hand, gnädige Frau, antwortet Herr Schnefl, der gestern schon nichts geschrieben hat und auch heute über das Einschalten des Computers noch nicht hinausgekommen ist. Nach dem Mittagessen, so gegen 14 Uhr, wenn Sie möchten, könnten wir uns auf einen Kaffee bei mir im Garten zusammensetzen. Dann legen Sie Ihr Herz auf Ihre Zunge, ich lege das meine auf die meinige und wir warten einfach ab, was die beiden einander zu sagen haben. Von der Gesprächigkeit der Herzen hängt ja fast alles ab im Leben, beim Romanschreiben wie beim Kinderzeugen.

Es versteht sich aber von selber, sagt sich das im Schneflschen Kopf verbleibende Hirn, daß ich mit dieser Frau keine Kinder zeugen werde, und ungeschriebene Romane zu kommentieren, dafür fühle ich mich erst recht nicht zuständig. Man könnte auch sagen, ich habe einfach nicht das Herz dazu.

10° Stier

Kam eine Frau Vogel geflogen, singt oder sagt Herr Schnefl zur spätabends von der Arbeit heimkehrenden Ehefrau, setzte sich nieder in unserem Garten und hob tatsächlich an zu zwitschern und zu tirilieren, etwas Vogelhaftes oder zumindest ans Vogelhafte streifende um sich herum zu verbreiten.

Vom Vogelhaften um sie herum einmal abgesehen, trug die Frau Vogel einen selbstgewebten Teppich bei sich und in diesen eingewickelt ein leeres Schulheft, für den Fall, daß ich, der Schriftsteller Schnefl, ihr etwas Aufschreibenswertes mitzuteilen hätte, die Welt im allgemeinen und das Schreiben im besonderen betreffend. Beim Teppich, sagte sie, handle es sich um einen Matisse, das heißt um einen nach Motiven des Malers Henri Matisse von ihr selbst gewebten Teppich.

Ihre eigenen Motive behält die Frau Vogel alle im Kopf, wo sie über die Jahre zu einem Roman angeschwollen sind, so umfangreich, daß er ihr seit längerem schon die Sicht auf das Leben verstellt. Mehr als einmal, sagt sie, sei sie ganz nahe daran gewesen, sich diesem unter den Romanmotiven verschütteten, nicht einmal in den Motiven der selbstgewebten Teppiche mehr zum Vorschein kommenden Leben zu entziehen. Es sich zu nehmen, wie fälschlicherweise gesagt wird. Wer sich das Leben nähme, der hätte es ja.

11° Stier

Die Schriftsteller, hat der Herr Schnefl gemeint, um seinen Kopf aus der Schlinge zu ziehen und gleichzeitig die Frau Vogel vom Roman in ihrem Kopf abzulenken, die Schriftsteller sind beinahe so verschieden wie die Geschmäcker ihrer Leser. Wären die Schriftsteller Insekten, könnte man sie einer ersten groben Übersicht halber in die Familie der Spinnenartigen und der Ameisenartigen einteilen. Ich selber rechne mich zu den Spinnenartigen. Zu denen, die tagelang vollkommen regungslos vor dem Computer oder an der Schreibmaschine ausharren, sodaß Uneingeweihte den Eindruck gewinnen müssen, sie wären bereits tot. Die Eingeweihten, also alle, die irgendwann an irgendeiner Stelle im Werk eines Spinnenartigen vorgekommen sind, lachen insgeheim über die Naivität der Uneingeweihten. Je länger so ein Spinnenartiger im Literaturgeschäft ist, desto mehr Eingeweihte sammeln sich in weiten und immer weiteren, mit freiem Auge fast schon nicht mehr sichtbaren Kreisen um ihn herum. Falls er überhaupt jemals ins Geschäft kommt, das naturgemäß von den Ameisenartigen beherrscht wird.

12° Stier

Mein Mutter, der mich schlacht,
mein Vater, der mich aß,

singt das Vogelhafte, das heute Vormittag auf einem Zweig des voll erblühten Nußbaums im Schneflgarten sitzt, genau über dem Platz, an dem die Frau Vogel vorvorgestern ihren Kaffee getrunken hat. Dem äußeren Anschein nach, der auch mit dem inneren Wesen übereinstimmen wird, handelt es sich um eine Amsel.

Von sexuellen Übergriffen, erlitten im Säuglingsalter, kommt mein Lebensüberdruß, meine Liebesunfähigkeit, das weiß ich heute und dieses Wissen verdanke ich meiner Psychotherapeutin, singt die Amsel auf dem Nußbaum, nein sagte die Frau Vogel unter dem Nußbaum. Die Amsel übersetzt nur:

mein Schwester, der Marlenichen,
sucht alle meine Benichen,
bind't sie in ein seiden Tuch.

13° Stier

Die Ameisenartigen unter den Schriftstellern tragen ihren Roman Stück für Stück zusammen. Die Spinnenartigen hoffen, es möge sich am Ende zum Roman fügen, was ihnen im Lauf der Zeit so ins Netz geht. Aber den fertigen Roman im Kopf haben weder die einen noch die anderen. Der Schriftstellerkopf, falls er zu etwas taugt, taugt höchstens zum Durchzugsgebiet für den unfertigen Roman (Raubrittertum, Wegelagerei und Straßenblockaden inbegriffen), auf keinen Fall aber zum Asyl für den fertigen. Das ist besser so für uns beide, sagt der Kopf zum fertigen Roman und behandelt diesen, wie man draußen in der Realität die Schubhäftlinge behandelt, in der Sprache der Fremdenpolizei auch Schüblinge genannt. Dulden Sie keine Schüblinge in Ihrem Kopf, gnädige Frau! Die tarnen sich heute als fertiger Roman, und morgen trachten sie Ihnen nach dem Leben.

So oder so ähnlich wird der Herr Schnefl es der Frau Vogel erklären, falls sie ihn noch einmal besucht.

14° Stier

Wem Gott wollte rechte Gunst erweisen, den ließe er einen Schritt aus der Moderne heraus tun und seinen Roman, falls er dann immer noch Lust hätte, einen Roman zu schreiben, nach Tierkreisgraden ordnen, statt nach Kapiteln, schreibt Herr Schnefl in der Einleitung zu seinem Roman *Im Rokoko der Moderne*.

Im Tierkreis, das haben die alten Babylonier gewußt und nach dem Ende der Neuzeit wird es jedes Kind in der Volksschule lernen, ist alle Erfahrung der Menschheit gespeichert. Wer sein Schreiben nach dem Tierkreis ausrichtete, hätte auf einmal wieder einen Boden unter den Füßen und ein Dach über dem Kopf, denkt sich mein Romanheld, der Schriftsteller X. und handelt danach, indem er den Helden seines Romans, den Schriftsteller Y., einen solchen nach Tierkreisgraden statt nach Kapiteln geordneten Roman schreiben läßt, dessen Held, der Schriftsteller Z., offenbar über astrologische Kenntnisse verfügt:

Mein Vater lebt noch im Mittelalter, schreibt der Schriftsteller Z. im Tierkreisroman des vom Schriftsteller X. erfundenen Schriftstellers Y. Meine Mutter, die ihrem Äußeren nach als barocke Erscheinung hätte durchgehen können, ist seit vier Jahren tot. Ich selber suche einen Ausweg aus dem literarischen Spiegelkabinett, das ich als eine Art Rokoko der Moderne bezeichnen möchte, indem ich mich als Herr Schnefl verkleidet Schritt für Schritt den Tierkreis entlangtaste: gestern 13, heute 14, morgen

15° Stier

und gleichzeitig der fünfte Sonntag nach Ostern, 11 Uhr vormittags: Beim Kirchenwirt in Schreibersdorf werden die Schafe wie jeden Sonntag um diese Zeit die Köpfe zusammenstecken und einander bestätigen, auch heute wieder nicht viel mitbekommen zu haben von der Predigt ihres Hirten, des studierten Theologen Loidl.

Eine bemerkenswerte Wandlung scheint sich vollzogen zu haben in den dreißig Jahren, seit Herr Schnefl selber nicht mehr in die Kirche geht: Das Kirchenvolk erneuert und bestärkt sein Zusammengehörigkeitsgefühl im Wirtshaus, wo es sich nach vollzogenem Messbesuch an der Gewißheit weidet, kein normaler Mensch sei in der Lage, die Botschaften des Pfarrers zu verstehen. Der Pfarrer wiederum müßte sich fragen, ob er den eigenen Ansprüchen an die intellektuelle Redlichkeit dieser Botschaften noch gerecht wird, würden sie vom Kirchenvolk plötzlich verstanden werden.

Er spricht aber trotzdem aus, was ausgesprochen werden muß, damit die Wahrheit in der Welt ist, auch wenn sie der Welt gerade wieder einmal nicht ins Konzept paßt.

In diesem entscheidenden Punkt, sagt Herr Schnefl zur Katze, der Gesellschafterin seiner Sonntagvormittage, hat sich offenbar doch nichts geändert, seit Moses seinerzeit vom Berg Sinai herabgestiegen ist.

16° Stier

Drunten in der Au, genauer gesagt über der grünen Wiese, die vor dem grünen Wald liegt, in dem die weiß angestrichene Manhattan Bar steht, samen die Erlen aus. Ein Wind, so zart, daß man ihn mit einer Windstille verwechseln könnte, treibt, was als Erle angelegt ist, aber zu mehr als 99 Prozent niemals Erle werden wird, landeinwärts.

Landeinwärts ist vielleicht ein gewagtes Wort, wenn man bedenkt, wie weit hinter Wörterberg der Atlantische Ozean aufhört. Aber im Prinzip ist jeder Westwind im Raum Wörterberg ein Wind vom Atlantischen Ozean. Auch wenn er in der Realität als sogenanntes Mailüfterl hier ankommt. Gerade noch kräftig genug, die Erlensamen landeinwärts, also aus dem Steirischen herüber ins ehemalige Deutsch-Westungarn zu treiben.

Wahrscheinlich haben die Frauen ja recht, wenn sie meinen, so schwach kann die Brise vom Meer gar nicht sein, daß es die Männer nicht trotzdem unentwegt zu ihm hinzieht. Auch wenn mehr als 99 Prozent der Männer aus dem Raum Wörterberg das Meer niemals sehen, weil sie erst nach Einbruch der Dunkelheit losfahren und für gewöhnlich in der Manhattan Bar hängen bleiben.

17° Stier

Vor Jahren, als Herr Schnefl anfing, sich mit der Astrologie zu beschäftigen, hatte er seinen Freund, den Ingenieur Alzheimer bitten wollen, ein Treffen mit Frau Helga, der Wirtin der Manhattan Bar zu arrangieren, ist aus irgendeinem Grund aber wieder davon abgekommen.

Interessiert hätten ihn damals und interessieren würden ihn auch heute noch die Geburtstage der unter Frau Helgas Obhut in der Manhattan Bar beschäftigten Mädchen. Keine Namen. Keine Geburtsorte. Keine Geburtszeiten. Nur die Geburtstage, um aus den Gestirnsstandstabellen die Stellung der Venus an diesen Geburtstagen im Verhältnis zu den anderen Planeten zu errechnen. In erster Linie, ob es sich um eine vom Saturn blockierte, um

eine gewissermaßen schreckensstarre, in die Enge getriebene Venus handelt.
Die Liebe als Liebesdienst, als Pflichterfüllung, als Unterwerfung unter die Wünsche *der* Herren im Bordell, unter den Willen *des* Herrn im Kloster, entspräche dem astrologischen Aspekt Venus/Saturn hatte Herr Schnefl gedacht und diesen Gedanken gern bestätigt oder widerlegt gesehen durch entsprechende Untersuchungen an Mädeln, Nonnen, Krankenschwestern, freiwilligen Rettungsfahrerinnen etc.

18° Stier

Im Grunde, hat der Astrologielehrling Schnefl sich später vom Münchner Meisterastrologen Wolfgang Döbereiner erklären lassen, gehe es bei Venus/Saturn weder um das Bordell, noch um das Kloster. Im Grunde gehe es um die Urangst des Herdentieres, von der Herde (der Venus) isoliert zu werden. Oder, schlimmer noch: um das Empfinden, als von vornherein Isolierter in die Herde hineingeboren zu sein. Und um den Drang, diese Isolation durch besondere Dienstfertigkeit innerhalb der Herde auszugleichen, den fehlenden Stallgeruch durch bedingungslose Unterwerfung unter die Herdenmaßstäbe und deren Repräsentanten zu ersetzen.
In Wirklichkeit hätte ein mit dem Venus/Saturn-Aspekt in die Herde Hineingeborener aber nicht die Maßstäbe der Herde, sondern *den* Maßstab innerhalb der Herde zu vertreten. Die Wahrheit inmitten der Verlogenheit. Venus/Saturn, sagt der Meisterastrologe Döbereiner, das ist die Angst aller Ängste.

19° Stier

Seit zwei Jahren kann Herr Schnefl mit den Zähnen wackeln. Genau genommen wackelt natürlich nicht er mit den Zähnen, sondern die Zähne wackeln ohne sein Zutun und gegen seinen Willen. Ganz genau genommen sind es nicht einmal seine Zähne, sondern auf den Stümpfen seiner Zähne draufsitzende Kunststoffzähne, die wackeln.

Herr Schnefl drückt die Kunststoffzähne mit der Zunge gegen den Oberkiefer und wie er die Zunge zurückzieht, rutschen sie sofort wieder in ihre alte, seit zwei Jahren fast unmerklich, aber stetig sich verschlimmernde Schieflage zurück.

Vernünftigerweise, sagt Herr Schnefl sich, sollte er jetzt schlafen, weiß aber, daß er keinen Schlaf finden wird, solange er den Anblick der schief hängenden, heute abend so schief wie noch nie im Badezimmerspiegel dagehängt habenden Kunststoffzähne nicht aus dem Kopf bekommt. Man muß das Volk, denkt er, also die Leserin und den Leser, ins Maul schauen lassen. Das Hineinschauenlassen in den Mund verleiht der Figur dieses Herrn Schnefl auf einmal eine Tiefendimension, die sie vorher nicht hatte.

Das Volk gruselt sich ein bißchen. Man selber überlegt, ob *Tiefendimension* das passende Wort ist, ob man eines Tages Ich sagen wird statt Herr Schnefl, und was einem sonst so durch den Kopf geht, wenn man nachts nicht einschlafen kann.

20° Stier

Tiefenschärfe war das Wort, nicht *Tiefendimension.* Nicht, daß Tiefenschärfe das passende Wort gewesen wäre. Es war nur dasjenige, das Herrn Schnefl durch den Kopf ging, als er sich nachts im Bett herumwälzte vor Angst, die auf ihn zukommende Zahnarztrechnung nicht bezahlen zu können. Jetzt weiß er es wieder.

Und daß er mit dem Gedanken gespielt hatte, die ganze Familie Schnefl mit offenem Mund in seinen Roman einzuführen. Ob es nicht der Mühe wert wäre, hatte er gedacht, die Familienmitglieder an ihren Zähnen und an der als unsichtbarer Belag diesen Zähnen anhaftendenden, mit keiner Zahnpasta der Welt wegzubekommenden Angst für die Leserin und den Leser kenntlich zu machen: Sich selbst als Vaterzahn. Als Mutterzahn die Ehefrau. Als Sohnezahn den Sohn. Als Tochterzahn I und Tochterzahn II die beiden Töchter.

Mutterzahn trägt falsche Schneidezähne, seit ein wildgewordenes Pferd ihr einst am Schulweg die echten ausgeschlagen hat. Sohnezahn fällt als Einjähriger aus dem Gitterbett, verliert die ersten Milchzähne nur wenige Wochen nachdem sie das Zahnfleisch durchstoßen hatten usw.

21° Stier

Im Traum war Herr Schnefl letzte Nacht bei seinem Freund, dem aus Bayern gebürtigen Ingenieur Alzheimer zu Gast. Drei Packungen mit dünn aufgeschnittenem kalten Leberkäse hat der Ingenieur Alzheimer im Traum auf den Küchentisch gelegt und erklärt, man müsse beim Leberkäse unterscheiden zwischen dem normalen Radikalen, das sei der in der größeren Packung, dem Rechtsradikalen und dem freien Radikalen. Den freien Radikalen, der eben noch beim Rechtsradikalen und beim normalen Radikalen auf dem Küchentisch gelegen war, hat der Ingenieur Alzheimer auf einmal unter einem Stapel Pornoheften hervorgeholt, mit der Bemerkung: Der fischelt schon ein bißchen. So ist er mir am liebsten.

Rein äußerlich war nach Herrn Schnefls Dafürhalten kein Unterschied zwischen den drei Sorten Leberkäse zu erkennen. Sie zu verkosten, reichte ihm im Traum die Zeit nicht mehr. Den freien Radikalen, hatte er den Eindruck, würde Alzheimer so und so nicht aus der Hand geben, obwohl er ihn zuvor, wie gesagt, bereits auf den Küchentisch gelegt gehabt hatte.

22° Stier

Sechster Sonntag nach Ostern, halb 10 Uhr vormittags: Mag sein, der Ingenieur Alzheimer sitzt jetzt tatsächlich hinter dem Küchentisch, trinkt seinen Frühstückskaffee und blättert ein wenig in der Heiligen Schrift. Oder er ist schon beim ersten Bier, hat die Heilige Schrift zur Seite gelegt und löst nun das Kreuzworträtsel im Magazin der Süddeutschen Zeitung.

Die Heilige Schrift erfüllt im Leben Alzheimers eine Funktion, die derjenigen des Roten Tuches in der Stierkampfarena vergleichbar ist. Alzheimers 82jährige Mutter spielt den Torrero. Er selbst ist der Stier, der der Heiligen Schrift in Mutters Händen das

Heilige schon herunterräumen wird, früher oder später. Durch häufiges, beinahe tägliches Lesen im Alten wie im Neuen Testament hält Alzheimer sich seit Jahrzehnten in Form für die alles entscheidende Attacke.

Man muß kennen, was man bekämpft, hat er mehr als nur einmal gesagt, hat in Gedanken, also trainingshalber, den Kopf gesenkt und ein wenig mit den Hörnern gedroht, um seinen Freund Schnefl in die Rolle des Torreros hineinzudrängen. Worauf dieser, gleichfalls trainingshalber, ausrief: Wer mit den Waffen des Ingenieurs gegen das Geheimnis aller Geheimnisse in den Kampf zieht, ist ein hoffnungsloser Narr!

Aber Training ist Training und Stierkampf ist Stierkampf. Darin waren Herr Schnefl und der Ingenieur Alzheimer sich immer einig.

23° Stier

Wollte Herr Schnefl seinen Freund Alzheimer an dessen Zähnen in den Tierkreisroman einführen, bräuchte er die Leserin und den Leser zu diesem Zweck nicht unbedingt in Alzheimers Mund schauen zu lassen. Es genügte auch ein Blick auf den Alzheimerschen Küchentisch, falls es gerade früher Nachmittag wäre, Alzheimer auf der Bank hinter dem Küchentisch seinen Mittagsschlaf hielte und die Zähne, die er beim Schlafen nicht braucht, herausgenommen hätte.

Die eigenen Zähne oder einen Großteil dessen, was von den eigenen Zähnen übrig war, hat Alzheimer verloren, als er eines Tages von der Leiter gefallen und mit der unteren Gesichtshälfte am Eck des gußeisernen Gartengrillers aufgeschlagen ist. Kennzeichnend für Alzheimer als Romanfigur wären aber nicht die falschen Zähne an sich, sondern die Tatsache, daß es sich um Gratiszähne, also von der Krankenkasse bezahlte, herausnehmbare Zähne handelt.

Weshalb diese Krankenkassenzähne im Mund eines Mannes, der ein Haus im ehemaligen Deutsch-Westungarn besitzt, ein zweites in seiner Heimatstadt München, ein drittes auf den kanarischen Inseln? Und weshalb diese teuren, von keiner Krankenkasse gezahlten Zähne in meinem eigenen Mund, der ich bis vor kurzem kein Haus nirgendwo besessen habe und die gleiche Brücke zu einem Fünftel des Preises im heutigen Westungarn hätte bekommen können? An ihren falschen Zähnen, wird Herr Schnefl der Leserin und dem Leser gegenüber durchblicken lassen, werdet ihr die echten Defekte meiner Romanfiguren erkennen.

24° Stier

Heute hat Herr Schnefl Post von den erschreckend seriös gewordenen Nachfahren der Raubritter und Wegelagerer erhalten. *Aufgrund der Entwicklung am Kapital- und Bankengeldmarkt wird Ihr Darlehenszinssatz nach Ablauf der Fixzinsphase ab 1. Juli dieses Jahres angepaßt,* schreibt die Raubritter & Wegelagerers Seriöse Nachfahren Aktiengesellschaft. Bis 31. Dezember werde man den Schneflschen Darlehenszinssatz vorerst einmal um knapp 1% nach oben anpassen. Über die weitere Zinssatzentwicklung werde man zeitgerecht informieren. Wodurch für Herrn Schnefl sichergestellt sei, daß sein Darlehen auch in Zukunft langfristig stabil und äußerst attraktiv bleibe. Für weitere Fragen stehe man gerne zur Verfügung.

Danke, keine weiteren Fragen.

25° Stier

Für den Ingenieur Alzheimer ist das Leben etwas, wovon er ungefähr seit dem fünfzigsten Jahre desselben nur noch in der Vergangenheit spricht. Alzheimers Leben, behauptet sein Freund Schnefl, war ein Feldzug, der ihn letzten Endes aus dem Feld hinaus und in eine Wüste hineingeführt hat, die man die wandelbare oder auch die lauwarme Wüste nennen könnte. Im Sommer heißt die wandelbare Wüste Steinfeld, liegt direkt an der ehemaligen österreichisch-ungarischen Grenze und ist aus der Nähe betrachtet ein auf drei Seiten von Zäunen und Mauern, auf der vierten von einem Flüßchen eingegrenztes Gehöft, an dem im Viertelstundentakt die Züge der Raab-Ödenburger-

Eisenbahngesellschaft vorüberrollen. Im Winter heißt sie La Gomera und ist identisch mit der seinerzeit bei Zivilisationsverweigerern hoch geschätzten, der eigentlichen Wüste vorgelagerten Vulkaninsel im Atlantischen Ozean.

26° Stier

Für Herrn Schnefl ist das Leben etwas, wovon er im 47. Jahre desselben immer noch hauptsächlich in der Möglichkeitsform spricht. Das Leben, sagt er, das wäre schon was, wenn auch nicht unbedingt für mich. Oder daß das Leben mit einem Ozean zu vergleichen sei und er selber, der Herr Schnefl, mit einem Strandbewohner. Einer, der mit beiden Beinen in der Nichtschwimmerzone steht, wehmütig hinterherschauend, wie die anderen sich ins offene Wasser wagen, deren Untergänge vorhersehend, die ganz unterschiedlich gearteten Ursachen dieser Untergänge bedenkend.

Diejenigen, die dem Untergang entrinnen, kehren in die Nichtschwimmerzone zurück, steigen aus dem Wasser und ver-schwinden alsbald in der Wüste, wo sie, den Blicken des Herrn Schnefl entschwunden, früher oder später verdursten werden.

Herrn Schnefls Freund, der Ingenieur Alzheimer, nuckelt den ganzen Tag an der Bierflasche. Das hat aber, sagt er, nichts mit der Angst vor dem Verdursten zu tun, ist vielmehr reine Gewohnheit. Schon als Kind sei er ständig an der Wasserleitung gehängt.

27° Stier

Auf der äußeren Landkarte, sagt Herr Schnefl zum Ingenieur Alzheimer, der seit gestern aus Gomera zurück ist, liegt Wörterberg auf 16° östlicher Länge, auf der astrologischen Landkarte, die dein engerer Landsmann Döbereiner entwickelt hat, liegt es auf 27° Stier. Das entspricht dem Stand der Sonne im Tierkreis von heute vormittag.

Die Sonne, wird man in hundert Jahren sagen, wenn die astrologischen Koordinaten gleichberechtigt neben den geographischen stehen werden, läuft heute vormittag über die Längsachse von Wörterberg. Aber damals, antwortet Alzheimer, der schon lange nicht mehr zuhört, wenn sein Freund Schnefl von der Astrologie anfängt, damals hat die Wüste noch gelebt. Damals, als wir im Felde lagen und reihenweiße Gymnasiastinnen entjungfert haben. Damals, als wir gegen Indien gezogen sind durch die Schluchten des wilden Kurdistan und über die verschneiten Pässe des Hindukusch in unserem alten VW-Bus. Damals, als ich bis lange nach Mitternacht gearbeitet und täglich zwei Flaschen Whiskey getrunken habe, um das alles durchzustehen. Damals, als ich mir meinen Traum erfüllt, die Firma verkauft, den Pflug hinter den Mercedes gespannt und die Wüste zum Blühen gebracht habe. Was keine große Kunst war, weil die Wüste damals, wie gesagt, noch gelebt hat.

28° Stier

Siebter Sonntag nach Ostern, gleichzeitig Pfingstsonntag: gegen 6 Uhr früh wird Herr Schnefl vom Gurren einer Taube geweckt. Das kommt ab und zu vor, seit Karl Fliegenschnee, der Besitzer der Tauben, gestorben ist (siehe 9° Widder). Kurz darauf dreht Frau Schnefl sich auf den Rücken und beginnt laut zu schnarchen.

Herr Schnefl, durch das Schnarchen der Ehefrau am Weiterschlafen gehindert, zieht den Schlafzimmervorhang ein wenig zurück, und was eben noch nach Taube geklungen hat, schaut auf einmal aus wie ein Spatz, nein: es ist ein Spatz, der auf der Telefonleitung sitzt, die vom Nachbarhaus zum Schneflhaus herüberführt.

Die Taube des verstorbenen, drei Häuser dorfeinwärts gewohnt habenden Karl Fliegenschnee wird droben auf dem Dach des Schneflhauses sitzen oder schon wieder heimgeflogen sein. Ihre pfingstliche Pflicht hat sie ja erledigt, denkt Herr Schnefl im Augenblick zwar nicht, wird es aber im nachhinein wahrscheinlich so auslegen.

29° Stier

Grillparzers Freund, der Maler Seidelmann, fragt telefonisch an, ob das Horoskop für seine Tochter fertig sei.

Errechnet und ausgedruckt, antwortet Herr Schnefl, habe sein Computer es vor zwei Wochen schon. Nur frage er sich seither, ob der von Seidelmann via Grillparzer übermittelte Geburtszeitpunkt tatsächlich stimmen kann. Falls er stimme, rücke er die im Tochterhoroskop zwangsläufig enthaltene Beziehung der Eltern in ein Licht, das diese als schwierig, um nicht zu sagen gefährdet erscheinen lasse.

Bevor er, Schnefl, ihm auf der Grundlage einer möglicherweise unrichtigen Geburtszeit am Telefon diesbezüglich Unsinniges oder unnötig Verunsicherndes erzähle, wäre es gescheiter, Herr Seidelmann würde demnächst einmal persönlich hier in Wörterberg vorbeischauen.

0° Zwillinge

Heute, kurz nach 7 Uhr früh hat der Tierkreis sich das Lutherische Mäntelchen umgehängt. Womit lediglich gesagt sein soll, daß die Sonne in ihrem scheinbaren Lauf um die Erde aus dem Tierkreiszeichen Stier in das Tierkreiszeichen Zwillinge gewechselt ist. Luther selber war ein Skorpion (geboren am 10. November 1483) und ist es noch immer, wenn man davon ausgeht, daß einer sein skorpionisches Wesen nicht einfach ablegt wie einen alt und hinfällig gewordenen Körper, den man im Grab verfaulen läßt oder auf sehr heißer Flamme verbrennt, zwei oder drei Tage nachdem das Herz zu schlagen aufgehört hat.

Wäre Luther im Zeichen Zwillinge geboren, hätte man ihm den Satz *Hier stehe ich, ich kann nicht anders* nicht einmal andichten können. Der Zwilling Luther hätte gesagt *Hier gehe ich, ich kann aber jederzeit auch woanders*, und wäre mit so viel zwillingshafter Beweglichkeit gewiß nicht Gefahr gelaufen, dem Zwillingshaften als solchem ungewollt zum Durchbruch zu verhelfen: jenem Ingenieursgeist des Machbaren, Brauchbaren und willkürlich

Veränderbaren, dem das gerade untergehende Zwillingszeitalter seinen schlechten Ruf bei den Astrologen verdankt.

Luther persönlich hat dem Ingenieursgeist nicht nur mißtraut. Er hat ihn für den Ungeist schlechthin gehalten. Die Vernunft, soll er einmal gesagt haben, ist des Teufels Hure. Durch die gänzlich unvernünftige Anmaßung, die schlechteste aller Welten zur zweitschlechtesten reformieren zu wollen, hat Luther sich zu des Teufels Hure willfährigem Steigbügelhalter gemacht. Als Skorpion, der er nun einmal ist, wird er sich das ewig vorwerfen.

1° Zwillinge

Warum er denn, fragt Alzheimer seinen Freund Schnefl, nicht gleich ein Astrologiebuch schreibt, wenn er schon meint, sich als Schriftsteller am Ende der Moderne nur noch an der Astrologie orientieren zu können, zu sollen oder zu müssen?

Weil es inzwischen genau so viel zu viele Astrologiebücher gibt, wie es die längste Zeit schon zu viele Romane gegeben hat, antwortet Herr Schnefl. Ein Ausweg wäre vielleicht, das eine mit dem anderen zu kreuzen und die aus der Kreuzung hervorgehende Chimäre der Leserin und dem Leser aufs Auge zu drücken als lose Folge nur durch den Tierkreis verbundener Geschichten, nach dem Muster: Es lebten einst ein Stiervater und sein Zwillingssohn…

Der Stiervater errichtete eine hohe Mauer um die vom Widdergroßvater gegründete Fleischhauerei. Der Zwillingssohn kletterte bei der ersten Gelegenheit darüber, setzte sich aufs Motorrad und fuhr einer besseren Zukunft entgegen oder dem, was ein Stiervater und seine Fischefrau sich als bessere Zukunft für ihren Zwillingssohn erträumen, wenn sie selber ihr Leben lang nicht aus der Fleischhauerei herausgekommen sind: also ein Medizinstudium. Eine Laufbahn als Chirurg am Landeskrankenhaus drunten in O. Eine Goldgrube von Privatpraxis in bester Lage und fürs Herz eine hübsche, aber dennoch genügsame Jungfraufrau.

2° Zwillinge

Frau Schnefl, die im Gastgewerbe arbeitet und das Leben notgedrungen aus einer weniger romanhaften Perspektive sieht, hat ihrem Ehemann unlängst vom Fall eines wirklichen Fleischhauersohnes erzählt, der es tatsächlich zum Primararzt im Landeskrankenhaus O. gebracht hat, heute aber schon pensioniert ist oder pensioniert war, weil er als Toter keinen Anspruch mehr auf Pension erheben kann.

An Hirnaustritt, behauptet die Wirtshausgerüchteküche, in die Herr Schnefl auf dem Umweg über die Ehefrau ab und zu hineinhorchen darf, ist der Primarius und Fleischhauersohn gestorben. Aphrodite Kalliglutos (die mit dem schönen Gesäß), sei am Straßenrand gestanden. Der Primarius habe ihr nachgeschaut, sei mit dem Motorrad von der Straße abgekommen, im Landeskrankenhaus unten in O. später seinen schweren Kopfverletzungen erlegen.

Bemerkenswert, sagt Frau Schnefl, komme ihr vor, daß der Mann vor ein paar Jahren schon einmal einen Hirnschlag nur knapp überlebt hat. Von der Gerüchteküche sei er damals für praktisch tot erklärt gewesen, habe sich dann aber noch einmal überraschend gut erholt. Letztes Wochenende, bei einem Sonnenstand von 27° Stier und fast hochsommerlichen Temperaturen, ist er sogar wieder auf dem Motorrad gesessen.

3° Zwillinge

Hirn hat Herr Schnefl, der selber der Sohn eines Fleischhauers ist, als Kind öfter gesehen. Hirn als Hirn mit Ei zubereitet auf dem Teller. Einmal sogar Hirn als Senf in einem Auto oder doch nur Senf mit Verdacht auf Hirn. Das wird sich im nachhinein nicht mehr klären lassen.

Muß Senf sein, sagt Vater Schnefl, der Fleischhauer, als sie damals an diesem Unfallauto vorbeifahren, dessen Fenster innen gelb verschmiert sind. Muß Hirn gewesen sein, denkt Herr Schnefl später immer wieder und auch heute noch, ungefähr vierzig Jahre danach.

In Ihrem persönlichen Horoskop, wird er der Leserin und dem Leser mitteilen, falls er diese Chimäre aus Roman und Astrologiebuch tatsächlich schreibt, finden sie das Hirn im achten der zwölf Häuser. Das achte Haus ist immer die Schaltzentrale, der Plan, das noch nicht Gegenwart gewordene, also auch das Gegenwartslose, das Ungelebte, das aus dem Leben Verdrängte. Mit einem Wort: die Gespenster. Haben Sie viele Planeten im achten Haus, Leserin, schleppen Sie einen ganzen Rucksack voller Gespenster mit sich herum. Oder einen Rucksack voll ungelebten Lebens ihrer Vorfahren, wenn Ihnen das lieber ist.

4° Zwillinge

Haus 8 ist das Geisterhaus. Mit Sätzen wie diesem wird Herr Schnefl sich bei der Leserin und beim Leser von vornherein verdächtig machen. Wobei die Leserin ihm am Anfang vielleicht noch die Stange halten wird, indem sie sagt: Er meint es nicht wörtlich. Er meint das sogenannte Geisterhaus, wird sie sagen und mit beiden Händen Anführungszeichen in die Luft malen. Weil es sich unter ihresgleichen eingebürgert hat, Anführungszeichen in die Luft zu malen, wenn dem Gesprächspartner signalisiert werden soll: Wir sind uns einig, daß ich weit davon entfernt bin, zu meinen, was ich sage.

Sie können die Hände herunternehmen, Leserin, wird Herr Schnefl schreiben und zwei Horoskope aus seiner umfangreichen Sammlung in den Text hineinkopieren: Links das Geburtshoroskop des ihm persönlich bekannten Geistheilers Uwe Prosenig. Rechts das Unfallhoroskop einer Arbeitskollegin seiner Ehefrau,

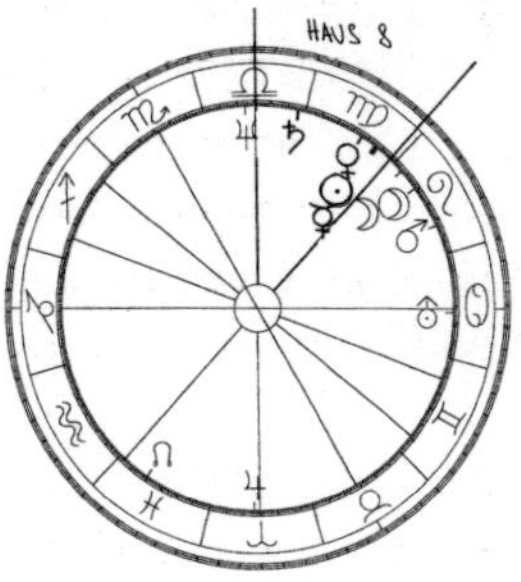

HOROSKOP GEISTHEILER

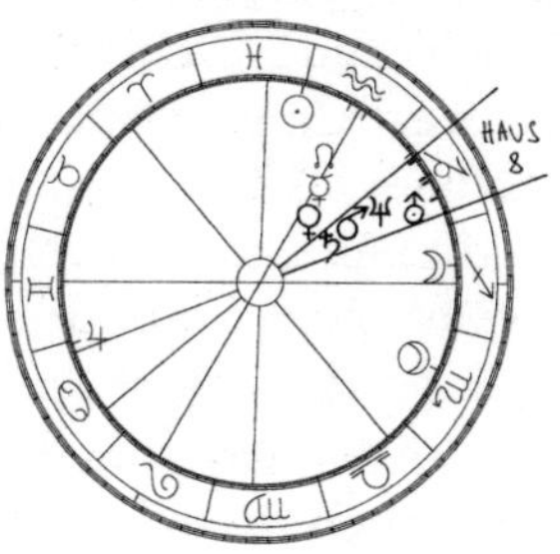

HOROSKOP AUTOUNFALL

erstellt auf den Zeitpunkt, als diese bewußtlos in ihrem zerstörten Auto liegt, umringt und bedrängt von verstorbenen Familienangehörigen, die sie auf ihre Seite ziehen wollen, wie sie später erzählen wird.

Hätten Sie sich jemals mit Astrologie beschäftigt, Leserin, wird Herr Schnefl schreiben, müßte Ihnen auffallen: Im Unfallhoroskop versammelt sich die komplette Vergangenheit der Verunglückten, also alles im Horoskop als außerhalb der Gegenwart liegend Gekennzeichnete im achten Haus.

Im Horoskop des Geistheilers Uwe steckt er persönlich mittendrin. Die Gegenwart, die der Mann zur Verfügung hat, ist eine Gegenwart des achten Hauses. Er ist mit den Geistern per Du. Er braucht kein Röntgenbild, um zu sehen, woran der Kranke erkrankt ist und keine medizinische Ausbildung, um die Angelegenheit wieder ins Lot zu bringen. Ein gewöhnliches Foto, hat er Herrn Schnefl einmal gesagt, genüge ihm völlig. Wobei es keine Rolle spiele, ob der Fotographierte sich gegenwärtig im Nebenzimmer oder zwei Kontinente entfernt aufhalte.

5° Zwillinge

Erster Sonntag nach Pfingsten, gleichzeitig der Tag nach dem Tag, an dem Dr. Ernö B. Herrn Schnefls schief sitzende alte Zahnbrücke durch das ebenso schiefe Provisorium einer neuen ersetzt hat, deren endgültige Fassung dem waagrechten Idealbild dann hoffentlich wieder näher kommen wird.

Da die Brücke jenen Platz im Mund einnimmt, an dem ursprünglich die oberen Schneidezähne saßen, zwingt sie ihrem Besitzer seit Jahren dieses schiefe Lächeln auf. Dieses ein wenig hilflos wirkende Lächeln, das als Schnefllächeln zweifellos im ganzen ehemaligen Deutsch-Westungarn bekannt wäre, würde Herr Schnefl als Geistesgestörter oder als Berufspolitiker durch das Land ziehen und überall die Zähne zeigen, damit das Volk ihn gern hat oder zumindest ein bißchen lieber als die gleichfalls Zähne zeigende politische Konkurrenz.

Wäre Herr Schnefl ehrlich zu sich selber, müßte er allerdings zugeben, schon früher, als die Schneidezähne noch in der Waagrechten waren, nicht viel gelächelt zu haben. Wäre er boshaft zu sich selber, müßte er sich sogar eingestehen, es sei dieses seltene Schneflächeln im Grunde immer schon ein schiefes gewesen und das Gehege seiner Zähne hätte gar nicht anders können, als diesem Umstand durch reale Schieflage früher oder später gerecht zu werden.

Es ist dies, müßte er sich eingestehen, eine ähnliche Geschichte wie die meines Bekannten H., der seine Beine jahrzehntelang nur benutzt hat, um von der Wohnung zum Auto und vom Auto ins Büro zu gehen. Jetzt hat er nur noch ein Bein, weil das zweite krankheitshalber oberhalb des Knies amputiert werden mußte. Und man hat nicht den Eindruck, es stehe die nunmehrige Erscheinung des Herrn H. mit dem einen Knie im Widerspruch zum Bild des Herrn H. mit den zwei Knien, das man von früher im Kopf hat.

6° Zwillinge

Auch zwei Tage danach sind Herrn Schnefls Wangen noch geschwollen vom Betäubungsmittel, das ihm der ungarische Zahnarzt Ernö B. in zehn, zwölf winzigen Portionen in den Oberkiefer gespritzt hat. Schmeckt bitter, das Gift, wenn ein Tropfen aus der Nadel in den Mund rinnt, wirkt sofort und behält einen Rest an Wirksamkeit, wie man sieht, länger als 48 Stunden.

In die Arme des Dr. Ernö B. wurde Herr Schnefl ungewollt von dessen österreichischem Kollegen W. getrieben. Außer einer herausnehmbaren Prothese, dürfte Dr. W. gedacht haben, kann dieser Herr Schnefl, den ich seit fünfzehn Jahren kenne, sich bei uns in Österreich nichts leisten, sagte aber: Außer einer herausnehmbaren Prothese ist bei Ihnen, lieber Herr Schnefl, leider nichts mehr zu machen.

Wie ein endgültiges Urteil hat Herr Schnefl diese Auskunft hingenommen, ist zwei Jahre lang mit der immer wackligeren Brücke durch das Leben, und am Ende doch zum Dr. B. nach Ungarn hinüber gegangen: Da die Wurzeln gesund und kräftig sind, sprach dieser nach einem Blick aufs Röntgenbild, sehe ich kein Hindernis, eine erstklassige porzellanene Brücke in ihren Mund hineinzubauen, hat einen Kostenvoranschlag erstellt und Herrn Schnefl samt Mund auf den vergangenen Samstag zu sich bestellt.

In Österreich, sagt Herr Schnefl zum Dr. B., fragst du den Zahnarzt deines Vertrauens und bekommst die Auskunft eines Geschäftsmannes, der sich darüber im klaren ist, mit den Preisen der ungarischen Konkurrenz nicht mithalten zu können. In Ungarn fragst du einen dir unbekannten Geschäftsmann und bekommst die Auskunft eines Zahnarztes, der sein Handwerk versteht. Dr. B., des Deutschen nur mächtig, so weit es das Geschäft unbedingt erfordert, versteht ihn nicht ganz. Aber er selber hat es nun endlich begriffen.

7° Zwillinge

Zahnlöcher sind Schlafräuber könnte die heutige Kapitelüberschrift heißen, falls Herrn Schnefls Chimäre aus Roman und Astrologiebuch am Ende doch so stark ins Romanhafte schlägt, daß ein Durchnummerieren der einzelnen Abschnitte nach Tierkreisgraden den Ansprüchen des Autors nicht mehr genügt. Denkbar wäre natürlich auch eine Kombination aus beidem, also heute beispielsweise *7° Zwillinge oder des Tierkreisromans 68. Kapitel: Zahnlöcher sind Schlafräuber.*

Dabei handelt das Kapitel, wie aus dem der Überschrift folgenden Text hervorgeht, nicht von Zahnlöchern im eigentlichen Sinn, sondern von Löchern im Oberkiefer, die die Reißwerkzeuge des Dr. Ernö B. dort hinterlassen haben. Vom Ende der Karriere zweier Zähne, die einst als Schneflsche Eckzähne begonnen hatten. Dann wurden sie zu Stümpfen geschliffen und haben noch zwanzig Jahre lang als Pfeiler für die von Anfang an ein wenig schiefsitzende Zahnbrücke hergehalten. Jetzt liegen sie, als Sondermüll vermutlich, in einem ungarischen Mistkübel und in Österreich verursacht ihr Fehlen im Oberkiefer des Herrn Schnefl Schmerzen, die letzte Nacht in den Unterkiefer gewandert sind, sich dort festgesetzt haben, *Schlafräuber! Konzentrations-*

mörder! Literaturverhinderer! geschimpft werden, sich davon aber nicht beeindrucken lassen.

8° Zwillinge

Seit heute Morgen unterscheidet Herr Schnefl zwischen furchtbaren und fruchtbaren Zahnschmerzen. Furchtbare Zahnschmerzen sind solche, die praktisch jeder kennt, der Zähne im Mund hat. Fruchtbare Zahnschmerzen sind diejenigen, die kurz vor dem Einschlafen in den Kopf wandern, sich also in Kopfschmerzen verwandeln und als solche einem Traum Pate stehen, der anders ist als alle bisherigen Träume, weil er der erste ist, von dem man am Morgen danach mit Sicherheit sagen kann: Man hat ihn in Farbe geträumt. Er war von einem goldenen Leuchten beherrscht. Und es war des britischen Thronfolgers goldene Zahnbrücke, die der Traum einem in den Mund gesetzt hatte: Eine Reihe strahlend weißer, auffällig kleiner, auffallend regelmäßiger Zähne auf einem leuchtenden Fundament aus goldenem Stanniolpapier. Das kann ja nicht halten, denkt der Träumende. Andererseits ist er sich darüber im klaren, daß es beim britischen Thronfolger seinerzeit auch gehalten haben muß.

Mit Ihrem Einverständnis, Herr Doktor, werde ich sie Prince-of-Wales-Brücke taufen, wird Herr Schnefl zum Dr. Ernö B. sagen, wenn der ihm in knapp drei Wochen, bei einem Sonnenstand von 27° Zwillinge, die richtige Zahnbrücke in den Mund setzt.

9° Zwillinge

Vorgestern abend meldet sich Herrn Schnefls jüngere Tochter telefonisch aus London: im Untergrund, sagt sie nicht wörtlich, aber sinngemäß, sei das Entsetzen über sie hergefallen auf dem Heimweg von der Schule, habe sie gepackt und geschüttelt; schnürt ihr, wie man hört, jetzt noch die Kehle zu, behindert das Sprechen, treibt die Tränen heraus. Nur schemenhaft, nur so aus dem Augenwinkel habe sie wahrgenommen, wie der Mann unmittelbar neben ihr sich vor die U-Bahn wirft. Umstehende

hätten das schemenhaft Wahrgenommene auf Nachfragen der Schnefltochter als tatsächlich Vorgefallenes bestätigt.
Stunden später drückt der Traum ihrem Vater diese goldene Prince-of-Wales-Brücke in den Mund. Heute ist er nach fünf Tagen zum ersten Mal nahezu schmerzfrei und morgen, auf

10° Zwillinge

soll der Maler Seidelmann, im Hauptberuf Landesbeamter genau wie sein Freund Grillparzer, persönlich hier im Büro erscheinen und Herr Schnefl wird zugeben müssen, sich aufgrund der inzwischen korrigierten Geburtszeit der Seidelmanntochter erst recht nicht mehr auszukennen in deren Horoskop.
Es fehlt mir leider die Phantasie, Herr Seidelmann, sagt er, als Seidelmann tatsächlich da ist... es fehlt mir die Phantasie, mir vorzustellen, was es in der Praxis bedeutet, den Vater im Horoskop der Tochter als Abwesenden gekennzeichnet zu sehen. Eingesperrt dort hinten im zwölften Horoskophaus, bewacht vom Höllenhund Pluto oder Cerberus, wie mein Kollege Dante ihn nennt, vis á vis in Haus sechs.

11° Zwillinge

Noch hatte Herr Schnefl gestern das Eingeständnis seiner astrologischen Ratlosigkeit nicht beendet, da ging die angeblich fehlende Phantasie mit ihm durch: Herr Seidelmann erhob sich von seinem Sessel, ein Gott ließ ihm am ganzen Leibe Federn sprießen, seine Arme verwandelten sich in Flügel, er schwang sich empor, setzte sich auf des Schneflhauses Dach und hob an zu singen:

Mein Mutter, der mich schlacht,
mein Vater, der mich aß,
mein Schwester, der Marlenichen,
sucht alle meine Benichen,
bind't sie in ein seiden Tuch,
legt's unter den Machandelbaum.
Kywitt, kywitt, wat vör'n schön Vagel bün ik!

Herr Schnefl erhob sich ebenfalls, lief vor die Tür und rief: Kommen sie herunter, Seidelmann! Es ist sinnlos, es mir auf *die* Art erklären zu wollen. Ich verstehe ja schon das vergleichsweise prosaische Horoskop nicht. Kommen Sie herunter! Trinken Sie einen Kaffee mit mir!

12° Zwillinge

Zweiter Sonntag nach Pfingsten, gleichzeitig der Tag nach dem Tag, an dem die Wassermänner das Schneflhaus verlassen haben: Zuerst ist der Maler Seidelmann aufgebrochen, ohne sich für Herrn Schnefls fruchtlose astrologische Bemühungen zu bedanken, dann die ältere Tochter und gegen Mitternacht auch der Sohn. Seidelmann und der Sohn sind sogenannte doppelte Wassermänner (Aszendent und Sonnenstand Wassermann), die Tochter ist eine Wassermannsonne mit Steinbockaszendent.

Die Wassermänner, sagt der Meisterastrologe Döbereiner sinngemäß, sind die Vögel des Tierkreises. Alles Wassermännische in der Welt trägt das Urrudiment des Vogelflugs in sich. Und Herrn Schnefls Sohn, der den Beruf des Kochs für sich gewählt hat, bestätigt das, indem er seit dem neunzehnten Lebensjahr kreuz und quer durch Europa unterwegs ist, auf seinem Zug von Österreich in die Schweiz nach Irland über Österreich zurück in die Schweiz dieses Frühjahr für ein paar Wochen im Elternhaus Rast gemacht hat. Seidelmann bestätigt es, indem er aus privaten Motiven unentwegt zwischen Landeshauptstadt, Bundeshauptstadt und Tiroler Provinzhauptstadt pendelt. Herrn Schnefls ältere Tochter bestätigt es, indem sie vor sechs Monaten ihren Steinbockfreund verlassen hat, ihm unlängst wieder zugeflogen ist, sich gleichzeitig aber mit dem Plan trägt, für einige Zeit nach Kanada zu gehen.

Herrn Schnefls Katze, die nach der Abfahrt der älteren Tochter lang hingestreckt auf der aufgeheizten Erde unter dem Sommerflieder liegt, ist astrologisch gesehen eine Jungfrau: Jungfraukatze in Erwartung der abendlichen Heimkehr der Widderfrau zum Skorpionehemann.

13° Zwillinge

Für den Wassermannsohn des Skorpionvaters ist das Vaterhaus ein goldener Käfig. Das ist nicht nur so dahingesagt, Leserin. Das ist tatsächlich so. Und daß es so ist, können Sie überprüfen, indem Sie über längere Zeit die Entwicklung des Goldkurses im Wirtschaftsteil ihrer Zeitung und parallel dazu den Lauf des Planeten Pluto in den astrologischen Gestirnstandstabellen beobachten.

Je nach Stellung des Pluto im Tierkreis, werden Sie feststellen, steigt oder fällt der Kurs des Goldes. Das Gold, können Sie daraus schließen, entspricht astrologisch dem Pluto. Der Pluto wiederum entspricht dem Tierkreiszeichen Skorpion. Und zu den skorpionischen Erscheinungen in der Welt gehören alle Arten von geschlossenen Räumen: jeder Container, jeder Käfig. Daher also das Bild des goldenen Käfigs.

Hätten Sie den Wassermannsohn des Skorpionvaters Schnefl gesehen, Leserin, wie er Mitte März aus Irland angeflogen kam und dann von Woche zu Woche, von Tag zu Tag immer stiller im Vaterhaus herumgesessen ist, immer länger geschlafen, immer seltener das Haus verlassen hat, würden Sie jetzt nicht die Nase rümpfen. Vielleicht hat er gar nicht so unrecht, der Herr Schnefl, würden Sie sagen. Vielleicht unterschätzen wir ihn und die Sterndeuterei. Womöglich ließe sich aus seinem Hinweis auf den Planeten Pluto und den Kurs des Goldes sogar Kapital schlagen.

14° Zwillinge

Mein Mutter, der mich schlacht
mein Gattin, der mich aß,
mein Tochter, der Marlenichen
sind alle im Sternzeichen Stier
geboren, ich aber bin
ein doppelter Wassermann.
Was das wohl bedeuten kann?

Vielleicht war es das, was der Maler und Landesbeamte Seidelmann gesungen hat, als er in Herrn Schnefls kleinem Kopftheater neulich auf das Dach hinaufgeflogen ist.

Stierfrauen, wenn es das gewesen wäre, hätte Theaterdirektor Schnefl ihm erklären können, sind das Solideste im ganzen Tierkreis. Wird eine gar zu solide, setzt das Schicksal ihr einen Wassermannsohn ins Nest. Das ist dann ein bißchen so, als brächte die Katze einen Vogel zur Welt. Als dem Vogel Flügel wachsen, sagt die Katze: Was für wunderschöne Flügel du hast, mein Sohn. Wer weiß, wozu du dich eines Tages noch aufschwingen wirst. Aber jetzt lern erst einmal ordentlich gehen.

Als der Sohn ordentlich gehen gelernt hat, geht er zum Studium der Malerei nach Wien, wo er sich sofort in eine Katze verliebt, die der Mutter auf den ersten Blick überhaupt nicht ähnlich sieht. Du bist so erfrischend anders, sagt er, anders als alle anderen Katzen, die ich kenne. Dennoch, meint er, klingt ganz vernünftig, was die Geliebte sagt: Was für wunderschöne Flügel du hast, mein Liebster, sagt sie. Wer weiß, wozu du dich eines Tages noch aufschwingen wirst. Aber jetzt laß uns erst einmal heiraten.

Warum aber gebiert die Katzenfrau dem Katzensohn, der eigentlich ein Vogel ist, wiederum ein Katzenkind? Warum überhaupt kommt Herr Schnefl auf die Idee, Stierfrauen mit Katzen gleichzusetzen, wissend, daß dies mit seriöser Astrologie nichts zu tun hat? Seien Sie vorsichtig, Leserin. Glauben Sie ihm nicht alles.

15° Zwillinge

Was ist die Stierfrau, wenn sie keine Katze ist? Eine Kuh? Ein Eichhörnchen? Eine elefantenköpfige Chimäre mit Kuhkörper und Eichhörnchenschwanz, am untersten Ast eines voll erblühten Kastanienbaums sitzend? Fragen Sie nicht, Leserin. Lassen Sie Ihre Augen vielmehr unauffällig weiterwandern auf

16° Zwillinge

wo Herr Schnefl heute dem Gott der Diebe und der Kaufleute opfert, gleichzeitig Herrscher im Tierkreiszeichen Zwillinge, indem er einen Satz aus dem Reiseblatt der Frankfurter Allgemeinen Zeitung stiehlt: *Unter einem Sonnenschirm, ein wenig abseits von den anderen Verkaufsständen saß an diesem Vormittag ein Mann, nicht mehr jung und noch nicht alt,* lautet der Satz. Und Herr Schnefl wird ihm einen prominenten Platz einräumen in seinem Tierkreisroman, indem er ihn an dessen Anfang stellt. Er wird es so aussehen lassen, als sei der prominente Platz ein Marktplatz im ehemaligen Deutsch-Westungarn, auf dem die Leserin und der Leser ratlos herumstehen, ehe sie sich von dem Mann unter dem Sonnenschirm in seinen Tierkreisroman hineinlocken lassen: Er trug einen blauweiß gestreiften Pullover, eine weite Stoffhose und keine Schuhe, wird der Leser später zu Protokoll geben. Vor sich hatte er auf einem schwarzen Tuch seinen tragbaren Computer aufgestellt. Als wir näher traten, gab er sich zunächst den Anschein, als bemerkte er uns kaum; fing an zu reden, als redete er zu sich selber; griff nach der Flasche, die neben ihm auf dem Boden stand, als wollte er daraus trinken, obgleich die Flasche offensichtlich leer war und Schwuppdiwupp und Hastdunichtgesehn steckten wir beide in der Flasche drin.

17° Zwillinge

Nur Mittwoch, wenn Markt ist, erfahren die Leserin und der Leser, als sie sich in der Flasche halbwegs bequem eingerichtet haben, sitzt der Mann im blauweiß gestreiften Pullover unter seinem Sonnenschirm in der Bezirkshauptstadt O. Den Rest der Woche lebt er als Herr Schnefl in Wörterberg ob der Lafnitz, 600 Meter über dem Meer und arbeitet an einem Tierkreisroman. Man könnte auch sagen, er arbeite an der Erschaffung einer inoffiziellen Welt, da er in der offiziellen schon lange keine Aufgabe mehr hat und ihm auch die halboffizielle abhanden gekommen ist, seit seine drei Kinder aus dem Haus sind.

Zumindest, denkt Herr Schnefl, klingt es gut, wenn ein Schriftsteller behauptet, er arbeite an der Erschaffung einer inoffiziellen

Welt. In Wirklichkeit kann er froh sein, ab und zu auf ein Wort zu stoßen, das es offiziell noch nicht gibt. Heute zum Beispiel das Wort *Ribiselrettung*.

Ribisel ist das halboffizielle, das heißt österreichische Wort für die hochdeutsche Johannisbeere. Ribiselrettung ist seit heute das inoffizielle, das heißt Schneflsche Wort für eine Ameisenkolonie, die sich am Fuße eines stark verlausten Ribiselstocks im Garten hinter dem Schneflhaus niedergelassen hat. Die Ameisen ernähren sich von den Läusen auf den Blättern des Ribiselstocks und falls der Ribiselstock kräftig genug ist, die Umtriebe der Ameisen auszuhalten, werden sie seine Rettung sein, meint Herr Schnefl, gibt gleichzeitig aber zu, sich in diesem botanisch-zoologischen Grenzbereich nicht wirklich auszukennen. In der Astrologie, wo er sich besser auskennt, sind die Ameisen eine Erscheinung des Zwillingshaften in der Welt. Nicht alles, was Zwilling ist, krabbelt. Aber alles Krabbelnde kommt, astrologisch gesehen, von den Zwillingen her.

18° Zwillinge

Früher, sagt Herr Schnefl zur Leserin und zum Leser in der Flasche, habe er endlos herumgedoktert an jedem einzelnen Satz, heute schreibe er den Satz einfach hin, und wenn dabei mitten in den Zwillingen auf einmal die Wassermänner auftauchen, müsse das eben in Kauf genommen werden.

Unlängst sei er sogar so weit gegangen, zwei oder drei Sätze aus einem Reisebericht über die Kleinen Antillen, die sogenannten Inseln vor dem Winde einfach abzuschreiben, weil diese Sätze in ihrer Detailverliebtheit genau das Zwillingshafte repräsentieren, das bei ihm selber schwach ausgeprägt, in der gegenwärtigen Phase des Tierkreisromans aber besonders gefragt sei.

Die Zwillinge sind in gewisser Weise die Affen des Tierkreises. Sie klammern sich ans Detail, weil sie den Blick aufs Ganze nicht ertragen. Wenn Sie, Leser, als Skorpionsohn nach Jahren in der Fremde wieder einmal zu Ihrer Zwillingsmutter nach Hause kommen, wird sie als erstes die verschlissenen Stellen im Oberschenkelbereich Ihrer Schnürlsamthose bemerken, dann den ganzen Tag bereitwillig Auskunft erteilen über alles, wonach zu fragen Ihnen bestimmt nicht in den Sinn gekommen wäre und Sie zum Abschied noch einmal ermahnen, das ausgetretene Paar Schuhe an Ihren Füßen demnächst durch ein neues zu ersetzen, nur um nicht davon reden zu müssen, daß sie aufs Ganze gesehen keinerlei Hoffnungen mehr in Sie setzt.

19° Zwillinge

Dritter Sonntag nach Pfingsten, gleichzeitig der Tag, an dem der Gott der Diebe in Gestalt des Planeten Merkur scheinbar stehenbleibt auf seiner Himmelsbahn, was den Astrologen in Herrn Schnefl veranlaßt, von einem stationären Merkur zu sprechen. Bei einem stationären Merkur, Leserin, sollten Sie keine Verträge unterschreiben. Fragen Sie mich nicht, warum. Und erzählen Sie mir nicht, es sehe nur vom geozentrischen Standpunkt so aus, als wäre der Merkur stehengeblieben.

So lange Sie in meiner Flasche stecken und die Flasche neben mir auf der Erde steht, sollten Sie den geozentrischen Standpunkt nicht geringschätzen. So lange das Gegenteil nicht erwiesen ist, empfehle ich Ihnen sogar, so zu tun, als wäre der Himmel in Ihnen und der in Ihrem Himmel am heutigen Tag stehengebliebene Merkur Ihr persönlicher Ehrengast, dem Sie die größte Freude machen, wenn Sie jetzt hinausgehen und die Sonntagszeitung aus dem Zeitungsständer stehlen oder dem Leser eine selbsterfundene Lügengeschichte auftischen. Verträge unterschreiben können Sie immer noch, wenn die Sonne morgen dann

20° Zwillinge

erreicht und der Gott der Diebe und der Lügner wieder vorwärts läuft. Wobei von Laufen nicht wirklich die Rede sein kann, eher von einem zaghaften Anlauf nehmen: von 1° 25' Zwillinge am Tagesanfang auf 1° 33' Zwillinge um Mitternacht. Gegen 10 Uhr vormittags entsteigt er ganz verwandelt, mit dunkelblauer Hose und gelbem Kurzarmhemd bekleidet seinem gleichfalls gelben Dienstauto, wirft einen Brief in den Schneflschen Postkasten und verschwindet wieder. *BY AIRMAIL* steht in der linken oberen Ecke des Briefkuverts. Die Handschrift darunter ist zweifelsfrei diejenige der derzeit in London lebenden jüngeren Schnefltochter. Die Briefmarke in der rechten Ecke zeigt drei Hochrad fahrende Hampelmänner auf einem blau-weiß-rot bemalten Schwebebalken. Die Profile der Hampelmänner mit ihren übergroßen Ohren erinnern ein wenig an das Profil des britischen Thronfolgers. Bei dem blau-weiß-rot bemalten Schwebebalken könnte es sich demgemäß um ein Stück jener unlängst noch in weiß-gold geträumten Prince-of-Wales-Brücke handeln, die Britanniens Metropole zeitweise mit der österreichischen Provinz, die Schnefltochter mit den daheimgebliebenen Eltern verbindet.

Zwei Tage lang, schreibt die Tochter, sei sie unter Schock gestanden, nachdem der Mann neben ihr sich vor die U-Bahn geworfen hatte. Dabei habe sie ihn nicht einmal springen sehen: *Er war nur da und als ich wieder hingeschaut habe, war er weg.* Am Abend des zweiten Tages habe sie versucht, wieder ganz normal U-Bahn zu fahren: *Ich bin also hinunter zu den Zügen und es ist gerade der richtige gekommen. Doch ich konnte nicht einsteigen. Es war der gleiche Bahnsteig zur gleichen Zeit und es war, als würde alles noch einmal passieren. Es hat jemand versucht, mich zum Einsteigen zu überreden, aber ich bin heulend vor der U-Bahn gestanden und konnte einfach nicht. Es war, als würde ich mich selbst beobachten und ich hatte meinen Körper nicht unter Kontrolle. Ich konnte absolut nichts machen... Ich hätte nie gedacht, daß es so schwierig sein kann, U-Bahn zu fahren und daß man sich mit 18 so alt fühlen kann.*

21° Zwillinge

Heute ist Merkur, in ein Mobiltelefon verwandelt, am größten Steppensee Mitteleuropas aufgetaucht, dem Neusiedler See oder Fertö, wie er in Ungarn heißt, in dessen heutiges Staatsgebiet sein südlicher Zipfel hineinragt.

Die Frau, die den verwandelten Gott an ihr linkes Ohr gedrückt hat, war eine von der Sorte, die im sechzehnten oder siebzehnten

Lebensjahr über Nacht zu ungeahnter Hübschheit erblühen. Mit neunzehn sind sie dann verheiratet. Und ab zwanzig verfetten sie, immerzu nörgelnd, immerzu von einer besseren Zukunft träumend an der Seite eines täglich enttäuschteren Ehemannes nur noch vor sich hin.

Wir sind jetzt hier, hat die Frau gesagt, hier in der Steppe und morgen auch noch, weil das Wetter so schön ist und übermorgen nicht mehr, auch wenn wir heute schon wissen, daß das Wetter dann noch schöner sein wird und so weiter und so fort.

Seien Sie vorsichtig, Gnädigste!, hätte der Laienprediger Schnefl, der zufällig zur selben Zeit am selben Punkt des Neusiedlerseeufers stand, der Frau gerne zugerufen. Was Sie so arglos an Ihr Ohr halten, ist eine der zahllosen Erscheinungen des Merkur auf Erden, des Gottes der Diebe, der Kaufleute und ihrer technischen Angestellten, die mit seiner Hilfe Stroh zu Gold verspinnen. Tag und Nacht. Rund um den Globus. *Schnurr, schnurr, schnurr, dreimal gezogen...* Wie im Märchen, so in Wirklichkeit.

22° Zwillinge

Der Himmel, den so viele Lichter schmücken,
nimmt aus dem tiefen Geist, der ihn bewegt,
das Bild und macht sich dann zu dessen Prägstock

schreibt Dante Alighieri und Herr Schnefl behauptet: Der Mann hat das nicht in erster Linie geschrieben, weil es gut klingt, sondern weil es wahr ist.

Im 14. Jahrhundert hat der himmlische Prägstock, den Dante beschreibt, der Menschheitsgeschichte für die kommenden 600 Jahre das Bild der Zwillinge aufgeprägt, hat diese Epoche zur Zwillingsepoche gestempelt, besser bekannt unter dem Namen Neuzeit. Vom Auftreten der schwarzen Pest (1348), von der später gesagt wurde, sie habe das Ende der mittelalterlichen Frömmigkeit eingeläutet bis zum Zusammenbruch der Diktatur des Proletariats (1989), von der später gesagt werden wird, sie sei der Wendepunkt zu einer neuen Frömmigkeit gewesen, hat die Zwillingsepoche gedauert.

Womöglich war sie aber auch schon zwei Jahrzehnte vorher zu Ende, als der rasche Fortschritt durch die Computerisierung zum rasenden Fortschritt mutiert ist, dem inzwischen auch die Fortgeschrittensten der Fortgeschrittenen nur mehr hilflos hinterherschauen. Sehr wahrscheinlich ist, daß die untergegangene Zwillingsepoche sich noch eine zeitlang als monströse Chimäre aus leerlaufender Information und maßloser, alles Lebendige verschlingender Expansion scheinbar am Leben erhalten wird. Wenn die Chimäre explodiert, werden die Trümmer uns allen auf den Kopf fallen, sagt Herr Schnefl zur Leserin in der Flasche, und ich werde womöglich nicht einmal mein Buch fertiggeschrieben haben.

Als Licht, das den Himmel schmückt, kommt Merkur langsam wieder in Schwung: 13 Bogenminuten gestern, heute 18, morgen 22.

23° Zwillinge

Biotechnik rüstet gegen flüchtige Gene! schreit die Chimäre, nein schreibt die Frankfurter Allgemeine Zeitung. Obwohl es im Grunde auf ein und dasselbe hinausläuft: Das Zeitungswesen ist so eng mit dem Zwillingshaften verknüpft, daß der Zeitungsleser sich nicht wundern darf, wenn er beim Zeitungslesen mitunter den Eindruck hat, die Chimäre persönlich schreien zu hören.

Eine Zwillingsepoche, die kein Zeitungswesen hervorgebracht hätte, wäre eine glatte Fehlprägung des Himmels gewesen. Und ob derartige Fehlprägungen bei einem Himmel, der sich selbst zum Prägstock macht, überhaupt denkbar sind, wird man Dante persönlich fragen müssen, sollte sich nach dem Tod Gelegenheit dazu ergeben.

Dante ist übrigens selber im Zeichen der Zwillinge geboren (Ende Mai 1261), aber noch kurz vor Anbruch der Zwillingsepoche (am 14. September 1321) gestorben.

Wissensfragmente auf Wanderschaft, flüstert die Chimäre. Ist ja schon gut, beruhige dich, antwortet Herr Schnefl, denkt vorläufig aber nicht daran, sein Abonnement abzubestellen.

24° Zwillinge

Zur Ribiselrettung hat Herr Schnefl heute den Donneramseltannenbaum dazuerfunden und der Leserin und dem Leser in die Flasche getan. Das ist so im Literaturgeschäft: Wer sich Leserinnen und Leser einfängt, muß sie auch füttern. Steh auf, Faulenzer, muß er jeden Morgen zu sich selber sagen. Setz dich an den Schreibtisch und erfinde deiner Leserin und deinem Leser etwas Schönes, Gutes und Wahres. Die sitzen draußen in der Flasche und sollen sich amüsieren.

Damit die seinigen sich nicht zu Tode amüsieren, füttert Herr Schnefl sie höchstens einmal in der Woche mit etwas so Exotischem wie der Ribiselrettung oder dem Donneramseltannenbaum und schreibt die entsprechende Erklärung dazu oder auch keine Erklärung.

25° Zwillinge

Vierter Sonntag nach Pfingsten, gleichzeitig der letzte im Tierkreiszeichen Zwillinge für das heurige Jahr. Schön haben wir's gehabt in den Zwillingen, sagt Herr Schnefl zur Sonne. Gestern, als Sie, Gnädigste, schon untergegangen waren, sind meine Frau und ich und noch ein paar Romanfiguren in einem Schanigarten der Wiener Innenstadt gesessen. Kollege Grillparzer hat bei der Gelegenheit zum ersten Mal meinen bayerischen Freund Alzheimer gesehen. Wobei sich den ganz Abend über keine Gelegenheit ergab, die beiden miteinander bekannt zu machen. Zumal sie im Schanigarten an getrennten Tischen saßen, eine Unterhaltung also nur über die Köpfe der Dazwischensitzenden hinweg und in einigermaßen forcierter Lautstärke möglich gewesen wäre.

Das muß nicht sein, dachte ich. Ich brauche keine forcierte Lautstärke in meinem Roman. Und ich werde mir nicht die Mühe machen, künstliche Brücken zu bauen zwischen Leuten, die auch außerhalb des Romans an getrennten Tischen sitzen: Grillparzer den ganzen Tag an seinem Schreibtisch im Amt der Landesregierung. Alzheimer vormittags an seinem Küchentisch, den er gegen Mittag oder spätestens am Abend mit dem Stammtisch im Wörterberger Hof vertauscht. Sie, Gnädigste, machen Jupiter und Pluto ja auch nicht miteinander bekannt, nur weil die beiden Sie unentwegt auf ihrer Bahn umkreisen.

Jupiter und Pluto treffen einander aber auch nicht nachts im Schanigarten, könnte die Sonne antworten, wäre Herrn Schnefls Roman ein absurder Roman. Oder sie könnte den Romanautor dahingehend belehren, daß Brücken eigentlich immer künstliche Brücken sind. Worauf dieser zu bedenken gäbe, er kenne schon auch natürliche Brücken: Die kürzlich in einem seiner Träume erschienene, also quasi aus ihm herausgewachsene Prince-of-Wales-Brücke, kurz genug, um in eines Menschen Mund Platz zu finden und lang genug, um Britanniens Metropole mit der österreichischen Provinz zu verbinden, ist ein Beispiel dafür. Oder nehmen Sie einen Baum, der sich im Umfallen über ein Bachbett legt. Oder schauen Sie auf Panama herab, Verehrteste, das als natürliche Brücke Mittel- mit Südamerika verbindet.

26° Zwillinge

Auch der Zahntechniker des Dr. Ernö B. dürfte inzwischen fertig sein mit Brückenbauen: Morgen nachmittag soll die Schneflsche Zahnbrücke, diese reale Schwester der unlängst im Traum erschienenen Prince-of-Wales-Brücke auf den Oberkiefer montiert respektive mit einer Art Fliesenkleber dort befestigt werden. *Fest gemauert an den Stümpfen / Sitzt die Brück', aus Porzellan gemacht,* wird man dann vielleicht dichten, falls einem das Dichten nicht vergangen ist. *Keiner soll die Nase rümpfen / Wenn Herr Schnefl künftig nicht mehr lacht* usw. usf.

Kommen Sie um 15 Uhr, da ist das Gesindel aus dem Haus, hat Dr. Ernö B.'s Frau zwar nicht gesagt, aber in Herrn Schnefls Ohren klang es beinahe, als sagte sie *da ist das Gesindel aus dem Haus,* als sie ihm den morgigen Termin zum Einbau der Zahnbrücke vorschlug und in Wirklichkeit gesagt hat, *da haben wir keine ungarischen Patienten mehr.* Diese Überempfindlichkeit der Ohren, sagt Herr Schnefl selber sich im nachhinein, kommt davon, wenn man quasi über Nacht vom Kassenpatientengesindel im eigenen Land zum ausländischen Privatpatienten aufsteigt.

Um 15 Uhr 30 herum, wenn alles nach Plan geht, wird Herr Schnefl sein neues Lächeln kennenlernen und gleich bezahlen. Ab 16 Uhr 30 wird er auch wieder essen dürfen.

27° Zwillinge

und 33 Grad im Schatten heute nachmittag: Ein Strahlen der Sonne am Himmel und ein Badewetter den Menschen auf Erden. Aber keine Spur von einer porzellanenen Brücke in der Ordination des Dr. B. Der Brückeneinsetzungstermin um 15 Uhr Mitteleuropäischer Sommerzeit nichts als ein weiteres, wenn auch vergleichsweise harmloses Glied in der jahrhundertelangen Kette österreichisch-ungarischer Mißverständnisse.

Er schaut an und wenn schaut gut aus, dann macht fertig, hatte Frau B. damals, auf den Ehemann deutend, zu Herrn Schnefl gesagt und gemeint: wenn das Zahnfleisch sich bis 18. Juni vulgo 27° Zwillinge ausreichend zurückgebildet hat, können wir den endgültigen Abdruck machen, diesen Abdruck unserem Zahntechniker übergeben, der dann mit seiner Arbeit beginnt.

Heute hatte das Zahnfleisch sich noch nicht ausreichend zurückgebildet. Auf 12° Krebs dann vielleicht. Das ist übermorgen in zwei Wochen.

28° Zwillinge

und heute ist es noch wärmer: Ein Brüten der Sonne am Himmel und ein vorsichtiger Biß des Herrn Schnefl in eine Leberkäsesemmel auf Erden. Vorsichtig, aber offenbar nicht vorsichtig genug; sonst würde das Schneflsche Zahnbrückenprovisorium, von Dr. Ernö B. gestern erst aufs Neue am Oberkiefer befestigt, jetzt nicht so verloren zwischen Computertastatur, Wasserglas und Bücherstapeln herumliegen.

Wie hilflos die Oberlippe auf einmal im Gesicht hängt, wenn die Vorderzähne fehlen und der Vorderzähne-Ersatz einen halben Meter von der Oberlippe entfernt auf dem Schreibtisch liegt. Das bedeutet: heute abend, wenn die ärgste Hitze vorbei ist, schon wieder hinüber in die westungarische Kleinstadt Szom-bathely, wo der falsche Glanz des Kapitalismus das echte Gespenst des Kommunismus schön langsam zu überstrahlen beginnt. Obwohl die Neubauten der Geld- und Lebensmittelkonzerne außer ein bißchen frischer Farbe nicht viel beitragen zur Beseitigung eines städtebaulichen Elends, für dessen Ent-stehen sie andererseits aber auch nicht verantwortlich sind.

29° Zwillinge

und heute ist es so heiß, daß die Leserin und den Leser längst der Schlag getroffen hätte in ihrer Flasche, handelte es sich bei den beiden, wie das im Umkreis weniger bekannter Schriftsteller meistens der Fall ist, nicht bloß um eine eingebildete Leserin und einen eingebildeten Leser. Herrn Schnefls Gedanken, im Grunde aus demselben Stoff wie die Leserin und der Leser, machen Hitzeferien. Sie verkriechen sich in ihre Gedankengänge wie wir Menschen uns in unsere Häuser verkriechen, falls wir nicht zufällig Bauarbeiter sind oder Bademeister.

Am Ende des Tages kommt dann nicht mehr heraus als vier oder fünf verschachtelte Sätze voller unpassender Bilder, in denen Gedankengänge mit Häusern, Gedanken mit Bademeistern verglichen werden. Sätze und Bilder, die sich gerade der weniger bekannte, nur dem eigenen Gewissen verpflichtete Schriftsteller nicht durchgehen lassen dürfte, wie ihm sehr wohl bewußt ist. Die Prince-of-Wales-Brücke, schreibt er, um sich aus der ausweglosen Situation zu retten, in die er sich selber hineinmanövriert hat, schaut heute aus wie eine goldene Hängematte, an einem Ende auf 30° Zwillinge befestigt, am anderen, was mathematisch das gleiche, astrologisch aber bei weitem nicht das selbe ist, auf

0° Krebs

und ein Schäuferl, spricht die Sonne in ihrer direkten, jedermann unmittelbar einleuchtenden Sprache zu den Bewohnern der nördlichen Halbkugel, können wir schon noch nachlegen: Nordamerika, meldet der österreichische Rundfunk, erlebt die schlimmsten Waldbrände seit die eingewanderten Europäer es auf Nordamerika getauft haben. In Deutschland, obwohl das mit der aktuellen Hitzewelle jetzt nichts zu tun hat, sind zwei Briefe Thomas Manns an den Theologen Paul Tillich entdeckt worden. Den zweiten, datiert mit 13. April 1944, druckt die Frankfurter Allgemeine Zeitung in ihrem gestrigen Feuilleton, und bestätigt Herrn Schnefl damit in seinem Verdacht, bekannte Schriftsteller muteten ihren realen Lesern oft mehr zu, als weniger bekannte ihren eingebildeten: *Denn es gibt den Fortschritt*, schreibt der bekannte Schriftsteller M. an seinen damals realen, heute auch nur noch in der Erinnerung einiger Fachgelehrter existierenden Leser T., *er ist möglich, und die Philosophie sollte ihm dienen, statt ihm mit Innerlichkeit zu trotzen.*

Die Philosophie als Dienerin des Fortschritts. Das sollten Sie sich auf der Zunge zergehen lassen, Leserin, falls Sie sich jemals materialisieren: Da habe ich dir eine Schüssel Linsen in die Asche geschüttet, spricht die seit 600 Jahren das Denken der Menschen beherrschende Stiefmutter Fortschritt zu ihrer Stieftochter Philosophie, wenn du die Linsen in zwei Stunden wieder ausgelesen hast, so sollst du mitgehen zur Hochzeit auf des Königs Schloß.

Und die Philosophie, vollständig eingeschüchtert vom Fortschritt und seiner leiblichen Tochter, der Wissenschaft, kniet nieder, um zu tun, wie ihr geheißen ist. Weiß nichts oder tut so, als wüßte sie nichts von der Hintertür, durch die das Aschenputtel des Märchens hinausging nach dem Garten und rief: Ihr zahmen Tauben, ihr Turteltäubchen, all ihr Vöglein unter dem Himmel, kommt und helft mir lesen.

1° Krebs

Geht Herr Schnefl durch die Hintertür hinaus nach dem Garten, sieht er zur Linken, eingesperrt in ihrem Gehege, die Hühner seines türkischen Nachbarn Mehmet S., zur Rechten die indischen Laufenten des alten Herrn Ungleich. Hoch über den Enten des alten Herrn Ungleich flattern heute Nachmittag Amseln von Ast zu Ast: Auf Nachbars Kirschbaum wachsen Würmer!, ruft die eine Amsel. In reife Kirschen verpackt! In reife, ganz ganz reife rote Kirschen verpackt!, antwortet die andere. Vielleicht rufen sie aber auch: Kywitt, kywitt, wat vör schöön Kinner heb ik! Oder: Der Mond ist im Schü! Im Schühü ist der Mond! Im Schühützen!

Am komplizierten Dialekt der Amseln scheitern ja sogar ausgewiesene Experten wie Herrn Schnefls Katze, die ein quasi professionelles Interesse an seiner Entschlüsselung haben müßte. Auch wenn sie, in gehörigem Abstand sich in der aufgeheizten Erde zwischen den Gemüsebeeten räkelnd, einigermaßen angestrengt so tut, als hätte sie gar kein Ohr für die Feinheiten der fremden Sprache.

2° Krebs

Fünfter Sonntag nach Pfingsten: Der von den Amseln besungene oder auch nicht besungene Mond im Schützen trifft dort heute Nachmittag, cirka 17 Uhr Mitteleuropäischer Sommerzeit auf den sonnenfernsten aller Planeten, den Pluto. In die Welt irdischer Erscheinungen übersetzt heißt das nicht nur, aber auch: das Mädchen trifft den Wolf.

Dem Wolf Pluto und dem Mädchen Mond gegenüber im Tierkreis stehen gegenwärtig der Mars (die Farbe Rot, die Aggression als solche, die Zähne im besonderen) und der Saturn (das Holz, das Alter; in Verbindung mit dem Mond auch das verholzte oder gealterte Mädchen, also: die Großmutter). Wäre man Märchenerzähler, würde man es so darstellen, als hätte das Mädchen heute ein rotes Käppchen auf, schritte auf dem Weg zur Großmutter im Walde zielstrebig voran und stünde mit einem Mal vor dem bösen, auf Gedeih und Verderb an seine Reißzähne ausgelieferten Wolf.

Ei Rotkäppchen, was trägst du da unter der Schürze? würde der Wolf das Mädchen fragen. Das geht dich gar nichts an, geiler alter Bösewicht!, bekäme er zur Antwort. So gäbe ein Wort das andere und im Handumdrehen wäre das Märchenhafte ins Pornographische gekippt, worauf man bei der Konstellation Mond/Pluto allerdings auch im wirklichen Leben jederzeit gefaßt sein muß. *Die treiben es*, sagt der Meisterastrologe Döbereiner, *schon um drei Uhr nachmittags auf dem Mittelstreifen der Autobahn.*

3° Krebs

Heute abend, kurz nach 18 Uhr tritt der Mond in den Steinbock. Das bedeutet Vollmond im Tierkreisroman wie auch in Wirklichkeit.

An der Schnittstelle zwischen Roman und Wirklichkeit, wo die Realität ab und zu für einen Augenblick romanhafte Züge annimmt, wurde der Fabriksarbeiter Jim Sonderegger (42) letzten Mittwoch von zwei unsichtbaren Händen an den Schultern gepackt und mit aller Kraft zu Boden gedrückt. Wie der Moslem im Gebet oder, was es vielleicht noch besser treffe, wie der Fisch im Schraubstock, bewegungsunfähig und vergeblich nach Luft schnappend sei er auf einmal am Fußboden der Fabrikshalle gelegen, erzählt Sonderegger gestern, Sonntag, seinem ehemaligen Kollegen Schnefl. Abends kurz vor Acht sei es passiert, fügt er hinzu, für den Fall, daß Herr Schnefl nachschauen möchte, was es vom astrologischen Standpunkt bedeutet.

Abends kurz vor Acht, das weiß Herr Schnefl auch ohne nachzuschauen, haben wir in unseren Breiten derzeit ein ziemlich volles achtes Haus. Da kann man sich vom astrologischen Standpunkt leicht vorstellen, wie das Nichtgegenwärtige nach dem Gegenwärtigen greift und es zu Boden drückt,bis ihm die Luft wegbleibt; möchte sich hier und heute allerdings auf keinerlei Spekulationen einlassen, betreffend das Woher und das Warum eines derartigen Übergriffs.

Spekuliert wird auch so schon genug. Über UFOs zum Beispiel: Die schottische Ortschaft Bonnybridge, heißt es, sei aus einem internationalen Vergleich als Ufo-Hauptstadt der Welt hervorgegangen. Mit 300 Ufo-Meldungen im Jahr liege Schottland zudem auf Platz eins einer einschlägigen Länderliste vor Frankreich und Italien. Das kommt davon, meint der UFO-Spezialist Graham B., weil unidentifizierte Flugobjekte, um unidentifizierte Flugobjekte zu bleiben, logischerweise abgelegene Gebiete bevorzugen.

Wäre dies ihr einziges Motiv, müßte es nach Herrn Schnefls Dafürhalten im ehemaligen Deutsch-Westungarn nur so wimmeln von unidentifizierten Flugobjekten. *Nach einer anderen Theorie,* schreibt die Frankfurter Allgemeine Zeitung, *ist die Region Bonnybridge ein Fenster zu einer anderen Dimension.*

4° KREBS

Die Geschichte von der Fabrik und ihrem Arbeiter Jim Sonderegger ist eine Geschichte der Verwandlungen, wie sie sich jeden Tag überall auf der Welt zuträgt. Ihren Anfang nehmen die Verwandlungen, als der achtzehnjährige Vorarlberger Fabriksarbeitersohn Walter Sonderegger sich in den Zug nach Wien setzt und beschließt, von heute an nur noch Hochdeutsch zu sprechen.

In Wien angekommen, legt er mit dem Vorarlberger Dialekt auch den Vornamen Walter ab und verwandelt sich in den Straßentheaterdarsteller Jim Sonderegger. Der Straßentheaterdarsteller Jim Sonderegger verwandelt sich alsbald in einen Indienfahrer und Haschischraucher gleichen Namens. Der Indienfahrer und Haschischraucher verwandelt sich in einen Keramiker mit Selbstversorgerlandwirtschaft. Der Keramiker mit Selbstversorgerlandwirtschaft verwandelt sich in einen Gewerbe-treibenden mit viel zu hohen Krediten bei gleichzeitig viel zu geringen Umsätzen, die nun ihrerseits den Gewerbetreibenden in einen Bankrotteur verwandeln, der trotzdem irgendwie seine Familie ernähren muß. Der Bankrotteur verwandelt sich in einen Fabriksarbeiter wie schon sein Vater einer gewesen ist und arbeitet jetzt in der selben Fabrik, in der schon sein Vater gearbeitet hat, damals, als er, Walter, nachmals Jim Sonderegger achtzehn war.

5° KREBS

Frau Vogel fragt an, wie es um die astrologische Auswertung ihrer seinerzeit im Schneflhaus hinterlassenen Geburtsdaten stehe.

Darum, antwortet Herr Schnefl wahrheitsgemäß, stehe es gar nicht gut, weil ihm vor lauter Romanschreiben kaum noch Zeit bleibe für die Sterndeuterei. Auffällig, so weit er sich erinnere, sei die starke Betonung des achten Hauses in Frau Vogels Horoskop.

Die starke Betonung des achten Hauses, gnädige Frau, läßt vermuten, daß die Eltern bei der Zeugung oder sogar schon vor der Zeugung sich darüber im klaren waren, wozu ihr Kind einmal auf der Welt sein wird. Das Kind trägt nun den Plan der Eltern mit sich herum als ein unsichtbares Brandmal und fragt man es vierzig Jahre später, warum es so unzufrieden ist mit dem Leben, wird es die Frage möglicherweise nicht verstehen, weil es keine Vorstellung davon hat, wie das wäre: mit dem Leben, diesem Inbegriff des Nicht-Planbaren, zufrieden zu sein.

6° Krebs

Es klingt fast wie ein Märchen, sagt die Frau Vogel, ist aber auch schon lange her, wohl über vierzig Jahre, sagt die Frau Vogel, da lebten in dem Dorf R. im ehemaligen Deutsch-Westungarn ein Fliesenleger und seine Frau, die wünschten sich nichts so sehr als ein Kind, aber sie kriegten keins und kriegten keins.

Vor ihrem Haus war ein Hof, darin stand ein Holunderstrauch, unter dem stand die Frau einst im Winter und schälte sich einen Apfel, und als sie den Apfel so schälte, schnitt sie sich in den Finger, und das Blut fiel in den Schnee. Und als sie das sah, da wurde ihr so recht fröhlich zumute. Und als neun Monate ins Land gegangen waren, gebar sie einen Knaben, so weiß wie Schnee, so rot wie Blut.

Als der Knabe drei Monate alt ist, geht die Frau an einem Montag vormittag mit ihm auf dem Arm in die Waschküche, um Wäsche zu waschen, wie sie es jeden Montag vormittag zu tun pflegt. Nur daß sie dieses Mal einen Augenblick lang unaufmerksam ist, den Knaben von ihrem Arm rutschen und ins kochende Wasser fallen läßt.

Von den Ärzten im Unfallkrankenhaus kann das Leben des Knaben nicht mehr gerettet werden. Aber es vergeht kein Jahr, da schenkt die Frau ihrem Mann, dem Fliesenleger, ein neues Kind: mich, die Tochter des Entsetzens.

Ich erzähle das nur, damit Sie nicht denken, ich wüßte nichts vom Brandmal, das meine Eltern mir aufgedrückt haben oder wäre nur unzufrieden, weil ich nichts davon weiß.

7° Krebs

Im fernen Osten ist der Tod ein Kranich. In Nordeuropa ist er eine Wildgans. In Österreich ist er ein Vogerl, genau wie das Glück. Bei österreichischen Autofahrern, ist man geneigt anzunehmen, sitzt das Totenvogerl häufiger auf der Schulter als bei den vorsichtigeren Nordeuropäern oder bei den disziplinierteren Asiaten.

Dem Autofahrer Schnefl kommt das Totenvogerl heute vormittag in den Sinn, weil er die längste Zeit schon hinter einem Lastwagen der Tierkörperverwertung herfährt, sich einerseits nicht zu überholen traut aus Angst, das launische Vogerl könnte sich erschrecken, andererseits den Gestank fast nicht erträgt, der vom Tierkörperverwertungslastwagen auch bei geschlossenen Fenstern und abgeschalteter Belüftung in das eigene Auto hereinweht.

Das ist nun lange her, denkt er, wohl an die zehn Jahre, als dieser stinkende Lastwagen einmal direkt vor unserer Haustür gehalten hat. Ich selber warf das Totenvogerl, das sich in diesem Augenblick ganz steif anfühlte und aussah wie unser zwei Tage vorher noch lebendig gewesener Hund mit seinem schwarzen zottigen Fell, auf die Ladefläche zu den anderen Kadavern. Die jüngere Tochter, die gegenwärtig in London lebt, hat vom Fenster aus zugeschaut und war dann tagelang nicht zu beruhigen.

8° Krebs

Sechster Sonntag nach Pfingsten und schon wieder die Konstellation Mond/Pluto, nur daß der Mond heute nachmittag mitten in den Fischen steht, einen exakten rechten Winkel bildend zu Pluto im Schützen und dem gegenüberliegenden Saturn in den Zwillingen.

Mars hat sich aus dem Staube gemacht, das heißt, er ist herausgelaufen aus der seit Monaten anhaltenden Saturn/Pluto-Op-

position. An seiner Stelle schiebt Merkur sich mit zunehmender Geschwindigkeit ins Bild, wird übermorgen den dreißigmal langsameren Saturn überholen und kommenden Sonntag im Tierkreiszeichen Krebs erscheinen, falls die Welt nicht samstags überraschend untergeht.
Dem Rotkäppchen, wollte man das Märchen vom vergangenen Sonntag weiterspinnen, hat es den Mars, also das rote Käppchen vom Kopf geweht. Der Wolf vermißt seine Reißzähne. Dafür treiben sie es heute tatsächlich auf dem Grünstreifen der Autobahn. Oder doch eher auf einem Waldweg (weil Merkur plus Saturn in die Welt irdischer Erscheinungen übersetzt soviel heißt wie *Der Weg im Wald* oder *Der Weg durch den Wald*). Wobei die momentane Stellung der beiden Planeten im siebten Haus auch die Möglichkeit einer durch den Wald führenden Autobahn nicht ausgeschlossen erscheinen läßt. Auf alle Fälle handelt es sich um einen für den öffentlichen Verkehr zugelassenen Weg.

9° Krebs

Sollte Ihr persönliches Horoskop einen Merkur/Saturn-Aspekt aufweisen, Leserin, wird Ihnen der Hinweis, es handle sich dabei um einen Weg durch den Wald, nicht besonders hilfreich sein. Außerdem, werden Sie sagen, lauern in meinen Wäldern keine Wölfe am Wegesrand. Obwohl Sie sich in diesem Punkt, wenn Sie mich fragen, nicht zu sicher sein sollten: Schauen Sie Ihrem Hausarzt ins Gesicht, wenn er bei der nächsten Grippe, die bei Ihrer durch Merkur/Saturn angezeigten Abwehrschwäche bestimmt nicht ausbleiben wird, Antibiotika verschreibt. Fragen Sie ihn, ob er sich darüber im klaren ist, daß die mit Antibiotika niedergehaltene Grippe den Patienten über kurz oder lang in die diabetische Stoffwechsellage hineintreibt und darüber hinaus Störungen der Immunabwehr Tür und Tor öffnet. Sollte der Hausarzt zurückfragen, woher Sie das haben, sagen Sie ihm ruhig, Sie hätten es in einem Tierkreisroman gelesen, einer Art Chimäre aus Roman und Astrologiebuch, dessen Tonfall zeitweilig ans Volksmärchenhafte streift. Das wird ihn beruhigen, und er wird sich weiterhin einreden können, nicht er sei es, der hier auf dem Holzweg ist.

10° Krebs

Ich habe es aus dem Buch *Der Arzt auf dem Holzweg. Wie die moderne Medizin im Namen der Gesundheit ihre Patienten ums Leben bringt. Eine Abrechnung* von Universitätsprofessor Primarius Dr. Franz Schnefl, Vorstand des Immunologisch Virologischen Instituts am Klinikum Großhadern bei München. Würden Sie so oder so ähnlich auf die Frage Ihres Hausarztes antworten, Leserin, wäre der Effekt natürlich ein ganz anderer. Und umso größer der Lacherfolg, wenn Sie anschließend die wahre Herkunft Ihres medizinischen Fachwissens aus dem astrologisch inspirierten Sudelbuch preisgäben.

Bevor Sie mit der Wahrheit herausrücken, könnten Sie die Verwirrung beim Hausarzt noch steigern, indem Sie behaupten, der Spitzenmediziner Schnefl beschreibe in seinem schonungslos aufrichtigen Buch den eigenen Berufsstand als eine Bande gewerbsmäßiger Betrüger, die es darauf anlegt, ihre Opfer durch gezielte Ausschaltung sämtlicher Krankheitssymptome, derer sie habhaft werden kann, um die ihnen zustehenden Lebenskrisen zu prellen. Der Diebstahl an der Krise wiederum verhindere die mit der Krise einhergehende, durch sie überhaupt erst möglich werdende Entwicklung. Und da ein Leben ohne Entwicklung kein Leben mehr ist, sondern im besten Fall eine Existenz, stehe er, der Wirkliche Hofrat Primarius Professor DrDr. S. nicht an, die gesamte sogenannte Schulmedizin eines auf chemischen Formeln und klinischen Studien basierenden geistlosen, selbstherrlichen, hochgradig zynischen Voodoo-Priestertums zu beschuldigen.

11° Krebs

Merkur hat Saturn überholt. Mars ist auf Jupiter aufgelaufen: Das Bild der zerstörten Hoffnung und gleichzeitig, da die Wirklichkeit nur spielen kann, was die Partitur der Gestirnsstände vorgibt, die Bild gewordene Zerstörung der Hoffnung: als greller Feuerball am Himmel über dem Bodensee in der Nacht auf gestern, verursacht durch den Zusammenstoß zweier Flugzeuge in 11.000 Metern Höhe über der Kleinstadt Überlingen.

Das eine Flugzeug sollte Päckchen und Dokumente von Bahrein nach Brüssel bringen. Das andere 52 Jugendliche von Moskau nach Barcelona: Söhne und Töchter südrussischer Provinzpolitiker und Hochschuldozenten, die einen Badeurlaub an der Costa Brava gebucht hatten.

Eigentlich, berichten die heutigen Zeitungen, hätten die Jugendlichen zum Zeitpunkt des Unglücks längst in Barcelona sein sollen, waren tags zuvor aber auf dem falschen Moskauer Flughafen gelandet und dadurch am planmäßigen Weiterflug gehindert. Beide Flugzeuge, heißt es, haben über alle vorgeschriebenen Sicherheitssysteme einschließlich eines Anti-Kollisions-Radars verfügt, wodurch ein derartiges Unglück nach menschlichem Ermessen gar nicht hätte passieren dürfen.

Daß jenseits menschlichen Ermessens passieren muß, was nach menschlichem Ermessen nicht passieren dürfte, ist einerseits Schneflsche Spekulation, scheint sich andererseits zu bestätigen, wenn man einen Blick auf die astrologisch-geographische Europakarte des Meisterastrologen Döbereiner wirft. Diese weist bei Überlingen am Bodensee eine Querachse von 24° Krebs auf. Das ist jener Grad des Tierkreises, auf dem der Mars in diesen Tagen auf den Jupiter aufläuft.

12° Krebs

Etliche Häuser und ein Bauernhof sollen in Brand geraten sein, als Flugzeugtrümmer, Besatzung und Passagiere oder was von Besatzung und Passagieren in diesem Augenblick noch übrig war, am dicht besiedelten Bodenseeufer aufschlugen. *Von den Uferbewohnern,* berichtet die Frankfurter Allgemeine Zeitung, *wurde durch ein Wunder niemand verletzt.* Wie, durch ein Wunder? Nein, *wie durch ein Wunder* natürlich. *Wie durch ein Wunder* ist der rhetorische Gegenpol zur *Verkettung unglücklicher Zufälle,* deren es bedarf, um zwei Flugzeuge ineinanderfliegen zu lassen bei einem vorgeschriebenen Mindesthöhenabstand von dreihundert Metern.

Ihr werdet euch noch wundern! sprach der Herr, wie das Jenseits-Menschlichen-Ermessens-Liegende bis weit in die Neuzeit hinein genannt wurde, und Zufall kettete sich an Zufall, bis der Tagesaszendent auf Uranus, den Unfallzuständigen unter den Planeten aufgelaufen war und die beiden Flugzeuge den passenden Tierkreisgrad erreicht hatten am Himmel über, nein: eben nicht über, sondern ganz knapp neben Überlingen.

13° Krebs

In den alten Zeiten, als die Menschen auch nicht viel gescheiter waren, aber noch nicht so vernagelt, von einer Verkettung unglücklicher Zufälle zu reden angesichts des Jenseits-Menschlichen-Ermessens-Liegenden, soll der Herr ab und zu persönlich in die Wunderkiste gegriffen, sich in einen brennenden Dornbusch verwandelt, die Fluten des Roten Meeres geteilt haben usw.

Moses, dem aus dem Wasser gezogenen Schafhirten, Mörder, Stotterer und Exilanten hat der Herr den Blick für das Wesentliche geschärft, indem er ihm beibrachte, das Aufscheinen der Wirklichkeit in den Gegenständen nicht mit der Wirklichkeit selber zu verwechseln. Die Wirklichkeit ist ewig und unveränderbar, sprach der Herr zu Mose, die Welt der Gegenstände um dich herum ist nichts als der zeitlich befristete, unbeständige und somit trügerische Abglanz der Wirklichkeit: ein Aufleuchten und Verbrennen, ein Verdichten und Zerbröseln.

Moses aber verstand nicht so recht, was der Herr ihm hatte beibringen wollen, wodurch dieser sich genötigt sah, zu drastischeren Maßnahmen zu greifen: *Was hast du da in deiner Hand?* fragte er. *Einen Stab, Herr, das siehst du doch.* Der Herr sprach: *Wirf ihn auf die Erde.* Und er warf ihn auf die Erde; da ward er zur Schlange, und Moses floh vor ihr. Aber der Herr sprach zu ihm: *Strecke deine Hand aus und erhasche sie beim Schwanz.* Da streckte er seine Hand aus und ergriff sie, und sie ward zum Stab in seiner Hand. Und der Herr sprach: *Da siehst du's, da hast du's!*

14° Krebs

Und Moses ging hin und übergab den Stab an Josua, den Sohn Nuns, und Josua übergab ihn an Juda und Juda übergab ihn an

Elimelech, der ihn seiner Schwiegertochter Ruth hinterließ, der Stammutter Davids, von der er auf Samuel gekommen ist, der ihn an Esra übergab und Esra übergab ihn an Nehemia und Nehemia an Esther und Esther an Jesaja und Jesaja an Jeremia und Jeremia an Hesekiel und so weiter bis herauf zu Maleachi, dem letzten in der langen Reihe der Propheten, über den der Herr sinngemäß ausrichten ließ, er habe dieses jahrhundertelange Theater nun endgültig satt; nur einen einzigen, einen allerletzten Propheten werde er noch senden: *Der soll das Herz der Väter bekehren zu den Söhnen und das Herz der Söhne zu ihren Vätern, auf daß ich nicht komme und das Erdreich mit dem Bann schlage.*

Was daraus geworden ist, sagt Herr Schnefl zu seiner Katze, die sich auf einmal mit solchem Nachdruck zwischen die schreibenden Finger und die Computertastatur zwängt, als hätte der für die Katzen zuständige Engel des Herrn sie ins Büro geschickt, um die letztere vor der Zudringlichkeit der ersteren zu beschützen... was daraus geworden ist, das wissen wir ja und gleichzeitig wissen wir's nicht. Auf alle Fälle war es ein derartiger Skandal, daß die Zeit, von der es heißt, sie heile alle Wunden, damals selber eine Wunde davongetragen hat. Fließt tatsächlich Blut aus dieser Wunde, was gar nicht so selten vorkommen soll, sprechen die einen von Stigmatisation, die anderen von religiöser Hysterie.

15° Krebs

Siebter Sonntag nach Pfingsten, gleichzeitig der letzte, bevor der Planet Saturn sich so weit vom Planeten Pluto entfernt hat, daß von einer Saturn/Pluto-Konstellation bis auf weiteres nicht mehr die Rede sein kann. Ich erwähne das, sagt Herr Schnefl zur Katze, seiner Hauptansprechpartnerin, seit die Ehefrau eine 60Stunden-Arbeitswoche hat und die Kinder alle im Ausland sind... ich erwähne das, weil der Meisterastrologe Döbereiner im Zusammenhang mit Saturn/Pluto von einer Moses-Konstellation spricht. Mit dem Bild des Saturn/Pluto, sagt er, habe die Menschheitserfahrung der Ägyptischen Gefangenschaft sich dem Tierkreis eingeprägt *(Der Himmel, den so viele Lichter schmücken / nimmt aus dem tiefen Geist, der ihn bewegt / das Bild und macht sich dann zu dessen Prägstock...).*

Zum Zeitpunkt, an dem in Ihrem persönlichen Horoskop Saturn/Pluto fällig wird, Leser, sollten Sie auf einen größeren Umbruch gefaßt sein. Was bis gestern Ihr Leben bestimmt hat, können Sie ab heute vergessen, sofern es nicht mit den Plänen des Himmels übereinstimmt. Der Aufbruch ins gelobte Land, auf dessen Nichtexistenz Sie gestern noch gewettet hätten, kann beginnen. Auch wenn Sie sich keine Illusionen darüber machen sollten, daß der Weg dorthin sich höchstwahrscheinlich ziehen wird (siehe Moses und die seinigen).

Aufs Körperliche bezogen steht die Konstellation Saturn/Pluto unter anderem für Hüftgelenksbeschwerden.

16° Krebs

Die Moses-Methode (Man nehme nichts, schnitze einen Stab daraus, schlage mit diesem Stab an den Felsen Horeb, der heutzutage wie ein Computer aussieht und siehe da: ein Wort ergibt das andere und alle Worte zusammen ergeben am Ende des Tages eine Geschichte und alle Geschichten zusammen ergeben am Ende des Jahres ein Buch) ... diese Moses-Methode birgt womöglich größere Gefahren, als uns beiden bisher bewußt war, sagt Herr Schnefl zu seiner Katze.

Die Hauptgefahr sehe ich darin, über dem rückwärtsgewandten Blick auf den Felsen Horeb die gegenwärtigen Umtriebe im ehemaligen Deutsch-Westungarn ganz aus dem Auge zu verlieren. Ich meine damit nicht, daß wir wie ein Haufen aufgescheuchter Journalisten in der Gegend herumrennen sollten, um zu Protokoll zu geben, was gestern schon keiner wissen wollte und morgen erst recht niemanden interessiert. Ich halte es aber für bedenklich, wenn unsereinem erst dämmert, daß die Nachbarstochter schwanger gewesen und Mutter geworden sein muß, als am Tag der Müllabfuhr auf einmal prall gefüllte Windelsäcke vor der Tür des Nachbarhauses stehen.

Ungefähr ein Jahr lang haben wir dann nicht gewußt, ist die Nachbarstochter Mutter eines Buben oder eines Mädchens geworden. Bis die Großmutter neulich anderen Nachbarn gegenüber beiläufig den Namen des Kindes erwähnt hat, der eindeutig nach Bub klang. Es war ein längerer Name mit zwei oder drei A. Er liegt mir auf der Zunge. Irgendwann, wenn ich an gänzlich Abgelegenes denke vermutlich, fällt er mir wieder ein.

17° Krebs

In der Stadt wäre es Normalität, die Schwangerschaft der Nachbarstochter nicht zu bemerken. In einem Dorf mit knapp vierhundert Einwohnern ist es Luxus. Oder auch nicht: Weil es wahrscheinlich nur die Normalität gewordene Folgeerscheinung vom Luxus ist, der vor ungefähr vierzig Jahren als Automobil und Fernsehgerät hupend und flimmernd, lang ersehnt und hart erspart in die Dörfer hereingeholt wurde und sie in kürzester Zeit von innen heraus zerstört hat.
In den alten Zeiten, als das Märchenerzählen noch gebräuchlich war, hätte man den Luxus auch als Wolf, das Dorf als Großmutter auftreten lassen können. Vierzig Jahre nachdem der Wolf die Großmutter gefressen hat, hätte man erzählt (und es wäre beinahe wahr gewesen) kommt endlich deren Enkelin vorbei, eine Heimatschützerin, die früher der Sozialdemokratie zugetan war, aber neuerdings für die Grünen im Gemeinderat sitzt.
Ei Großmutter, spricht, als sie das Dorf so ausgestorben daliegen sieht, die Grünmandatarin, was hast du für einen widerlichen Bazillus in deinen Wohnzimmern stehen? Das ist kein Bazillus, du dummes Ding. Das ist ein Fernsehgerät, wie es heutzutage jeder im Wohnzimmer stehen hat, antwortet der als Großmutter verkleidete Wolf. Und wenn du jetzt noch fragst, was das für trojanische Pferde sind dort draußen in den Garagen, kannst du dein unnützes Dorferneuerungskonzept mit den alten Ansichten von Wörterberg gleich in der Schürzentasche stecken lassen. Nostalgische Erneuerinnen wie dich haben wir hier bei uns schon gefressen.

18° Krebs

Nach 46 Jahren, 8 Monaten und 10 Tagen Leben in aufgeklärter Gesellschaft hat Herr Schnefl letzte Nacht zum ersten Mal vom

Teufel geträumt. Nicht, daß er den Teufel persönlich gesehen hätte, denn der war im Traum in eine hölzerne Stiege hineinverzaubert oder in etwas, das im Traum hölzerne Stiege genannt wurde, obwohl es keine Stufen gehabt hat.

Ein großer dunkler Kasten in einem engen dunklen Raum war die stufenlose Stiege. Wo Stufen hätten sein sollen, traten aus dem Stiege genannten Kasten die Konturen des hineinverzauberten Teufels reliefartig hervor. Sahen aber völlig harmlos aus, diese Umrisse, hatten nichts Fratzenhaftes, nichts Bocksfüßiges oder Gehörntes, wie es die Teufelsdarstellungen außerhalb meines Traums seit jeher kennzeichnet, sagt Herr Schnefl zu seiner Katze, die sich draußen im Lehnsessel mit ausgestreckten Beinen und heraushängender Zunge die Vormittagssonne auf den Bauch scheinen läßt.

Sobald die Katze ihr Sonnenbad beendet, wird der Lehnsessel voller Haare sein, und unter den Katzenhaaren wird man die Umrisse des eigenen Hinterns erkennen können, wie sie sich im Lauf der Jahre der gepolsterten Sitzfläche zart und dennoch unübersehbar eingeprägt haben.

Aber geschrieen und gebebt hat die kastenförmige Stiege, das wollte ich dir noch gesagt haben, mein Kätzchen, daß mir ganz angst und bang wurde im Traum.

19° Krebs

Frau Vogel ruft an, um mitzuteilen, sie sei von Vater und Mutter fürchterlich verprügelt worden, liege jetzt den ganzen Tag im Bett, wie man als Verprügelte eben im Bett liegt, verzagt, bis an den Hals in Selbstmitleid versunken und im Kopf nichts als Todesgedanken.

Aber Ihre Eltern, dachte ich, sagt Herr Schnefl, sind beide gestorben.

Schon richtig, antwortet Frau Vogel. Aber wer heute bei einer tüchtigen Psychotherapeutin in Behandlung sei, müsse jederzeit darauf gefaßt sein, auch von verstorbenen Eltern fürchterlich verprügelt zu werden. Todsein sei beim heutigen Stand der psycho-

therapeutischen Praxis mit ihren Rückführungen bis in vorgeburtliche Zeit keine Ausrede mehr für prügelnde Eltern.
Wie erkläre ich, denkt Herr Schnefl, das bloß meiner Mutter, die jetzt auch schon vier Jahre nicht mehr lebt.

20° Krebs

Heute, 13 Uhr 30 Mitteleuropäischer Sommerzeit, ist Anprobetermin für die Prince-of-Wales-Brücke: Herr Schnefl sperrt den Mund auf, um im Spiegel zu begutachten, was Dr. B. ihm hineingetan hat und Dr. B.'s Frau sagt: Sie lächeln ja!
Wie den Säugling in der Wiege betrachtet sie das Werk des Ehemannes im Munde des Patienten. Gerade, daß sie nicht die Hände vor der Brust zusammenschlägt vor Entzücken. Aber möglicherweise tut sie das ja und man registriert es nur nicht, weil das eigene Spiegelbild alle Aufmerksamkeit auf sich zieht oder das Fremde im eigenen Spiegelbild, wie es richtig heißen müßte: das Unverwesbare mitten im Verwesbaren. Diese Chimäre aus Gewachsenem und Gefertigtem, Angeborenem und Zugekauftem. Wobei die Kunstfertigkeit des Dr. B. und seines Zahntechnikers, das Gefertigte so perfekt *nicht* perfekt aussehen zu lassen, als sei es ein Gewachsenes, jedem britischen Gartenarchitekten Ehre machen würde. Vielleicht auch daher der Name Prince-of-Wales-Brücke.

21° Krebs

Die Zähne oder was sich seit heute früh, 8 Uhr 30 Mitteleuropäischer Sommerzeit dafür ausgibt, sind in der Waagrechten, aber das Lächeln hängt immer noch schief im Gesicht. Der linke Mundwinkel hebt sich, der rechte bleibt an seinem Platz. Es sei denn, vom Hirn her käme die ausdrückliche Aufforderung, sich zu heben. Der beim Lächeln an seinem Platz bleibende rechte Mundwinkel, scheint es, ist im Lauf der Zeit zum Beschützer der Schneflschen Zahnruine gegen fremde Einblicke geworden.
Tapferer trauriger rechter Mundwinkel, denkt das Hirn, dieses eingebildete Zentralorgan: Wir, die wir von Gottes Gnaden dazu

ausersehen sind, die Geschicke der gesamten Person und aller ihrer Körperteile zu lenken und zu leiten, werden dir das Lächeln schon wieder beibringen. Wir werden den Füßen Befehl erteilen, uns ins Badezimmer zu tragen, um in Ruhe vor dem Spiegel zu üben. Nach Sonnenuntergang lassen wir uns in den Gemüsegarten hinauftragen, schöpfen Wasser aus der Regentonne unter dem Zwetschkenbaum und versuchen, das Hervorlächeln der ersten Salatgurken unter ihren Blätter zu erwidern, das allerdings ebenfalls ein schiefsitzendes, unregelmäßig gekrümmtes ist, und so gesehen kein Vorbild.

22° Krebs

Achter Sonntag nach Pfingsten, gleichzeitig der erste, an dem Herr Schnefl seiner Katze aus der Zeitung vorliest. Nicht aus eigenem Antrieb, sondern auf Anraten seines Zahnarztes. Sprechen Sie viel in den nächsten Tagen, sagte Dr. Ernö B. auf Ungarisch, als er die Prince-of-Wales-Brücke befestigt hatte, und seine Frau übersetzte es ins Deutsche. Oder lesen Sie, wenn Sie wollen, Ihrer Katze aus der Zeitung vor. Gleichgültig ob Feuilleton, Sportteil oder Politik. Wichtig ist nur, daß die neue Brücke und der alte Mund sich möglichst rasch aneinander gewöhnen.

Alsdann, sagt Herr Schnefl heute schon in aller Früh zur Katze, beginnen wir mit dem Feuilleton. Da freut sich auch mein eingebildetes Zentralorgan: *Wenn ein Schriftsteller*, schreiben sie im Samstagsfeuilleton der Frankfurter Allgemeinen, *ein Buch von vornherein als Hauptwerk plant, löst das Ergebnis nicht immer diese Erwartung ein. Für den Leser ist das gewollte Opus magnum oft eher eine sperrige Lektüre, für den Autor bedeutet das Etikett in jedem Fall ein weiteres Hindernis im täglichen Kampf am Schreibtisch.* Was sagt du dazu?

Gar nichts sagt die Katze dazu. Aber woher, würde sie vielleicht fragen, wenn sie könnte, weiß dieser Zahnarzt, daß es eine Katze gibt in deinem Leben? Worauf Herr Schnefl nun wiederum der Katze erklären müßte, man befinde sich in einem Roman oder schlimmer noch, in einer Chimäre aus Roman und Astrologiebuch und er könne ihr, falls sie Wert darauf lege, jederzeit auch einen Vortrag halten über den Unterschied zwischen einem Roman und jenem Leben außerhalb des Romans, auf das sie offenbar anspiele. Vom zahnärztlichen Standpunkt mache es so oder so keinen Unterschied, ob er ihr einen Vortrag halte oder aus der Zeitung vorlese.

23° Krebs

Auf sieben Hügeln oder Stümpfen, die früher selber Zähne waren, ist die Prince-of-Wales-Brücke befestigt und zusätzlich mit einer mündlichen Garantie des Brückenbauers Dr. Ernö B. gesichert. Wir wissen also, daß wir keine Angst haben müssen, meldet das Schneflsche Zentralorgan, fürchten gleichzeitig aber bei jedem Zubeißen, die Brücke könnte uns aus dem Mund fallen und wir selber der Leserin und dem Leser langsam auf die Nerven gehen mit unserem endlosen Brückengesudel. Was zweifellos einer Niederlage im täglichen Kampf am Schreibtisch gleichkäme, auch wenn wir eidesstattlich versicherten, unser Buch nicht nur nicht als Opus magnum, sondern eigentlich überhaupt nicht geplant zu haben.

Woraus wiederum nicht geschlossen werden darf, wir gäben uns damit zufrieden, beim Aufschreiben des Ungeplanten seitenweise Einfälle auszustreuen, nach denen die Leserin und der Leser sich gefälligst zu bücken haben wie das Huhn nach den Kukuruzkörnern oder die Tennisspielerin nach den Tennisbällen, wobei sie notgedrungen eine unwürdige, wenn nicht lächerliche Figur machen würden.

24° Krebs

Wären Tierkreisgrade begehbare Räume, ginge man auf 24° Krebs in einen dampfenden Kuhstall hinein: 24° Krebs ist das Schäumen der Milch im Melkeimer, das Kälbertränken und das Käserühren, das Geblümte am Dirndl der Sennerin, das Ausbrüten von Nutzvögeln in gut gepolstertem Nest.

Wer bis jetzt kein Haus hatte, der baut es sich auf 24° Krebs oder auf 24° Steinbock, das den 24° Krebs im Tierkreis gegenüberliegt.

Woran aber merkt der astrologisch Ahnungslose, daß er gerade den Raum mit der unsichtbaren Aufschrift 24° Krebs oder 24° Steinbock betreten hat? Er merkt es eben daran, daß er ausgerechnet jetzt ein Haus baut oder plötzlich eines kaufen kann, obwohl er vor kurzem noch sicher war, sich nie im Leben ein Haus leisten zu können.

Wenigstens war das bei unserem Herrn Schnefl der Fall: Eigentlich, hatte er Jahre zuvor sich schon ausgerechnet gehabt, müßte ich mit 43 ein Haus besitzen, wenn wahr ist, was der Meisterastrologe Döbereiner bezüglich der 24° Krebs behauptet. Auch wenn das leider sehr unwahrscheinlich ist.

Im Frühling seines 43. Jahres hieß es dann, er werde aus dem gemieteten Haus, das er mit seiner Familie bewohnte, ausziehen müssen und im Herbst, fünf Tage vor dem 43. Geburtstag zog er ins eigene ein.

25° Krebs

könnte sein: der Misthaufen hinter dem Kuhstall auf 24° Krebs oder auch ein Almabtrieb am Rande der pannonischen Tiefebene mitten im Juli, wie er unlängst in der hiesigen Bezirkszeitung tatsächlich angekündigt worden ist: *Almabtrieb in Altschlaining*, schrieb die Bezirkszeitung, und daß er dieses Jahr bereits zum fünften Mal stattfinde.

Eigenartiger als die Schlagzeile selber, die ihm im Zusammenhang mit dem Bild des dampfenden Kuhstalls wieder eingefallen ist, berührt Herrn Schnefl die Tatsache, daß sie ihm nicht wirklich abwegig vorkam, als er sie las.

Theoretisch, denkt er heute, könnte ich diese pannonische Almabtriebsankündigung auch geträumt haben. Das ist aber noch unwahrscheinlicher als die tatsächliche Abhaltung von Almabtrieben in bisher nicht nur almhüttenfreier, sondern überhaupt von keinerlei Weidevieh begangener Gegend in den Zeiten der großzügigen Förderung landwirtschaftlicher Projekte durch die Europäische Gemeinschaft.

Hätten sie in irgendeinem überregionalen Blatt *Alpine Schiweltmeisterschaften am Berge Sinai* angekündigt, wäre mir das bei meiner nachlässigen Art des Zeitungslesens vermutlich genauso wenig aufgefallen oder auch erst bei späterer Gelegenheit als bizarre Zeitbombe im Gedächtnis explodiert. Vergleichbar diesem *Almabtrieb in Altschlaining,* einem völlig unscheinbaren Vorort von Stadtschlaining übrigens, das in Wirklichkeit auch nur ein Dorf mit sechs- oder siebenhundert Einwohnern ist.

26° KREBS

Außerhalb des Romans, wo die Leserin und der Leser wegen der ans Peinliche grenzenden Alltäglichkeit des dort Vorfallenden normalerweise nicht zugelassen sind, hat Herr Schnefl heute von morgens früh bis spät am Nachmittag gegraben, geschaufelt und Kanalrohre verlegt. Dann ist er eingeschlafen und hat im Schlaf den Kopfpolster vollgesabbert vor lauter Erschöpfung.

Das passiert ihm neuerdings aber auch immer öfter, wenn er nicht erschöpft ist, daß er im Schlaf den Kopfpolster vollsabbert oder antrenzt, wie es auf österreichisch eigentlich heißen müßte. Den Kopfpolster anzutrenzen oder vollzusoafln, wie auch gesagt wird, sei den Säuglingen und Greisen vorbehalten, hatte er geglaubt, bis der eigene Körper diesen Glauben dann eines Nachmittags als einen Irrglauben entlarvte.

Oder weiß der Körper etwas, den tatsächlichen Beginn des Greisenalters betreffend, wovon der Kopf lieber nichts wissen möchte und teilt es diesem auf seine Art mit, indem er im Schlaf Speichel aus dem Mund laufen läßt? Es ist jetzt bald so weit, junger Mann, könnte das heißen. Mit sieben mal sieben Jahren, laß es dir gesagt und mit feuchten Riesenlettern in den Kopfpolster eingeschrieben sein, betritt der Mensch den ersten Kreis des Greisenalters oder GreisInnenalters, wie viele meinen, schreiben zu müssen, seit ein Klüngel männerfressender Ideologinnen die deutsche Sprache in Geiselhaft genommen hat. Womit wir nun wieder mitten im Roman wären.

27° Krebs

Herrn Schnefls Freund Alzheimer hat schon mit 39, also zehn Jahre vor dem Erreichen der sieben mal sieben Jahre den ersten Kreis des Greisenalters betreten. Nicht, indem er nachmittags den Kopfpolster vollsabberte, sondern indem er seine Firma verkaufte, sich aus dem Münchner Gesellschaftsleben zurückzog und in der Abgeschiedenheit des ehemaligen Deutsch-Westungarn niederließ.

Was macht der denn da?, sprachen die alteingesessenen Greise, als Johann Alzheimer an einem Frühlingstag vor 22 Jahren am Tisch gleich neben dem Stammtisch im Wörterberger Hof Platz genommen hatte. Ob er gar jener Diplomingenieur aus München sei, der Haus und Hof des unvergessenen Tierpräparators R. gekauft haben soll? Und was er zu tun gedenke, wenn der Tierpräparator eines Tages herauskommt aus dem Gefängnis und seine Besitztümer zurückverlangt?

Worauf Johann Alzheimer, wie Herr Schnefl ihn mittlerweile kennt, mit fester Stimme geantwortet hat: Was so ein durchgedrehter Tierpräparator kann, kann ich schon lange. Mein Schlaf ist leicht, meine Hunde sind wachsam, mein Gewehr steht Tag und Nacht geladen hinter der Haustür. Und die nächsten zwei Runden, damit das auch klar ist, gehen auf mich.

Sprach's und war im selben Augenblick definitiv aufgenommen in den ersten Kreis des Greisenalters, von dem er damals noch gehofft haben dürfte, es handle sich lediglich um einen stammtischmäßig getarnten, Wörterberger Hof genannten Vorhof des irdischen Paradieses.

28° Krebs

Der Tierpräparator R. ist erwartungsgemäß nie wieder in Schußweite seines ehemaligen Wohnhauses gesehen worden. Aber die Einheimischen machen bei ihren Sonntagsspaziergängen in der Lafnitz-Au heute noch einen großen Bogen um das Mörderhaus. Weiß man's denn, sprechen sie untereinander, ob nicht die Gespenster, die den Mann seinerzeit zum Morden ins Getreidefeld gelockt haben, hier wohnen geblieben sind.

Und sogar der Ingenieur Alzheimer, ein aufgeklärter Skeptiker durch und durch, muß den Gespenstern immer wieder erklären, daß es sie in Wirklichkeit überhaupt nicht gibt, wenn sie nachts unangemeldet an seiner Bettkante erscheinen, ihn auffordern, das geladene Gewehr hinter der Haustür zu entsichern und auf der Stelle irgendjemanden zu erschießen.

Ihr seid nichts weiter als die depressiven Begleitumstände nächtlicher Alkoholentzugserscheinungen, hat Alzheimer den Gespenstern, sich selber und auch seinem Freund Schnefl oft genug erklärt. Aber die Gespenster scheinen es ihm nicht wirklich zu glauben oder verhalten sich jedenfalls so, als glaubten sie ihm nicht. Vielleicht sprechen sie untereinander: Es ist sinnlos, den Ingenieuren ihren Aberglauben wegnehmen zu wollen. Sie haben ja sonst nicht viel, wenn man bedenkt, daß die Welt noch nicht einmal richtig anfängt, wo sie mit ihren Berechnungen am Ende sind.

Bis heute, sagt Alzheimer, habe er den Einflüsterungen der depressiven Begleitumstände seiner nächtlichen Alkoholentzugserscheinungen widerstehen können. Ob ihm das, wenn er tagsüber so weitermacht, in Zukunft auch immer gelingen wird, dafür möchte er seine Hand nichts ins Feuer legen.

29° Krebs

Neunter Sonntag nach Pfingsten, gleichzeitig der Tag vor dem Abend, an dem die Sonne mit Sack und Pack, mit Mars und Merkur (die schon vorausgelaufen sind), mit Jupiter (der nächste Woche nachkommt) und ihrem getreuen Chronisten Schnefl das Zeichen Krebs, diese allzeit überfließende, aus unterirdischen Quellen gespeiste, labyrinthische, von Märchengestalten bewohnte, von Gespenstern bedrohte Kinderstube des Tierkreises verläßt und auf

0° Löwe

quasi zu sich selber kommt: weil Sonne, vom astrologischen Standpunkt, gleich Löwe, Löwe gleich Sonne ist. Und obwohl behauptet wird, die Sonne bewege sich nur scheinbar, der Löwe anscheinend überhaupt nicht, trifft man einander jedes Jahr pünktlich am 23. Juli, von dem ja auch nur behauptet wird, es handle sich um den 23. Juli, weil der Diktator Julius Cäsar seinen Vornamen damals mit der erstaunlich haltbaren Tinte des eigenen Größenwahns dem Kalender eingeschrieben hat.

Wären Cäsars selbsternannte Nachfolger mit ihren Welteroberungsplänen durchgekommen, schrieben wir heute womöglich den 23. Napoleon im Jahre 233 des Herrn B. oder den 23. Adolf im Jahre 113 des Herrn H. Hätten Cäsars Mörder ihn zwei Jahre früher umgebracht, finge das Jahr wahrscheinlich immer noch im März an, dem Mars- oder Widdermonat, was vom astrologischen Standpunkt auch das einzig Passende wäre.

Damals wie heute beginnen mit dem 23. Juli die sogenannten Hundstage und enden am 23. August, wenn die Sonne den Löwen durchlaufen hat und wieder auf Distanz gegangen ist zu Sirius, dem alten Hundsstern.

1° Löwe

Würde Herr Schnefl als sein eigener Planet die Sonne umkreisen, nicht bloß als deren an die irdische Schwerkraft gebundener Chronist, könnte man heute von einer überraschenden Rückläufigkeit des Planeten Schnefl sprechen. Anstatt den erwarteten Schritt von 0° auf 1° Grad Löwe zu tun, würden Beobachter des Planeten Schnefl feststellen müssen, hat er sich ins Auto gesetzt und ist gemeinsam mit seiner Frau in ein gut hundert Kilometer entferntes Freilichtmuseum drüben in der Steiermark gefahren, um Bauernhöfe aus vergangenen Jahrhunderten zu besichtigen.

Wobei die Vorstellung eines verheirateten Planeten, der sich ins Auto setzt, die Leserin und den Leser in ihrer Lachhaftigkeit nicht vom seriösen Kern der Geschichte ablenken sollte, der besagt: Wer Bauernhöfe aus vergangenen Jahrhunderten besichtigt, begibt sich, astrologisch gesprochen, auf Krebs-Territorium, verneigt sich vor der Quelle, aus der seine Gegenwart entspringt. Ganz sauber, denkt er bei sich, kann diese Quelle nicht sein, sonst wäre meine Gegenwart eine andere. Auch ist das Verneigen vor der Quelle kein Ersatz für das im Hause Schnefl seit Generationen nicht mehr geübte Niederknien der Geschöpfe vor ihrem Schöpfer, wie es auf besseren Bauernhöfen vermutlich bis heute der Brauch ist.

2° Löwe

Seit die Bauern nicht mehr ständig auf den Knien herumrutschen vor ihrem Schöpfer, steht der Kukuruz viel höher in den Tälern und Becken der südlichen Steiermark. Im Juni steht er den Leuten hier bis zum Hals. Im Juli wächst er ihnen über den Kopf. Ab August, wenn gedroschen wird, dringt er als feinster Staub in die Lungen, wo ihn kleinere oder größere Abordnungen von Insektiziden und Pestiziden bereits erwarten.
Ich bin die Rache der Azteken am Abendland, spricht der Kukuruzstaub.
Halts Maul und setz dich, antwortet der Sprecher der Insektizide und Pestizide. Wobei der rauhe Umgangston nicht darüber hinwegtäuschen darf, daß die drei sich im Grunde einig sind, was das mittelfristige Ziel der Vergiftung der Erde, des Wassers, der Lungen der Leute in den fruchtbaren Landstrichen betrifft. Auch sollte hier nicht der Eindruck erweckt werden, es sei der landwirtschaftliche Laie Schnefl imstande, korrekt wiederzugeben, was im Inneren der steirischen Kukuruzbauern vorgeht, seit sie sich von ihren Betschemeln erhoben haben und auf den Zug der industrialisierten Landwirtschaft aufgesprungen sind. Aber irgend etwas muß einer ja mitbringen, wenn er seine berufliche Existenz darauf gründet, so zu tun, als erwarteten ihn zu Hause eine Leserin und ein Leser.

3° Löwe

Wir hätten es Trockenkuckucksheim nennen sollen, sagt Herr Schnefl zur Katze, nicht Wörterberg, und dich nenne ich ab sofort Leserin. Dann habe ich wenigstens eine, die auf mich wartet, wenn ich heimkomme von meinen Streifzügen durch die fruchtbareren Landstriche der Steiermark oder vom Einkaufen unten in der Bezirkshauptstadt O.

Wir hätten es Trockenkuckucksheim nennen sollen, Leserin, weil Wörter mit drei CK selten sind und als Erinnerung daran, daß es im Herbst vor vier Jahren zum letzten Mal ausgiebig geregnet hat hier am Rand der pannonischen Tiefebene. Auf den feuchten Herbst ist dann der übliche trockene Winter gefolgt, dem ein unüblich trockener Sommer folgte, gefolgt vom üblich trockenen Winter, gefolgt von einem noch trockeneren Sommer und so weiter. Bis im heurigen Jahr zum ersten Mal auch die früher als verläßlich gerühmten Adriatiefdruckgebiete nichts mehr gefruchtet, das heißt fast keinen Regen mehr aus dem Golf von Genua in die Gegend um Wörterberg heraufgetrieben haben.

Ist er nicht ein Engel?, flüstern die letzten überlebenden Nacktschnecken, wenn Herr Schnefl abends mit dem Schlauch im Gemüsegarten anrückt, um selber ein bißchen Adriatief zu spielen. Vor drei Jahren waren wir eine Plage. Heute sind wir ein Sozialfall, auch von simulierten Adriatiefausläufern aus dem Gartenschlauch nicht mehr aus unseren Verstecken hervorzulocken. Nächstes Jahr werden wir ganz oben auf der Liste der in Wörterberg und Umgebung vom Aussterben bedrohten Arten stehen. Die Rasenmäher im Dorf werden endgültig zum Schweigen gebracht sein. Die Heuschrecken werden die Macht an sich gerissen haben auf den ausgedörrten Wiesen. Wie Mittelmeerraum ohne Mittelmeer wird das aussehen: ein Trockenkuckucksheim unter einem gefräßigen Heuschreckenregime.

4° Löwe

Mein Name ist eben nicht Leserin, antwortet die Katze und sagt es auf ihre Art, indem sie aus dem Fenster springt heute in aller Früh, sich eines der beiden aus Nachbar Mehmets Hühnerstall entlaufenen Kücken schnappt und es auf der Stelle totbeißt.

Eine Katze, die den Namen Leserin verdiente, hätte das hysterisch piepsende Vögelchen die längste Zeit vom Fensterbrett aus betrachtet, wäre zum Wegschauen zu aufgeregt, zum Springen zu gutmütig gewesen und am Ende in Depressionen verfallen vor lauter Nachdenken darüber, wie weit man sich als Katze von seinen Instinkten entfernt haben muß, um Menschen überhaupt auf die Idee zu bringen, einen Leserin zu nennen.

Leserin, das klingt nach einem der Tyrannei des Intellekts ausgelieferten Raubtier, einer Art Kopfbestie, die sich von der Vorstellung fremden Lebens nährt, davon naturgemäß aber niemals satt wird. Zur Freude derjenigen, die selber auch kein Leben haben, aber das Talent, sich und ihrer Leserin im Schreiben eines zu erfinden.

5° Löwe

Zehnter Sonntag nach Pfingsten, gleichzeitig Schlußtag der Tour de France, die heuer zum vierten Mal hintereinander von einem Auferstandenen gewonnen werden wird. Kein Auferstandener von den Toten. Aber doch ein Fall für alle, die an das Jenseits-Menschlichen-Ermessens-Liegende glauben; in unserem Tierkreisroman ab heute der Einfachheit halber JEMERLI genannt.

Im Herbst vor sechs Jahren muß das JEMERLI ans Krankenbett des amerikanischen Radrennfahrers Lance Armstrong getreten sein und gesagt haben *Steh auf, nimm dein Rad und radle sie alle in Grund und Boden!* Und Armstrong, mit Hodenkrebs darniederliegend, mit Metastasen in der Lunge, mit Metastasen im Hirn und einer statistischen Überlebenschance von drei Prozent, stand auf, nahm sein Rad, pries das JEMERLI und tat, was es ihm angeschafft hatte.

Vielleicht war es aber auch so, daß das JEMERLI an sein Bett getreten ist und gesagt hat: Wenn du meinen Namen weißt, sollst du am Leben bleiben, sollst praktisch unbesiegbar werden und viermal oder meinetwegen auch fünfmal hintereinander die Tour de France gewinnen. Worauf der Sterbenskranke, einer Eingebung des Augenblicks folgend, gefragt hat: *Heißtest du etwa JEMERLI?*

Welche der beiden Versionen die unglaubhaftere ist, mögen Leserin und Leser selber entscheiden. Glaubhaft versichert Herr Schnefl ihnen allerdings, dem Rennfahrer A. neulich zugeschaut zu haben, wie er nach 200 Kilometern Fahrt durch Pyrenäentäler und über Pyrenäengipfel auf dem steilen Schlußanstieg zum Berg der Winde seinen Konkurrenten von einem Augenblick auf den anderen davonfuhr mit so leichtem Tritt und so unangestrengtem Gesichtsausdruck, daß man unwillkürlich dachte: Könnte er nicht wenigstens so tun, als würde er sich ein wenig plagen?

JEMERLI JEMERLI, wer bist du wirklich? Welches Spiel spielst du mit diesem Auferstandenen vor aller Augen?, hat der Fernsehzuschauer Schnefl sich zwar nicht gefragt. Aber in den alten Zeiten, als die Leute noch abergläubisch waren, hätten sie sich gegruselt beim Anblick des mühelos Davonsprintenden, der vor nicht einmal sechs Jahren ein zu 97 Prozent totgesagter Mann war.

6° Löwe

In den gleichfalls weit zurückliegenden Zeiten, als das JEMERLI noch als rachsüchtiger Herr der Israeliten beschrieben und gefürchtet wurde, trieb es einen Ostwind ins Land, den ganzen Tag und die ganze Nacht. Und am Morgen führte der Ostwind die Heuschrecken herbei. Und sie bedeckten den Erdboden so dicht, daß er ganz dunkel wurde.

In den allerneuesten Zeiten, nämlich heute vormittag gegen 10 Uhr, haben Herr Schnefl, sein gelber Rasenmäher und ein Schwarm harmloser mitteleuropäischer Heuschrecken das Szenario aus dem zweiten Buch Mose (Kapitel 10, Absatz 12 bis 15) auf ein paar Hundert Quadratmetern des Schneflschen Obstgartens unfreiwillig nachgespielt: Herr Schnefl als Moses mit einer schwarzen Baseballkappe seines Sohnes auf dem Kopf. Der gelbe Rasenmäher in der Rolle des Ostwinds. Die mitteleuropäischen Heuschrecken als dunkle Wolke auf der Flucht vor Moses Schnefl und Ostwind Rasenmäher.

Eine Art altägyptisches Passionsspiel an einem sonst unauffälligen, um nicht zu sagen langweiligen Montagvormittag im ehemaligen Deutsch-Westungarn. Wenngleich es diesmal ausschließlich auf Kosten der Heuschrecken ging und man froh sein konnte, vom Schicksal die Rolle hinter dem Rasenmäher zugelost bekommen zu haben. Vor dem Rasenmäher um dein Leben zu hüpfen, während sie dir hinter dem Rücken die Existenzgrundlage wegmähen, da hätte sich der Spaß aufgehört.

7° Löwe

Der schwüle Montagnachmittag hat als abendliche Konsequenz wieder nur ein leichtes Donnergrollen und ein dezentes Wetterleuchten hinter den westlichen, das ehemalige Deutsch-Westungarn gegen die Steiermark abgrenzenden Hügeln hervorgebracht.

In den Weinbaugebieten nördlich des Wörterberger Hügellandes, wo es offenbar noch trockener ist, bringt die Freiwillige Feuerwehr den Rehen Wasser in den Wald, damit sie ihren Jägern nicht davonlaufen, das heißt in niederschlagsreichere Reviere abwandern. Früher hat man die Tiere bloß über den Winter füttern müssen, wenn man sie im folgenden Herbst bei guter Gesundheit und in ausreichender Anzahl erschießen wollte. Heutzutage tränkt man sie auch noch über den Sommer.

8° Löwe

In Deutschland, wo du als Meteorologe aufpassen mußt, ein herannahendes Tief nicht mit der eigenen Ehefrau oder Lebensgefährtin zu verwechseln, weil beider Vornamen mitunter identisch sind, soll Tief Claudia ihr Monatssoll, was das Wasserlassen betrifft, in einer einzigen Nacht erfüllt haben. Im ehemaligen Deutsch-Westungarn erledigen Claudias namenlose Ausläuferinnen ihr Tagessoll in einem Monat oder auch gar nicht.

Sollten die Meteorologen vom Ehrgeiz getrieben sein, diese und noch viel schlimmere Ungerechtigkeiten aus der Welt zu schaffen, kann man ihnen nur empfehlen, sich ein Beispiel an den Kollegen von der Gynäkologie zu nehmen: Versteh uns bitte nicht falsch, JEMERLI, müssen die Gynäkologen dem Gott ihrer Urgroßväter vor etlichen Jahren schon ins Ohr geflüstert haben. Aber unser wissenschaftliches Ethos verbietet uns, noch länger zuzusehen, wie unfruchtbare Frauen keine Kinder gebären, impotente Männer keine Kinder zeugen können. Also bleibt uns nichts anderes übrig, als einen Teil deiner Kompetenzen an uns zu ziehen.

Der Erfolg ist, daß heute dreieinhalb von hundert Kindern der westlichen Welt im Reagenzglas gezeugt werden und die Firma Biofusion Tech einer jungen Südkoreanerin unlängst angeblich den ersten geklonten Embryo eingepflanzt hat.

Gleichzeitig werden die trockenen Weltgegenden immer trokkener, die feuchten immer feuchter werden, solange die Meteorologen nichts unternehmen, es den Gynäkologen gleichzutun und die Claudias, Dagmars, Elviras etc. JEMERLIs Willkürherrschaft zu entreißen.

9° Löwe

Endlich ein Donnerstag, der diesen Namen verdient. Endlich ein Wetterleuchten, das mit etwas gutem Willen auch ein Blitzen genannt werden kann. Und als am frühen Nachmittag durch das Küchenfenster plötzlich Regentropfen zu sehen sind, meint man, jetzt müßte die Straße gleich naß sein. Aber so weit, dürfte das JEMERLI sich im letzten Augenblick gesagt haben, wollen wir es auch wieder nicht kommen lassen.

Während die Wolken noch zögern, sich aufzulösen, verdichtet ein Telefonanruf das Gerücht von der schwerverletzten Frau Vogel zur Geschichte von der Frau Vogel, die aus dem Fenster ihres Zimmers im Psychiatrischen Krankenhaus gesprungen ist und jetzt auf der Intensivstation liegt.

10° Löwe

FRANZ SCHNEFL GesmbH
Gerüchteverdichtungen. Geschichtenerzählungen. Eigene Sinnstiftungsversuchsanstalt

Nicht mehr und nicht weniger versprach der Text auf dem Firmenschild, das Herr Schnefl heute früh bei noch geschlossenen Augen vor sich sah. Da offenen Auges an Firmengründung derzeit nicht zu denken ist, stellt er den Text wie eine Überschrift dem 131. Kapitel seines Tierkreisromans voran, um der Leserin und dem Leser zu zeigen, wie das wäre, wenn man könnte, was man geschlossenen Auges zu wollen scheint.

Das Kapitel selber handelt in aller Kürze von Absturz, Rettung und Heimkehr: Absturz des Computers und Rettung der darin verschwundenen Kapitel 1 bis 130 des Tierkreisromans durch den Computertechniker und Programmierer S. (gestern), Heimkehr der jüngeren Tochter aus London nicht gerade ins Vaterland, aber doch in ein gewissermaßen vom Vater erfundenes ehemaliges Deutsch-Westungarn (vorgestern).

11° Löwe

Hätte Ihre Mutter Ihnen zwei Tage früher oder später das Leben geschenkt, wäre Ihr Vater nicht schon frühzeitig daraus verschwunden, sagt Herr Schnefl, als er nach geglückter Rettung der Kapitel 1 bis 130 die Geburtsdaten des Programmierers S. in den Computer eingibt, worauf dessen Horoskop auf dem Bildschirm erscheint.

Im Totenreich der verschlüsselten Zeichen aus Nullen und Einsen, das Sie zu Ihrem Beruf gemacht haben, werden Sie den verschwundenen Vater aber niemals finden, müßte er noch hinzufügen. Denn daß sein Vater frühzeitig als Ernährer der Familie ausgefallen ist, weiß der Programmierer selber. Und daß Herr Schnefl vom Verschwinden des Vaters nichts wissen konnte, bevor der Sohn ihm die eigenen Geburtsdaten bekanntgab, daran besteht auch kein Zweifel, da man einander bis heute nicht kannte.

Einerseits müßte es dem jungen Mann zu denken geben, daß ein Wildfremder aus seinem Horoskop auf einen Blick das frühzeitige Verschwinden des Vaters herauszulesen imstande ist. Andererseits möchte man ihn nicht unnötig verunsichern, indem man ihm einredet, er suche in den Eingeweiden der Rechenmaschinen im Grunde genommen nichts anderes als den verschwundenen Vater. Also sagt man ihm, weil das ebenfalls nicht gelogen ist: Er habe gut daran getan, sich als Programmierer selbständig zu machen mit seinen 27 Jahren. Außerordentlich beruhigend sei es für den im 21. Jahrhundert gestrandeten, ständig von Computerabstürzen bedrohten Astrologen, eine derartige Begabung auf dem Gebiet der mit Null und Eins berechenbaren Vorstellungen vom Leben in seiner Nähe zu wissen.

12° Löwe

Elfter Sonntag nach Pfingsten, gleichzeitig der Tag nach dem Tag, an dem der begabte Herr S. unter dem Stichwort *Programmierer* der Schneflschen Horoskopdatei einverleibt wurde und Frau Astrid W., die unter dem Stichwort *Psychotherapeutin* seit Jahren in ebendieser Datei registriert ist, auf einmal leibhaftig vor der Tür stand.

Astrid W. heißt eigentlich Elisabeth T., auch wenn sie eine zeitlang darauf bestanden hat, von ihren Freunden Klara genannt zu werden.

Obwohl ihr erstens das Geld dazu fehle, sie zweitens handwerklich unbegabt und drittens beruflich überlastet sei, sagt Astrid, vormals Elisabeth, dazwischen Klara W., eigentlich T., überlege sie ernsthaft ein Haus in Bildein, hart an der ungarischen Grenze zu bauen, als pannonischen Zweitwohnsitz zu ihrem 800 Kilometer entfernten Vorarlberger Hauptwohnsitz.

Gott sei Dank, denkt Herr Schnefl bei sich, existieren Dörfer wie dieses Bildein in unserem ehemaligen Deutsch-Westungarn. Bildein, das ist besser als Wörterberg und Schreibersdorf zusammen. Er selber, sagt er zur Psychotherapeutin, sei nie in Bildein gewesen, wisse lediglich, daß es in die Ortsteile Oberbildein, auf 47° 8' und Unterbildein, auf 47° 7' 35" nördlich des Äquators zerfalle.

13° Löwe

Gestern vormittag, die Psychotherapeutin ist schon aus dem Haus, die Atmosphäre aber immer noch geladen, hat ein Gott Erbarmen, treibt mächtig aufgetürmte Wolken ins Land und befiehlt ihnen, genau über Wörterberg zu platzen.

Als der Wolkenplatzer vorüber ist, tritt das Volk auf die Straße und murmelt: JEMERLI JEMERLI! Was übersetzt so viel heißt wie: Wochenlang bluffst du, o Herr uns mit Blitz und Donner, dann schwemmst du den Humus vom Acker, den Schotter von der unasphaltierten Landstraße zwischen Schreibersdorf Nord und Wörterberg Süd in einem einzigen Aufwaschen und dein Volk, das in sentimentalem Andenken an deinen Ehrentag in Ruhe sein Schnitzel essen wollte, sieht sich auf einmal genötigt, Schaufel und Besen zur Hand zu nehmen, um wenigstens die Gehsteige und Hauseinfahrten vom ärgsten Dreck zu befreien.

Das Schönste am Gewitter, antwortet der Herr, ist die Zigarette danach. Was so viel heißt wie: Schneflscher Übersetzungsversuch für ausgeregnete Schleierwolken, die wie Rauchschwaden zwischen Dorf und Himmel hängen am späten Nachmittag, als die Luft rein, die Atmosphäre entspannt, die Psychotherapeutin längst über alle Berge ist.

14° Löwe

Letztes Jahr, behauptet Herrn Schnefls Erinnerung, ist der Sommer sanft entschlafen. Heuer hat ihn mitten in den Hundstagen der Schlag getroffen, ohne daß es deshalb gleich Herbst geworden wäre.

Herrn Schnefls jüngere Tochter trifft objektiv keine Schuld, obwohl subjektiv auffällt, daß mit ihrer Rückkehr von den britischen Inseln die dortigen Witterungsverhältnisse, denen sie endlich zu entkommen hoffte, im Handumdrehen zu hiesigen geworden sind. In London hatte sie wochenlang auf einen Sommer gehofft, der dann bis zum Tag ihres Abflugs nicht gekommen ist. In Wörterberg erzählt man ihr von einem Sommer, der am Tag vor ihrer Ankunft noch gesehen worden sein soll: Als dickes Kind, durch einen glühwürmchengrün leuchtenden Schwimmreifen springend am Nachmittag. Als gegrillte Schweinsripperl mit Bier und Tomatensalat am Abend. Als weit aufgerissene Schlafzimmerfenster in einer zum Schlafen eigentlich viel zu warmen Nacht.

Es war das Jahr, wird die Schnefltochter vielleicht später einmal ihren eigenen Kindern erzählen, als ich ins Sommerloch gefallen bin. In den Winterferien ist mir das Flugzeug vor der Nase davongeflogen und ich habe anderthalb Tage gebraucht für die Strecke London – Paris – Wörterberg. In den Sommerferien hat das Flugzeug gewartet, aber der Sommer, von dem ich gehofft hatte, er würde jetzt endlich kommen, war schon weg.

15° Löwe

In ungefähr zwei Monaten, wenn das Sommerloch sich so weit aufgefüllt hat mit vergehender Zeit, daß es tatsächlich nach Herbst riecht, wie Herbst aussieht, sich wie Herbst anfühlt auf der Haut und im Gemüt, wird die jüngere Schnefltochter sich in ein Studium stürzen, aus dem sie nach fünf bis sechs Jahren als fertige Übersetzerin für Deutsch, Englisch und Französisch wieder auftauchen sollte. Falls nicht JEMERLIs unerforschlicher Ratschluß sie aus der Bahn wirft oder ein plötzliches unüberwindliches Sinnlosigkeitsgefühl oder eine überraschende Verblödung oder das Leben selber: diese schlimmste aller Zumutungen, wie man geneigt ist anzunehmen, wenn man den allseits betriebenen Aufwand zu seiner Verhütung, Verhinderung und Verschiebung auf St. Nimmerlein, St. Feierabend, St. Pensionsantritt bedenkt.

Der eine springt unter den Tisch, um sich vor dem Leben in Sicherheit zu bringen, die zweite ins Bett, der dritte in den Ofen und so weiter. Aber das Leben findet sie alle und macht nicht langes Federlesen: einen nach dem andern schluckt es in seinen Rachen; nur den Herrn Schnefl, der sich in seinem Büro versteckt hat unter dem Vorwand, er müsse das Leben beschreiben und komme deshalb bedauerlicherweise zu nichts anderem, findet es nicht.

16° Löwe

Dem Briefträger eilt ein unangenehmer Ruf voraus, wenn er morgens zwischen neun und halb zehn die Dorfstraße herauffährt oder vielmehr: es begleitet ihn ein feindseliges Gebell. Er zieht eine Spur aus feindseligem Gebell vor sich her, wie man auch sagen könnte, obwohl der allgemeine Sprachgebrauch dieses Vor-Sich-Her-Ziehen einer Spur eigentlich nicht zuläßt.

Oder versuchen wir es so: Die Hunde in ihrer Rolle als Revierverteidiger treiben den Briefträger in seiner Rolle als Revierverletzer durch den Zustellrayon, der in einem bürokratischen, den Hunden auf ewig unbegreiflichen Sinn ebenfalls ein Revier ist.

Oder noch anders: Die Hunde rollen ihren anschwellenden und abebbenden Gebellsteppich aus, auf dem der Briefträger gegen neun von Süden her in das Dorf einzieht, auf dem er es wenig später in Richtung Norden wieder verläßt. Wobei das Teppichmuster subjektiv immer gleichbleibt, sich objektiv aber ununterbrochen erneuert. Mit jedem jungen Hund, der dazukommt. Mit jedem kleinen Hund, der größer wird. Mit jedem alten, der wegstirbt. Was meistens bedeutet: vom Tierarzt eingeschläfert zu werden.

17° Löwe

Ganz ähnlich wie mit dem Hundegebell und dem Briefträger ergeht es unserem Herrn Schnefl oftmals mit den eigenen Gedanken und dem Klingeln des Telefons. Wobei die eigenen Gedanken die Rolle des Hundegebells übernehmen, das Klingeln des Telefons diejenige des Briefträgers: Wie es dem Herrn

Soundso in Dingsda gehen mag?, denken die eigenen Gedanken, obwohl sie einen Augenblick zuvor noch an etwas ganz anderes gedacht hatten. Sekunden später klingelt das Telefon und bevor die Hand am Hörer ist, weiß der Kopf schon: das ist jetzt der Herr Soundso in Dingsda. Genauso sicher, wie er weiß, das ist jetzt der Briefträger, wenn er das dem Briefträger vorauseilende Hundegebell hört.

Letzten Samstag (siehe 13° Löwe) übernahm ausnahmsweise die jüngere Tochter die Rolle des Telefonklingelns: Wie es den W's wohl geht dort draußen in Vorarlberg, dachten zu Herrn Schnefls Überraschung auf einmal die eigenen Gedanken. Und fast im selben Augenblick sagte die jüngere Tochter, von den W's dort draußen in Vorarlberg habe sie nun auch schon lange nichts mehr gehört.

Tags darauf steht Frau Astrid W., worauf weder Vater noch Tochter im mindesten gefaßt waren, auf einmal persönlich vor der Tür. Das ist mir jetzt fast ein bißchen zu körperlich, denkt Herr Schnefl. Weiß aber nicht recht, wie er so etwas einer Psychotherapeutin erklären soll.

18° Löwe

Kaum hat Frau W. ihren Körper aus Wörterberg hinausbewegt vergangenen Sonntag, spricht man mit der Ehefrau über sie. Erstens, sagt man, um auf einen Begriff zu bringen, was man doch nicht begreifen wird, gibt es das Leben. Zweitens die Krise. Drittens die Krisen *des* Lebens. Viertens das Leben *als* Krise, verkörpert durch die Psychotherapeutin Astrid W.

Als treueste Klientin ihrer selbst befährt Frau W. ihr vor zwei Jahren krisenhalber verlassenes Revier im ehemaligen Deutsch-Westungarn, in das sie spätestens übernächstes Jahr krisenhalber zurückzukehren gedenkt. Als zuverlässige Briefträgerin ihrer Krise deponiert sie das vom oftmaligen Ein- und Auspacken ganz schmuddelig gewordene Freunde-Ich-Kremple-Gerade-Mein-Leben-Um-Packerl bei den Bekannten von damals. Die Bekannten von damals tun so, als sähen sie das Packerl zum ersten Mal, schauen die Überbringerin treuherzig an und rufen ihr die Wahrheit hinterher, sobald sie außer Hörweite ist.

19° Löwe

Zwölfter Sonntag nach Pfingsten, gleichzeitig der Tag nach dem Tag, an dem die Sonne im Tierkreis auf Mars und Neptun aufgelaufen ist und etliche Flüsse im Norden Österreichs, in Böhmen, Bayern, Rußland und Italien übergegangen sind: *Die Götter reinigen ihr Wolkenhaus*, wie Grillparzer es seinerzeit ein bißchen gewagt, die astrologische Konstellation aber unbewußt ganz gut treffend beschrieben hat. Und *die Familie Putzgruber steht jetzt vor dem Nichts*, berichtet die Kronenzeitung.

20° Löwe

Mars und Neptun, die Putzgrubers des gestirnten Himmels, sind unter ihrem Mädchennamen Elbe über Dresden hergefallen heute Nacht, haben als entfesselte Moldau zweihunderttausend Bewohner der Stadt Prag in die Flucht geschlagen, als Flutwelle der Salzach das Ausflugsschiff Amadeus versenkt, als Jahrhunderthochwasser der Donau das Donautal zwischen Linz und Wien unter Wasser gesetzt etc. etc.

Mars und Neptun haben sich als deutsches Tief Ilse und als namenloses Adriatief über österreichischem Territorium vereinigt, haben Staumauern eingerissen, Bahndämme unterspült, Brücken davongeschwemmt und ziehen jetzt gemeinsam über Böhmen und Sachsen in Richtung Polen.

Als Bild ist Mars/Neptun die Schlange. Als homöopathisches Mittel das Schlangengift Lachesis. Als astrologische Konstellation verhilft Mars/Neptun, wenn es akut wird, zur Möglichkeit, *herauszusteigen aus der Larve, um selbst fliegen zu können*, sagt der Meisterastrologe Döbereiner. Laß alles zurück, was als Stand, Status und Formen des Gewohnten deine Existenz erhält, aber dein Leben bisher verhindert hat. Laß davonschwimmen den ganzen Krempel und fang von vorn an, sagt die Überschwemmung zum Überschwemmten, wenn sie im Mars/Neptun-Kleid daherkommt. Und fügt noch hinzu: Wehe dem, der jetzt zu gut versichert ist!

21° Löwe

Sogar ein Stück Westautobahn hat die Donau verschwinden lassen zwischen Linz und Enns, und auch entlang der Elbe und ihrer Nebenflüsse soll einiges an Welt untergegangen sein, wird in den nächsten Tagen aber zuverlässig wieder auftauchen. Zumal die Anspannung bereits nachläßt am Himmel wie auf Erden: Die Sonne hat sich ein wenig gelöst von Mars, dem Zerstörer, rückt schön langsam auch ab vom großen Wasserlasser Neptun. Die Pegelstände beginnen zu sinken. Plünderer und Gelegenheitsdiebe nutzen die Gunst der Stunde, werfen ein bißchen Schatten auf ein Untergangsszenario, das sonst gar zu einseitig von Lichtgestalten mit und ohne Feuerwehruniformen beherrscht werden würde.

Literarisch ergiebiger, denkt man und schämt sich gleichzeitig für den Gedanken, wären zwielichtige Helferfiguren: Freiwillige Feuerwehrmänner beispielsweise, die tagsüber retten, was zu retten ist und nach Einbruch der Dunkelheit ein wenig plündern. Oder politische Funktionsträger, die sich in freiwillige Feuerwehrmänner verwandeln und als solche vor der Kulisse der untergehenden Heimat barhäuptig in den strömenden Regen stellen, sobald eine Fernsehkamera in der Nähe ist.

Im relativ trockenen Wörterberg waren die zwielichtigen Gestalten als Zahnräuberbande unterwegs letzte Nacht, haben ihrem träumenden Opfer Schnefl ein paar falsche Zähne samt Zahnfleisch aus dem offenen Mund herausgerissen. Und das ausgerechnet mitten im August, wenn Dr. Ernö B. auf Urlaub ist, dachte der Ausgeraubte im Augenblick des Erwachens, der sich dann zu drei Stunden unfreiwilligen nächtlichen Wachliegens dehnte.

Tagsüber bemüht man sich redlich, Gutes zu tun: spendet den überschwemmten Landsleuten ein wenig Geld, der Leserin und dem Leser das Wort Zahnräuberbande.

22° Löwe

Eine Schale voll vom Zorn Gottes: Das wäre auch eine Möglichkeit, die Konstellation Sonne/Mars/Neptun aus astrologischer Fachsprache in romantaugliches Deutsch zu übersetzen. Eine Schale voll vom Zorn Gottes, ausgegossen über Niederösterreich, Oberösterreich, Bayern, Böhmen und Sachsen. Als Erklärung für das Unbegreifliche wäre die beim Apokalyptiker Johannes geborgte Schale voll vom Zorn Gottes mindestens ebenso gut wie die anmaßende Rede der Wissenschaftsgläubigen vom menschengemachten Klimawandel. Obwohl es eigentlich heißen müßte: ein Schälchen voll vom Zorn Gottes. In der Schale wären wir alle ersoffen. Im Schälchen waren es bis gestern ungefähr ihrer siebzig.

23° Löwe

So sicher wie die Sonne aus dem Sternzeichen Löwe wird spätestens übernächste Woche das Hochwasser aus den Zeitungsschlagzeilen verschwinden und im kollektiven Gedächtnis versickern, um eines Tages, bei günstiger Gelegenheit und ähnlich verheerender Wetterlage wieder ans Licht zu treten. Oder, um das gestern skizzierte Votivbild ein wenig auszumalen: Gottes Erzengel für hydraulische Angelegenheiten stellt das leere Schälchen mit der Aufschrift *Sommerhochwasser 2002* zurück in die Vitrine zu den anderen. Neben das *Winterhochwasser 1784* beispielsweise, als Regen und Schmelzwasser nicht mehr wußten, wohin mit sich selber in diesem viel zu warmen Februar, halb Mitteleuropa unter Wasser gesetzt und die Elbe in ein neues Bett gedrängt haben.

Etwas weiter hinten in der Vitrine, aber deutlich größer als die beiden anderen, steht das Schälchen aus dem Juli 1342. Damals, sagt der Erzengel, nein schreibt die Frankfurter Allgemeine Zeitung, waren die Böden derart mit Wasser gesättigt, daß der Regen sofort abfloß und dabei tiefe Erosionsrinnen hinterließ, die zum Teil noch heute das Landschaftsbild in Mitteleuropa bestimmen.

Die Stellung von Mars und Neptun zueinander war im Juli 1342 fast identisch mit derjenigen des Augusts 2002, wenn mich nicht alles täuscht, sagt der Erzengel. Das werden wir gleich sehen, antwortet Herr Schnefl, wirft einen Blick in die Gestirnstandstabellen seines Computerprogramms und kann dem Erzengel bestätigen, es täusche ihn ganz und gar nichts.

24° Löwe

In den alten Zeiten, als Form und Inhalt noch nicht getrennt waren, wäre man vermutlich erschrocken, einen Krampuskopf mit perfekt geformten Hörnern und heraushängender Zunge in der Klomuschel vorzufinden, nachdem man sich von derselben erhoben und einen Kontrollblick hineingeworfen hat.

Heutzutage ist man froh, nach Tagen mit leichten Symptomen einer sich anbahnenden Bauchgrippe endlich wieder solide Ergebnisse der eigenen Darmarbeit zu sehen. Die Hörner, da ist man sich ganz sicher, sind unverdaute Tomatenschalen von heute Mittag. Die heraushängende Zunge wahrscheinlich auch.

Aber darauf, du Tölpel, kommt es doch überhaupt nicht an, hätten sie einem in den alten Zeiten gesagt, als das wenigste erklärt werden konnte, aber von vielem der Zusammenhang geahnt, wenn nicht sogar gewußt wurde: Der Zusammenhang des Vogelflugs mit dem Schicksal, des täglichen Stuhlgangs mit den ewigen Launen der Götter.

25° Löwe

Dreizehnter Sonntag nach Pfingsten, gleichzeitig der Tag, an dem der Sommer in das von ihm selber hinterlassene Loch zurückgefunden und die Scheitelwelle der Elbflut die Lutherstadt Wittenberg erreicht hat. *Eines habe ich in den letzten Tagen gelernt*, sagt ein Oberstleutnant im deutschen Fernsehen: *daß das Wasser unberechenbar ist und die Dämme immer dort brechen, wo wir es nicht erwartet haben.*

Das Wasser, würde man dem Oberstleutnant antworten, wäre man an der Stelle der Fernsehreporterin, ist nicht unberechenbar.

Es ist vielmehr der Mars, der den Saturn vulgo Staudamm durchbricht, um der Elbe alias Neptun die Bahn freizumachen in die Wittenberger Altstadt, wo sie seit 570 Jahren nicht gesehen wurde, aber heute, nach den Dammbruchbildern im Fernsehen zu schließen, dringend hin muß.

85 Jahre nach dem letzten Elbhochwasser in Wittenberg hat der Schweinepriester L. hier seine Thesen angeschlagen. Man erwähne das lediglich, würde man zum Oberstleutnant sagen, weil einem aufgefallen sei, daß zum Zeitpunkt des Thesenanschlags die fast genau gleiche Sonne/Mars/Neptun-Konstellation geherrscht habe wie in diesen Tagen des mitteleuropäischen Jahrhunderthochwassers und man zu gerne wüßte, wie das eine mit dem anderen zusammenhängt. Zu Luthers Zeiten, würde man vielleicht noch hinzufügen, wären die Soldaten selbstverständlich auf der Seite des Mars gestanden, heute seien sie zu Dämmeflickern seines Widersachers Saturn mutiert.

Der Oberstleutnant, im Umgang mit unerwarteten Situationen geschult, trüge es vermutlich mit Fassung. Aber Fernsehreporterin wäre man die längste Zeit gewesen.

26° Löwe

Warum tun Sie uns das an?, fragt der in Radebeul lebende Schriftsteller Jörg Bernig die übergegangene Elbe vor seiner Haustür. Die Antwort, schreibt er in einem heute erschienenen Hochwasserbericht für die Frankfurter Allgemeinen Zeitung, könnte mit einem fundamentalen Mangel an Respekt der Elbanrainer vor ihrem Fluß zu tun haben: *Sie will eben mit »Sie« angesprochen werden*. Die Elbe mit »Sie« anzusprechen, meint Herr Bernig, *ist wohl das mindeste*, nach allem, was *wir über Jahrzehnte an Dreck und Gift in sie geleitet haben. Und vielleicht ist es ihr nicht entgangen, daß mancher sie einzwängen möchte in ein Betonbett, sie begradigen, vertiefen. Das sei nicht vergessen, wenn es ans Aufräumen geht, wenn wie bei einem Lauf alle wegen Fehlstarts zurück an den Anfang gehen müssen.*

Zurück an den Anfang, das heißt auf den Tierkreis bezogen: zurück zum Frühlingspunkt, wo die 0° Widder und die 30°

Fische aneinanderstoßen. Mars, der Revierzerstörer, trifft dort, wo alles anfängt und alles endet, auf Neptun, den Himmelvater, dessen irdische Erscheinungsform das Wasser ist. Zurück an den Anfang: besser läßt sich eine astrologisch durch Mars/Neptun gekennzeichnete Hochwasserlage in vier Worten nicht zusammenfassen.

Allerdings wird Herr Bernig, sollte er tatsächlich ernst machen mit der Siezerei, künftig auch zum Spülwasser in seiner Klomuschel Sie sagen müssen. Denn Neptun ist Neptun, und die einzige einigermaßen passende Anrede *Eure Heiligkeit* schon für Neptuns Stellvertreter auf Erden reserviert: den gesundheitlich angeschlagenen Papst in Rom, den Patriarchen in Moskau, den Ajatollah in Dingsda, den Pantschen Lama, den Dalai Lama usw. usf.

27° Löwe

Auf der ganzen Welt
gibt es nichts Weicheres und Schwächeres als das Wasser.
Und doch in der Art, wie es dem Harten zusetzt,
kommt nichts im gleich, schreibt Laotse, den sie zu Lebzeiten Be Yang (Graf Sonne) genannt haben, im klassischen Buch vom Sinn und Leben.

Daraus folgt:
Wer den Schmutz des Reiches auf sich nimmt,
der ist der Herr bei Erdopfern.
Wer das Unglück des Reiches auf sich nimmt,
der ist der König der Welt.

Also auch hat 2600 Jahre nach Laotse ein Spätberufener gesagt:
Sobald Sie den Spülknopf drücken, Leserin,
sehen Sie Neptun, den Anführer der Himmlischen,
ob Sie sich dessen bewußt sind oder nicht,
durch die Klomuschel davonrauschen.
Wahre Worte sind wie umgekehrt.

28° Löwe

Zum ersten Mal sind Herr Schnefl und Laotses schriftlich festgehaltene Gedanken über das Wasser einander im Wiener Metro-Kino begegnet. Der Film begann mit einem Solo für Tenorsaxophon und dem Bild der schnurgeraden, in ein menschengemachtes Bett eingesperrten Donau. Schiff war weit und breit keines zu sehen. Aber zwei oder drei Menschen, aus großer Entfernung aufgenommenen, standen am Kai, als erwarteten sie heute Abend noch eins. Und an der Wand hinter den Wartenden, anstelle des sonst üblichen Vorspanns, erschienen die Worte

Auf der ganzen Welt
gibt es nichts Weicheres und Schwächeres als das Wasser…

Jahre später, an einem Freitag den 13., ist der Regisseur des Films vom einzigen etwas höheren Felsen in der nahezu flachen Landschaft des nördlichen Weinviertels gesprungen und war auf der Stelle tot.

Ausgerechnet Freitag den 13. sucht er sich aus, dachte Herr Schnefl, als er es am Montag den 16. in der Zeitung las. Und ausgerechnet den Felsen, den sie im Sommer als Kulisse für die dortigen Karl-May-Festspiele benutzen. Einem, der so schöne Filme gemacht hat, hätte ich mehr Stil zugetraut. Wobei erschwerend hinzukam, daß der Regisseur im Zeitraum zwischen der Fertigstellung des Films mit Laotse und dem Sprung vom Felsen Herrn Schnefls Freund geworden war. Genau genommen der einzige, den er damals hatte.

29° Löwe

Einmal noch den Löwen am Schwanz gezupft, Leserin, den Vollmond von 30° Löwe zu 30° Wassermann angeheult der verregneten Hundstage wegen und dann, als hätte man Zeit zu verlieren oder wagte zu hoffen, die Welt im nächsten Absatz auf einmal in einem ganz neuen Licht zu sehen, nichts wie weiter auf

0° Jungfrau

wo tatsächlich vieles anders, manches voraussichtlich sogar besser werden wird, zumal wir uns hier in der Heimito-von-Doderer-Ecke des Tierkreises befinden. Unter den Jungfrau-Geborenen, soll damit gesagt sein, wimmelt es von Leuten, die umkommen würden vor Angst, hätten sie nicht die rettende Gabe des Erzählens. *O meine Schwester, ich bitte dich gar sehr, fahre doch fort in dieser wunderbaren Erzählung*, sagt die Katze zur Maus, der Löwe zur Gazelle, das Leben zur Jungfrau und die Jungfrau Agatha Christie schreibt einen Krimi nach dem anderen, die Jungfrau Goethe den Erlkönig, die Jungfrau Storm den Schimmelreiter, die Jungfrau Raabe den Hungerpastor, die Jungfrau Doderer die Dämonen usw. usf.

Für Herrn Schnefl, selber in einer ganz anderen Ecke des Tierkreises daheim, ergeben sich weder Verpflichtung noch Belastung durch die Galerie der erzählungsbedürftigen Ahnen. Aber eine Anregung vielleicht, sich stärker dem Erzählen auszuliefern, solange die Sonne durchs Erzählerzeichen Jungfrau läuft. Eine Ermutigung, sich eine Rippe herauszureißen, um das Leben herbeizulocken, den Löwen anzufüttern, auf daß er einen frage: Was haben wir da denn Schönes, Herr Schnefl?

Worauf man, um den Herbeigelockten nicht gleich wieder zu verscheuchen, wahrheitsgemäß antworten müßte: Ach Herr Löwe, es ist nichts weiter als eine herausgerissene Rippe. Andererseits wissen wir beide, wie ausbaufähig herausgerissene Männerrippen sind, seit Gott der Herr es uns seinerzeit vorgemacht hat. Wenn Sie so freundlich wären, der Sonne und mir auf

1° Jungfrau

zu folgen. Und wenn Sie mir jetzt bitte sagen würden, ob das bei Tageslicht immer noch wie eine herausgerissene Rippe aussieht?

Bei Tageslicht sieht es wie überhaupt nichts aus, antwortete nun seinerseits wahrheitsgemäß der Löwe. Aber sobald man das Tageslicht wegläßt, muß ich zugeben, erinnert es stark an Undine Zapfel, die jahrelang mit Mann und Sohn und Kuh und

Kalb und Schwein und Ziege im Ortsteil Wörterberg Bergen gelebt hat.

Sehen Sie Herr Löwe, das ist es, worauf ich hinauswollte: Man reißt sich eine Rippe heraus, muß zugeben, es handelt sich bei Lichte besehen um nichts als eine weitere Variante von Kapitel 2, Vers 21 bis 25 des ersten Buches Mose und dennoch erinnert es einen stark an Undine Zapfel, die den eigenen Lebensweg kreuzte, als sie 35 war. In ein paar Jahren, dachte man damals, werde ich auch so alt sein. Heute ist man 47 und Undine Zapfel ginge, hätte sie ein normales Leben geführt, schön langsam auf die Pension zu.

Um zu erklären, inwiefern Undine Zapfels Lebensweg sowohl vom normalen, den sie früh verließ, als auch vom meinigen, den sie später kreuzte, erheblich abweicht, muß ich ein bißchen weiter ausholen und beginne damit, wenn Ihnen das recht ist, morgen auf

2° Jungfrau

indem ich hinschreibe *Undine Zapfel Roman, 1. Kapitel:* ALS UNDINE ZAPFEL IM OKTOBER 1950 DEN BAHNSTEIG DES LEBENS BETRITT, IST DER ZUG INS KLOSTER SCHON ABGEFAHREN

Womit angedeutet sein soll: Hätte Undine Zapfel tausend Jahre früher das Licht der Welt erblickt oder wenigstens noch vor dem Habsburger Reformkaiser Joseph, wäre sie, dem Zug der Zeit folgend, bestimmt früher oder später im Kloster gelandet. Undines angeborener Ekel vor dem Leben und die katholische Seelenreinigungs- und Verbesserungsanstalt Kloster wären wie füreinander geschaffen gewesen. Sie hätten einander gebraucht wie das Brot den Hungrigen und der Hungrige das Brot, falls der Vergleich nicht zu gewagt ist.

Undine Z. wäre ihr Problem mit dem Leben losgewesen und das Leben sein Problem namens Undine Z. Undines Mutter, selber alles andere als wohlhabend, hätte der Tochter nicht ein Leben lang finanziell unter die Arme greifen müssen. Undines Ehemann hätte nicht jahrelang ihre Launen zu ertragen gehabt, um letzten Endes doch die Flucht zu ergreifen. Undines Sohn wäre erst gar nicht geboren worden oder zumindest nicht offiziell und mit allen sich daraus ergebenden Konsequenzen ihr Sohn gewesen. *Undine Zapfel Roman* hätte die Welt auch keinen gesehen. Aber was heißt das in diesem Fall schon: die Welt? Die Leserin halt und der Leser, sofern sie bereit sind mit mir und der Sonne den kleinen Schritt von 2° auf

3° Jungfrau

zu tun, gleichzeitig des *Undine Zapfel Romans 2. Kapitel:* UNDINE IM KAMAKURA, DER SPÄTEREN MANHATTAN BAR, VORMALS GASTHAUS SCHRAPF

Womit angedeutet sein soll: Vor seinem Abstieg zur Manhattan Bar gab das Gasthaus Schrapf ein kurzes Zwischenspiel als Diskothek und nannte sich Kamakura oder vielmehr: wurde von *Gasthaus Schrapf* auf *Diskothek Kamakura* umgetauft von Hans Schrapf junior, der sich damals schon für alles Fernöstliche begeistert und später ganz auf den Handel mit Asiatica verlegt hat.

Kamakura, sagte Hans Schrapf junior, sei die untergegangene goldene Stadt der japanischen Mythologie, vergleichbar dem Kontinent Atlantis und werde eigentlich auf der zweiten Silbe betont. Obwohl seine Gäste das nicht im mindesten kümmere. Und auch für die Leserin und den Leser, möchten wir hinzufügen, ist es nur insofern von Belang, als Undine Zapfel in jenem schicksalhaften Sommer, von dem noch zu berichten sein wird, als Kellnerin im Kamakura gearbeitet hat. Ebenso überraschend aufgetaucht in der profanen Welt der Arbeit wie das japanische Kamakura in der Gegenwart des ehemaligen Deutsch-Westungarn und noch schneller als dieses wieder daraus verschwunden.

Die Gründe für Undines Auftauchen in und Verschwinden aus der Arbeitswelt liegen auf der Hand. Wir aber möchten den Versuch wagen, ein wenig unter die Hand zu schauen, morgen, am 253. Geburtstag der Jungfrau Goethe, wenn wir bei einem Sonnenstand von

4° Jungfrau

des *Undine Zapfel Romans 3. Kapitel* aufschlagen, mit der Überschrift: DER JUNGE HERR PRINZ TRITT EIN UND BLEIBT PICKEN

Womit klargestellt sein soll: Ja. ER ist gekommen in jenem schicksalhaften Sommer, von dem noch zu berichten sein wird. Spät ist er gekommen: um drei oder halb vier, als schon nicht mehr viel los war im Kamakura. Allein ist er gekommen. Ein wenig betrunken dürfte er gewesen sein. An die Bar hat er sich gesetzt. Ein Bier hat er bestellt. Und im Dasitzen und im Hand-Ans-Bierglas-Legen und im Hinunterschlucken muß die Kellnerin Undine Zapfel sich vor seinen Augen verwandelt, das heißt: in ein Undinenhaftes und in ein Zapfelhaftes aufgespalten haben.

Das Zapfelhafte muß mit jedem Schluck ein bißchen mehr vom Undinenhaften überstrahlt, verklärt, veredelt gewesen sein. Und natürlich war der junge Herr Prinz geblendet. Und natürlich war keiner da, der ihn hätte warnen können. Keiner, der ihm gesagt hätte: Paß auf, mein Freund. Das Undinenhafte und das Zapfelhafte sind zweierlei. Das Undinenhafte ist die Kulisse, durch die du gerade hindurchstürzt. Das Zapfelhafte ist das Klebrige, das Planende und Berechnende, woran du auf Jahre hinaus picken bleiben wirst.

Derweil du durch die Kulisse des Undinenhaften, das man auch das anonym Weibliche nennen könnte, ins Leere stürzt, hat das Zapfelhafte bereits den Bund fürs Leben mit dir geschlossen. So einer, sagt, noch lange bevor du dein Bier ausgetrunken hast, das Zapfelhafte zum Undinenhaften, kommt nur alle hundert Jahre hier vorbei. Es scheint, daß er ein bißchen viel trinkt. Aber das werden wir ihm auch noch austreiben.

5° Jungfrau

4. Kapitel: DER JUNGE HERR PRINZ ERKANNTE UNDINE ZAPFEL VON VORNE UND VON HINTEN

Womit angedeutet sein soll: Als der junge Herr Prinz sein Bier ausgetrunken und Undine Zapfel ihre Arbeit beendet hatte, setzte er sie vor sich aufs Pferd oder genauer gesagt: sie setzte sich neben ihn auf den Beifahrersitz seines Autos. Und als er sich ihrer Dornenhecke näherte, waren es lauter große schöne Blumen, die taten sich von selber auseinander und ließen ihn unbeschädigt hindurch. Und er erkannte sie von vorne und von hinten. Und das Ei sprang und ward befruchtet. Und nistete sich ein in Undines Gebärmutter, und wuchs und wuchs. Und als der junge Herr Prinz es gewahr wurde wenige Wochen danach, erschrak er zunächst. Sagte dann aber: Wo ich dich nun einmal erkannt habe von vorne und von hinten und du dich sowieso schon wohnlich eingerichtet hast in meinem Bauernhaus im Ortsteil Wörterberg Bergen, wollen wir's gleich richtig machen und heiraten. Sehr brav, dachte Undine Zapfel. Und antwortete: Ich liebe dich, mein Prinz.

6° Jungfrau

5. Kapitel: ALS SIEBEN MONATE HERUM WAREN, GEBAR SIE SICH EINEN SOHN

Womit angedeutet sein soll: In einer Welt ohne Brutkästen wäre Undines Sohn, indem er zwei Monate vor der Zeit ans Licht drängte, dem Zugriff des Lebens und den Plänen seiner Mutter entzogen gewesen.

Wer zwei Monate zu früh auf die Welt kam, damals, als es noch keine Brutkästen gab, war gleichzeitig auch schon wieder aus ihr verschwunden. Die Schicksalsgöttinnen, hätte man damals gesagt, werden schon wissen, warum sie Undines Sohn einen Faden zuspinnen, dessen Länge nicht einmal für einen einzigen Tag reicht. Und hätte ein Arzt sich angemaßt, den Lebensfaden künstlich zu verlängern, indem er beispielsweise einen Brutkasten erfindet, würden sie ihm die eigene Erfindung so lange um die Ohren gehaut haben, bis er selber aus der Zeit gefallen gewesen wäre. Zur Warnung und zur Abschreckung für alle, die jemals ähnliches im Sinn haben könnten.

Undine Zapfel, verehelichte Prinz, wäre ohne Sohn dagestanden in den alten, brutkastenlosen Zeiten. Ihre Pläne wären durchkreuzt gewesen, ihre Hoffnungen zerstört, ihr Leben wiederum ohne Sinn und Ziel. Wenn man davon ausgeht, daß Sinn und Ziel sich tatsächlich erst mit Samen und Ei in Undines Gebärmutter eingenistet hatten in jener Nacht, als der junge Herr Prinz sie erkannte.

7° Jungfrau

6. Kapitel: TAO, MEIN SOHN, SPRACH UNDINE, ALS SIE IHN AUS DEM BRUTKASTEN HOB

Womit sie zum Ausdruck bringen wollte: Du bist der Weg, das Ziel, die Hoffnung und der Sinn meines Lebens.

Denn Undine Zapfel Prinz war, wie das um 1980 herum beschönigend genannt wurde, alternativ angehaucht. Sie betete im Yoga-Handstand, also mit den Füßen nach oben zu Göttern und Gurus, deren Namen häufiger wechselten als die Namen ihrer irdischen Liebhaber. Sie aß Körner zum Frühstück, Körner zu Mittag, und am Abend las sie, anstatt zu essen, ein wenig im klassischen Buch vom Sinn und vom Leben, dem Tao te king des Laotse.

Tao oder auch Lao, dachte sie, wäre ein passender Name für meinen Sohn. Ihr Mann aber, der junge Herr Prinz, der am Abend anstatt im Tao te king zu lesen mit Freunden Kegelscheiben ging und vormittags mit schlechtem Gewissen seine Leberkäsesemmel aß, bestand auf Franz. Weil alle männlichen Erstgeborenen der Familie Prinz vom Großvater des Großvaters bis zu ihm herauf Franz geheißen hatten, Franz hießen und auch in Zukunft Franz heißen sollten.

Also würde es unweigerlich auf Franz Tao hinauslaufen. Franz Tao als Brücke über die eigentlich unüberbrückbare Kluft zwischen dem alternativ angehauchten Zapfel-Ufer und dem traditionsbeladenen Prinz-Ufer. Irgendetwas in der Art mußte Franz Tao Zapfel Prinz geschwant haben, als er zwei Monate vor der Zeit ans Licht drängte und zum Dank oder zur Strafe dafür in den Brutkasten gesteckt worden ist.

8° JUNGFRAU

7. Kapitel: NOCH HALTEN DIE UFER UND ES SIEHT SO AUS, ALS ERFÜLLTE DAS EINE DES ANDEREN TRAUM.

Womit angedeutet sein soll: Die Worte *Ich liebe dich, mein Prinz* der Undine Z. (siehe *4. Kapitel*) waren nicht bloß so dahingesagt. Der gescheiterte Medizinstudent und praktizierende Arzneimittelvertreter Franz Prinz junior aus Wien, seit kurzem wohnhaft im Ortsteil Wörterberg Bergen, war tatsächlich der Mann, auf den sie jahrelang gewartet hatte. *Ohne jeden Zweifel, er ist es!* sprachen die augenblicklich in große schöne Blumen verwandelten Dornen im Gemüt und in der Unterhose, als der noch namenlose junge Mann das Kamakura betrat. *Wahrscheinlich habt ihr recht,* antworteten die Hirnzellen, als klar geworden war: Der junge Mann hat das Arzneimittelvertretergewerbe aufgegeben, ein Bauernhaus mit genügend Grund drumherum gekauft und den festen Vorsatz gefaßt, in Zukunft ein selbstbestimmtes, selbstversorgerisches, sich selbst genügendes Leben zu führen.

Franz Prinz junior wiederum war es, als hätte Gott Amor selber diese großen schönen Blumen geschickt mitten in die erotische Steppenlandschaft des ehemaligen Deutsch-Westungarn. Zwar redete Undine, in deren Gärtlein die Blumen blühten, ein bißchen arg geschraubt und verstiegen daher für die Bedürfnisse eines arbeitslosen Arzneimittelvertreters nachts um halb vier. Aber gleichzeitig schien sie Erfahrung zu haben in der Liebe sowohl als auch in der Landwirtschaft. Und lebte seit Jahren, wovon er die längste Zeit nur geträumt hatte: dieses selbstbestimmte, selbstversorgerische, sich selbst genügende Leben. Alles weitere, dachte der junge Herr Prinz, werde sich finden. Morgen, wenn er wieder nüchtern und Undine aus dem Haus wäre.

9° JUNGFRAU

8. Kapitel: DIE HEILIGE UND IHR HAUSKNECHT

Womit angedeutet sein soll, auf welche Rollenverteilung es aus der Sicht des jungen Herrn Prinz hinauslief, nachdem Undine nicht nur nicht gegangen, sondern sofort schwanger geworden war, eine Kuh gekauft hatte von seinem Geld, zwei Schweine, fünf Schafe und Udo den Ziegenbock.

Das heißt, Udo den Ziegenbock hatte sie eigentlich nicht gekauft. Udo dem Ziegenbock hatte sie das Leben gerettet seinerzeit, als er in die Würste sollte. Nun war Udo quasi die Mitgift, die Undine aus ihrer ländlichen Wohngemeinschaft in die Zapfel-Prinz-Ehe einbrachte. Der Ziegenbock im Stall, sagte sie, erspart den Tierarzt. Insbesondere in Pferdeställen sei früher immer einer gestanden. Der Ziegenbock habe die Pferdekrankheiten auf sich gezogen. Dadurch seien die Pferde gesund geblieben. Daher auch der Ausdruck Sündenbock.

Stinkender Sündenbock, wie es eigentlich heißen müßte, dachte der junge Herr Prinz. Beschwerte sich aber nicht, weil ihm klar war, daß Udo der Ziegenbock die älteren Rechte hatte bei Undine, seiner Erretterin von den Würsten. Ebenso wenig beschwerte er sich darüber, daß fast alle Arbeit an ihm hängen blieb, so lange Undine schwanger war und der Schonung bedurfte: Das Stall bauen, das Weide einzäunen, das Melken, das Buttern, das Käsen, das Mähen, das Heuen, das Füttern, das Ackern, das Gärtnern, das Einstreuen, das Ausmisten. Alle die süßen unausweichlichen, meistens unaufschiebbaren und durch diese Unausweichlichkeit und Unaufschiebbarkeit dann doch wieder einen säuerlichen Beigeschmack annehmenden Pflichten des selbstbestimmten Lebens auf dem Lande.

Die Heilige und ihr Hausknecht: Das war natürlich Unsinn. Das ging dem jungen Herrn Prinz nur so durch den Kopf, wenn Undine dieses bestimmte Lächeln aufsetzte am Ende eines langen, unter dem Druck der Unaufschiebbarkeiten ein wenig sauer gewordenen Tages. Dieses leicht gequälte Lächeln, das übersetzt ungefähr so viel hieß wie: mir ist ziemlich schlecht und überhaupt nicht danach zumute, mich heute Nacht schon wieder von dir erkennen zu lassen. Aber, fügte das Lächeln vielleicht noch hinzu oder der lächelnde Mund sprach es aus: mit dem Tao te king bin ich jetzt bald durch.

10° Jungfrau

9. Kapitel: DAS LEBEN STEINIGT DIE TRÄUME DES ARZNEIMITTELVERTRETERS

Womit bildhaft zum Ausdruck gebracht sein soll, ach, was heißt bildhaft: Es lagen wahrhaftig Steine über Steine auf dem Acker, nachdem der Pflug des jungen Herrn Prinz ihm das Innere nach außen gedreht hatte.

Wörterberg Bergen, das hatte er als Stadtmensch beim Kauf von Grund und Boden nicht bedacht, ist geologisch gesehen ein allzeit vor sich hin bröckelndes Felsmassiv aus Quarz und Glimmerschiefer. Steiniger Boden, von einer dünnen, gleichfalls mit Steinen durchsetzten Lehmschicht nur notdürftig bedeckt.

Richtig müßte die Überschrift des 9. Kapitels also heißen: DER ARZNEIMITTELVERTRETER LEGT SICH SELBER STEINE IN DEN WEG. Oder noch besser: ER WIRFT SIE SICH AUF DEN ACKER. Und diese Steine kommen jetzt noch erschwerend hinzu zu den Schweinen, zur Kuh, zum Ziegenbock, zu Undines täglich anschwellendem, Verantwortung und Verpflichtung für die nächsten zwanzig Jahre in sich bergenden Bauch.

Bildhaft, wenn es schon bildhaft sein muß, könnte lediglich zum Ausdruck gebracht werden: Alles, was der junge Herr Prinz anfaßt, seit er sein Arzneimittelvertreterdasein aufgegeben hat, um den Traum vom selbstbestimmten Leben auf dem Lande zu verwirklichen, verwandelt sich zum Stein in seiner Hand. Was soll ich mit dem Stein in meiner Hand?, fragt er, bildhaft gesprochen, das Leben. Und das Leben antwortet: Hau ihn dir doch auf den Schädel, du Idiot!

11° Jungfrau

10. Kapitel: ER KENNT NUR VOLLGAS UND BREMSE

Womit nichts angedeutet, sondern festgehalten sein soll, daß der Satz *Er kennt nur Vollgas und Bremse* des öfteren fiel, wenn Undine Zapfel Prinz sich bei Freundinnen über den Fahrstil ihres Mannes beklagte. Einer unter Millionen und Abermillionen Sätzen, wie sie täglich fallen und unbeachtet liegenbleiben, weil sie scheinbar nichts bedeuten über das in ihnen Ausgesagte hinaus.

Noch einmal aufgeklaubt, das heißt unwillkürlich heraufgeholt aus der Vergessenheit würde der Satz *Er kennt nur Vollgas und Bremse* höchstens, wenn der junge Herr Prinz eines Tages einem selbstverschuldeten Verkehrsunfall zum Opfer fiele. Eine Art Gedächtnisrülpser, der denjenigen aufstieße, die den jungen Herrn Prinz kannten und nun in der Zeitung lesen müßten: *Herr Franz P. aus Wörterberg Bergen raste gegen einen Baum und war auf der Stelle tot.* Im selben Moment fiele ihnen ein: Seine Frau Undine hat es immer schon gesagt. Er kannte nur Vollgas und Bremse.

Ein Gedächtnisrülpser mit Variationen wäre es, versuchte man den aus der Erinnerung aufgestoßenen Satz *Er kennt nur Vollgas und Bremse* daraufhin abzuklopfen, ob er nicht etwas über den jungen Herrn Prinz aussagt, das weit über sein Fahrverhalten hinausgeht. Ob der Satz nicht etwas beitragen könnte zur Charakterisierung einer Romanfigur, die als Arzneimittelvertreter jahrelang rastlos unterwegs war von Stadt zu Stadt, von Praxis zu Praxis, vernachläßigte Arztgattinnen auflesend und wieder stehenlassend am Wegesrand. Immerzu träumend von Heimat als einem eigenen, nur für ihn, Herrn Franz Prinz junior reservierten Platz auf der Welt. Und als der Traum endlich in Erfüllung geht, fällt er ihm als ein riesiger Stein auf den Kopf oder so ähnlich.

12° Jungfrau

11. Kapitel: DER DRITTE WEG ODER ES GIBT KEIN LEBEN ZWISCHEN DEM FESTZELT DER FEUERWEHR UND DEM SCHWITZZELT DER INDIANER

Womit angedeutet sein soll: Eine zeitlang hatte der junge Herr Prinz tatsächlich gehofft, es gäbe ein angepaßtes Leben im unangepaßten. Wenn er abends Marihuana rauchend im Schwitzzelt der ehemaligen Wohngemeinschaft seiner Frau Undine saß, dachte er: Es ist lächerlich, als mitteleuropäischer Arzneimittelvertreter von fernöstlichen Rauschmitteln ruhiggestellt die Rituale der ausgerotteten Indianerstämme beider Amerika nachzuspielen. Es wäre weitaus vernünftiger, ich würde Feuerwehrmann.

Im Feuerwehrfestzelt, von den elektrisch verstärkten Brunftschreien aus der Konkursmasse mitteleuropäischer Volksmusik in der Magengrube getroffen und am Sprechen gehindert, ergriff ihn Sehnsucht nach den sinnlos gewordenen Ritualen der Indianer. Es muß doch einen Weg geben zwischen dem Festzelt der Feuerwehr und dem Schwitzzelt der Indianer, sagte er sich. Sah im Geiste seine handgestrickte Frau Undine, die ihm täglich stärker auf die Nerven ging, mitteleuropäische Volksweisen anstimmen, von ihm selber in der Feuerwehruniform des Ortsteils Wörterberg Bergen auf der indianischen Trommel begleitet. Und es wurde ihm ganz schlecht.

13° Jungfrau

12. Kapitel: ICH BIN DER HEILAND DER WELT

Womit nicht gesagt sein soll, der junge Herr Prinz sei eines Abends, als er Marihuana rauchend im indianischen Schwitzzelt oder Bier trinkend im Feuerwehrfestzelt saß, von einer Art religiösem Wahn befallen worden. Der Satz *Ich bin der Heiland der Welt* war ihm bloß so in den Sinn gekommen, wie einem hundert Mal am Tag irgendein Satz aus irgendeinem längst vergessenen Schlager oder einem gestern erst gehörten Werbespot in den Sinn kommt.

Idiotisch, was einem so alles in den Sinn kommt, wenn man in die Traktorgeräuschglocke eingehüllt über den Acker rumpelt und an nichts denkt, hatte er gedacht und mit dem Satz herumzuspielen begonnen, der Laune des Augenblicks gehorchend oder aus Mangel an anderen, womöglich weniger idiotischen Einfällen. *Ich bin der Heiland der Welt* und meine Welt ist auf diesen Acker zusammengeschrumpft und auf dieses feuchte kleine Bauernhaus, in dem jetzt eine fremde Frau wohnt mit ihrem kleinen Sohn.

Ich habe diese fremde Frau aus der Sinnlosigkeit ihrer unechten Schwitzhüttenexistenz erlöst. Ich habe ihren Sohn, der nach allem, was man wissen kann, auch mein Sohn ist, aus Abrahams Wurstkessel gefischt, wie man die Vorstellung vom Leben vor dem Leben bei uns daheim genannt hat und wahrscheinlich immer noch nennt. Nicht, daß das eine große Befreiungstat gewesen sein muß, aus dem Blickwinkel des Herausgefischten betrachtet. Aber ich habe meine Arzneimittelvertreterexistenz dafür geopfert.

So eine Arzneimittelvertreterexistenz, könnte man meinen, ist nicht mehr und nicht weniger als Salomos Selchkammer, in die sie dich nach dem Herausgefischtwerden aus Abrahams Wurstkessel für ein paar Jahrzehnte hineinhängen. Aber im nachhinein wird man sich vielleicht eingestehen müssen: es war wenigstens das und manchmal hatte man es recht lustig dort.

14° Jungfrau

13. Kapitel: UNDINES DACHSCHADEN

Wozu festgestellt werden muß: Undine selber sprach von Migräne, wenn das Rumpeln und Pumpeln, das Bohren, Hämmern und Dröhnen in ihrem Kopf sie wieder einmal zwang, die Fensterläden zu schließen, sich für zwei oder drei Tage ganz in das kühle höhlenartige Halbdunkel des Zapfel-Prinz-Hauses zurückzuziehen. Der junge, im Schatten der Anfälle seiner Angetrauten sich täglich älter fühlende Herr Prinz weitete den Befund insgeheim und medizinisch unbegründetermaßen auf *leichter chronischer Dachschaden* aus. Korrigierte sich aber gleich, indem er hinzufügte: Ich meine damit eigentlich nicht ihre Migräneanfälle. Und spricht heute, aus der räumlichen und zeitlichen Entfernung eines sieben Jahre währenden Exils in Amerika nur noch vom *schweren unheilbaren Dachschaden* seiner Ex-Frau im ehemaligen Deutsch-Westungarn.

Was aber meinte der junge Herr Prinz mit *leichter chronischer* respektive *schwerer unheilbarer Dachschaden*, wenn er sich gleichzeitig darüber im klaren war: Es handelt sich bei diesem Dachschaden um etwas über die Migräneanfälle Hinausgehendes oder hinter diesen Verborgenes oder völlig unabhängig von ihnen in Undine Zapfel Existierendes? Wir wissen es nicht. Haben aber unsere Vermutungen und sind uns nicht zu fein, diesen Vermutungen gleich morgen, auf

15° Jungfrau

ein eigenes, nämlich des *Undine Zapfel Romans 14. Kapitel* zu widmen: ZWEI ODER DREI VERMUTUNGEN, UNDINES DACHSCHADEN BETREFFEND

Wobei der Einfachheit halber so getan werden soll, als wäre Undines Geist eine Schale, die einerseits alles aufnimmt, andererseits zu flach ist, um irgendetwas vom Aufgenommenen zu behalten. Wie wunderbar das glitzert, denkt, wer beispielsweise nachts um halb vier in angetrunkenem Zustand die Diskothek Kamakura betritt und einen langen ruhigen Blick in die Schale wirft. Was da alles herumschwimmt an Erlösungsrezepten, Rettungsankern und Heilkräutern für eine kranke untergehende Welt. Man schämt sich fast, nur ein gewöhnliches, von den eigenen Hormonen versklavtes, nächtelang durch die ländlichen Tanzlokale getriebenes Arzneimittelvertretertier zu sein.

Wollte man das vom jungen Herrn Prinz selber skizzierte Bild vom Dachschaden stilgerecht ausmalen, täte man allerdings besser daran, sich Undines Geist tatsächlich als Dach vorzustellen. Der Schaden bestünde in diesem Fall darin, daß diesem Dach die längste Zeit schon das dazugehörige Haus fehlte. Ein freischwebendes Dach wäre Undines Geist und die erdverbundene Tüchtigkeit des jungen Herrn Prinz wäre das Haus, das diesem Dach gefehlt hat. Diesem äußerst unzweckmäßigen, in Form einer flachen Schale ausgeführten Dach, das noch dazu nicht ganz dicht ist, so daß es ständig ins Haus hineintropft. Was vom Haus am Anfang vielleicht als anregend, bald aber als lästig und am Ende nur noch als bedrohlich empfunden wird.

Einerseits lastet das undichte Dach von Jahr zu Jahr schwerer auf dem Haus. Andererseits redet und handelt es immer noch so, als schwebte es frei darüber hinweg. Als wäre es kraft seines Dachseins seit jeher etwas besseres gewesen und hätte infolge dessen auch etwas besseres verdient gehabt als diese im Grunde doch ziemlich ordinäre Arzneimittelvertreterhütte.

16° Jungfrau

15. Kapitel: BLEIBEN WIR NOCH EIN BISSCHEN IM BILD

Was nicht heißen muß, das Bild von Undines Geist als schalenförmigem, womöglich nicht ganz dichtem Dach wäre durch kein anderes, schöneres, passenderes ersetzbar. Womit aber gleichzeitig gesagt sein soll: Wir werden uns hüten, dem Bild einen Vorwurf daraus zu machen, daß neben ihm andere existieren, die uns vielleicht besser gefallen hätten, wären sie uns rechtzeitig eingefallen. Wir würden, fürchten wir, damit in dieselbe Falle tappen, in der Undine seit Jahrzehnten sitzt: in die Dach-Findet-Haus-Wird-Ihm-Aber-Niemals-Verzeihen-Daß-Es-Kein-Schloß-Ist-Falle.

Wer oder was Undine in diese Falle hineingelockt hat, wissen wir nicht. Fühlen uns aber berechtigt, ihr anzudichten, sie habe die Tatsache, als sterbliches Wesen in eine verderbliche, aus allen Poren stinkende Welt hineingeboren zu sein, von Anfang an als Skandal empfunden. Tun wir halt so, wird sie sich gesagt haben, als wäre ich eine geborene Zapfel. Vergessen wir über diesem widerwärtigen Spiel aber niemals, daß ich in Wahrheit eine unsterbliche, unverwesbare Undine bin, die sich nicht mehr als unbedingt nötig anpatzen wird mit dem Dreck einer Welt, in der der Zug ins Kloster leider schon abgefahren ist, derjenige zur Esoterik aber gerade rechtzeitig in Schwung zu kommen scheint.

17° Jungfrau

16. Kapitel: HEILE ICH MIR DIE WELT EBEN SELBER

Womit angedeutet sein soll: So wenig sich nachprüfen läßt, ob Undine Zapfel ihren Lebensweg im Oktober 1950 tatsächlich nur unter Protest angetreten hat, so sicher läßt sich sagen, daß das Undine-Zapfel-Bild bei Undine-Zapfel-Freunden und Feinden bis heute durch die permanente Protesthaltung der Abgebildeten dem Leben gegenüber geprägt ist.

Welt, du bist zwar nicht würdig,
daß du eingehst unter mein Dach.
Aber wenn du schon einmal da bist,
putz dir wenigstens die Schuhe ab,

Ferkel. So oder so ähnlich, vermuten wir, beginnt Undines tägliche Morgenmeditation. Und am Abend vor dem Einschlafen betet sie:

Müde bin ich, geh zur Ruh
Schließe meine Äuglein zu
und falls du, der du
da kommen sollst im Namen des Herrn
morgen noch immer nicht da bist
heile ich mir die Welt eben selber.

18° Jungfrau

17. Kapitel: AM SELBSTGESCHNITZTEN MARTERPFAHL DER ILLUSIONEN

Womit angedeutet sein soll: Als die Schicksale der Undine Zapfel und des jungen Herrn Prinz sich ineinander verzahnt haben im später untergegangenen und als Bordell wiederauferstandenen Tanzlokal Kamakura, war *er* ein arbeitsloser Arzneimittelvertreter, *sie* eine Notstandshilfebezieherin im nächtlichen Schwarzarbeitseinsatz. Im nachhinein, spricht der nicht mehr junge, aber auch noch nicht alte Herr Prinz in seinem amerikanischen Exil, im nachhinein schaut es so aus, als wäre ich damals aus dem Wartezimmer direkt in die Intensivstation des österreichischen Sozialstaates verlegt worden, hätte mich selber an den Notstandshilfetropf angeschlossen und mir eingeredet, endlich ein freier Mensch zu sein.

Intensivstation, sagt er, ist vielleicht nicht der richtige Ausdruck. Eigentlich war es mehr ein Indianerreservat ohne Indianer, aber mit echt indianischen Schwitzhütten. Die Illusion vom selbstbestimmten, selbstversorgerischen Leben war der Marterpfahl, an den wir uns freiwillig hatten anbinden lassen. Meine Ex-Frau hängt heute noch daran. Mein Sohn tanzt um sie herum in von Jahr zu Jahr sich erweiternden Kreisen. Möchte aber zu mir nach Amerika, sobald er die Schule beendet hat.

19° Jungfrau

18. Kapitel: MIT BEIDEN HÄNDEN AN DEN MARTERPFAHL GEFESSELT, ABER DAS KRIEGSBEIL SCHWINGEND ZUR BEFREIUNG DER MENSCHHEIT

So ungefähr würde der einstmals junge Herr Prinz die Lage seiner Ex-Frau heute vom amerikanischen Exil aus beschreiben. So ähnlich, sagt er, habe er die Lage auch schon empfunden, als sie noch seine eigene war, wäre damals aber nicht imstande gewesen, seine Empfindung zu erklären.

Eine bizarre Ansammlung engstirniger Freidenker und gottloser Apostel, falls so etwas vorstellbar sei, hätte sich nach seinem Ausstieg aus der Arzneimittelvertreterbranche auf einmal um ihn herum versammelt gehabt. Eine Herde aus lauter Sündenböcken, zusammengetrieben von der unsichtbaren Hand eines offenbar verrückt gewordenen Hirten an der damals toten Südostgrenze der Republik Österreich. Fast ausschließlich Leute, die mit dem eigenen Leben nicht zurechtkamen, aber gleichzeitig oder gerade deshalb entschlossen waren, die Menschheit zu retten. Als Gegenleistung, meinten sie, bräuchte die Menschheit nichts weiter zu tun, als ein paar Tausend Schilling Notstandshilfe am Anfang des Monats auf das Bankkonto ihrer Retter zu überweisen.

Wobei die Menschheit natürlich nicht verwechselt werden durfte mit den idiotischen, in ihren Feuerwehrfestzelten unrettbar vor sich hin versumpfenden Eingeborenen des ehemaligen Deutsch-Westungarn.

20° JUNGFRAU

19. Kapitel: ALS WÜRDE ER EINEN ENGEL ERKENNEN ODER EIN STÜCK HOLZ

Womit angedeutet sein soll: Vielleicht hat der junge Herr Prinz sich seinerzeit nur eingebildet, am Marterpfahl inmitten eines Indianerreservats zu hängen, weil seine migränekranke Frau Undine immer häufiger den ehelichen Erkennungsdienst verweigerte. Wenn die Dornenhecke zwischen ihren Beinen sich alle paar Wochen für ihn auftat, war es tatsächlich eine Dornenhecke. Als wäre Dornröschen im hundertundersten Jahr wieder eingeschlafen oder als hätte ein launischer Märchenerzähler die Geschichte dieses Mal vom falschen Ende her erzählt.

21° JUNGFRAU

20. Kapitel: WENN DU SCHON AUF DEM HOLZWEG BIST, KANNST DU DOCH GLEICH TISCHLER WERDEN

Womit ich angedeutet haben möchte, sagt der auf einmal persönlich sich einmischende Herr Prinz: Im nachhinein kommt es mir so vor, als hätte das Schicksal damals, als ich am deutschwestungarischen Marterpfahl hing, genau das zu mir gesagt. Als hätte es mir ins Ohr geflüstert: Steh auf, nimm deinen Marterpfahl und werde Tischler! Oder, um es prosaischer auszudrücken: Ich bekam vom Ministerium für soziale Angelegenheiten, das vom anderen Ende der Welt ein bißchen nach Indianerreservats-Aufsichtsbehörde aussieht, eine Tischlerlehre finanziert.

Das Tischlern gefiel mir, und so wie die Zufälle sich gefügt haben, als wären sie keine, vermute ich: die Musen des Tischlerhandwerks oder dessen christlicher Schutzpatron fanden im Lauf der Lehrzeit auch ein wenig Gefallen an mir.

Dem Manne muß geholfen werden, dürfte die eine Muse zur anderen oder der Schutzpatron zu sich selber gesagt haben. Wir werden im amerikanischen Tischlermeister Karl Windisch den heftigen Wunsch entfachen, die alte deutsch-westungarische Heimat wiederzusehen, gerade wenn der junge Herr Prinz seine Tischlergesellenprüfung abgelegt hat.

Wir werden die beiden am selben Tag zur selben Stunde ins Gasthaus Wörterberger Hof schicken. Der Geselle wird dem Meister ein Bier zahlen, der Meister dem Gesellen einen Schnaps. Nach dem zweiten Bier wird der Meister dem Gesellen das Du-Wort anbieten. Nach dem dritten Schnaps die gleichberechtigte Beteiligung an seiner Tischlerei in Chicago. Man wird einander die Hände schütteln über den Wirtshaustisch hinweg und beinahe das Gefühl haben, Häuptling Windisch hätte den weiten Weg von Chicago nach Wörterberg nur auf sich genommen, um seinen Blutsbruder Old Shatterhand im allerletzten Augenblick vom Marterpfahl zu schneiden.

Da hast du den Strick, sagt noch in derselben Nacht Old Shatterhand zu seiner Ehefrau Undine. Behalte ihn als Andenken an unsere gemeinsamen Jahre im Indianerreservat. Behalte das Haus, den Grund, die Kuh, den stinkenden Ziegenbock, und martere mir meinen einzigen Sohn nicht zu sehr.

22° Jungfrau

21. Kapitel: WENN DAS DIESSEITIGE UFER DAVONSCHWIMMT, ZIEHT DAS JENSEITIGE DIE BRÜCKE HOCH

Mit anderen Worten: Wir sind jetzt wieder dort, wo wir gegen Ende des 6. Kapitels schon einmal waren: Beim etwas gewagten Bild vom Kind als Brücke über der eigentlich unüberbrückbaren Kluft zwischen seinen Eltern. Neu ist lediglich die Behauptung, es handle sich bei Franz Tao Zapfel Prinz, der mittlerweile die zweite Klasse Volksschule in Schreibersdorf besucht, um eine Art Zugbrücke. Mutter Undine, wird außerdem behauptet, sei das jenseitige Ufer. Der junge Herr Prinz das diesseitige.

Als das diesseitige Ufer nach Amerika abdriftet im Sog des Tischlermeisters Windisch, zieht das jenseitige die Brücke hoch, die demzufolge nun keine Brücke mehr ist, sondern ein lebendiger Schutzschild für Mutter Undine gegen die Zumutungen der Welt.

Würde man genau hinschauen, könnte man auf der Schutzschildaußenseite, die gleichzeitig die ehemalige Brückenunterseite ist, die goldenen Worte vom Anfang des 6. Kapitels eingraviert sehen: *Du bist der Weg, das Ziel, die Hoffnung und der Sinn meines Lebens.* Ebenso gut könnte es natürlich heißen: Du bist das Pfand in meiner Hand oder Der Schlüssel zum eigenen Haus und Grund oder Die unergiebige, aber stetig sprudelnde Quelle meines Anspruchs auf Unterhaltszahlungen, Notstandsgeld und Familienbeihilfe.

23° Jungfrau

22. Kapitel: WENN DER SCHUTZSCHILD ZERBRICHT, FALLEN SEINE TRÜMMER DER SCHUTZBEDÜRFTIGEN AUF DEN KOPF

Womit nicht behauptet werden soll, Undines Sohn sei tatsächlich zerbrochen und seiner Mutter auf den Kopf gefallen. Es wird nur angedeutet: Er wäre wahrscheinlich zerbrochen, hätte er nicht ständig die Aussicht auf das davongeschwommene väterliche Ufer vor Augen gehabt.

Wenn Undines Handgestricktes und Selbstgeschneidertes tagsüber einen Narren aus dem Schüler Franz Tao Zapfel Prinz machte, sagte er sich: Am Abend wird alles gut. Am Abend telefoniere ich mit meinem Vater in Amerika. Wenn der deutschwestungarische Winter sich hinzog bis in den April hinein, sagte er sich: Im Sommer wird alles gut. Im Sommer fliege ich zu meinem Vater nach Amerika. Und sollte ich die Schulzeit überstehen, ohne in ein österreichisches Gefängnis gesperrt zu werden wegen Ermordung der eigenen Mutter, bleibe ich für immer bei meinem Vater in Amerika.

Anstatt WENN DER SCHUTZSCHILD ZERBRICHT hätte es also heißen müssen: Wenn dem Sohn dämmert, wozu die Mutter ihn mißbraucht, verwandelt sich, was als Schutzschild gedacht war, in giftige Pfeile oder löst sich auf in lauter nasse Fetzen, die der Schutzbedürftigen Tag und Nacht um die Ohren fliegen. Irgendetwas in der Art.

24° Jungfrau

23. Kapitel: EIN OPFER DER UMGEDREHTEN ZEIT

Womit angedeutet sein soll, wie der nicht mehr junge, aber geschäftlich erfolgreiche Herr Prinz sich den Undinenabschnitt seines Lebens im nachhinein zurechtlegt: Ein bißerl, sagt er, sei er sich damals vorgekommen wie einer, der sein Dornröschen nach hundertjährigem Schlaf wachküßt und bald darauf zur Kenntnis nehmen muß, daß auf das Jahr Einhundert nicht wie erwartet das Jahr Einhundertundeins, sondern das Jahr Neunundneunzig folgt. Im Jahre 97 Undinischer Zeitrechnung, also keine drei Jahre nach der verhängnisvollen Nacht im Kamakura, sei die Wachgeküßte in erotischer Hinsicht so gut wie tot gewesen. 96 habe er angefangen, am donnerstägigen Single-Abend im Wörterberger Hof nach paarungsbereiten Alternativen Ausschau zu halten, sei auf Paarungsbereitschaft aber immer nur im Zusammenhang mit Geheiratetwerdenwollen gestoßen.

Ins Gespräch sei er mit vielen gekommen, ins Bett mit keiner einzigen. Keine, die bereit gewesen wäre, sich nach neunundneunzigjährigem Warten ausgerechnet im hundertsten an einen ehemaligen Arzneimittelvertreter wegzuschmeißen, der den Geruch des verheirateten Notstandshilfeempfängers in den Kleidern trägt wie der Koch den Küchendunst, wenn er abends nach der Arbeit noch auf einen Sprung in der Diskothek vorbeischaut.

Da dieser Zustand ein anderer werden mußte, sagt der damals noch ziemlich ansehnliche Herr Prinz, dürfte irgendetwas in mir, von dem ich selber nichts wußte, bereits um das Jahr 96 undinischer Zeitrechnung die Weichen in Richtung Amerika gestellt haben. Auch wenn sich das jetzt ein bißerl jenseitig anhört. Nicht mehr und nicht weniger jenseitig, als würde auf

25° Jungfrau

im nunmehr *24. Kapitel* behauptet werden: UNDINE HOLT SICH UNBEWUSST EINE HOCHSPANNUNGSLEITUNG VORS HAUS

Realistischerweise müßte es natürlich heißen: Im Jahre 92 oder 91 u. Z. plant die Elektrizitätsgesellschaft des ehemaligen Deutsch-Westungarn eine neue Hochspannungsleitung, die das schmale Land von Nord nach Süd der Länge nach durchschneiden soll. Eines der eisernen Mastenmonster, an die man die neue Leitung zu hängen gedenkt, steht auf dem Plan direkt, das heißt im gesetzlich vorgeschriebenen Mindestabstand vor Undine Zapfel Prinzens Haus.

Oh Jammer, oh Elend!, müßte es realistischerweise heißen. Jetzt stellen sie der vom Ehemann verlassenen Frau, der vom eigenen Sohn gehaßten Mutter, der von aller Welt unverstandenen Aussteigerin auch noch dieses Mastenmonster vor die Nase. Als wäre der Skandal, als den Undine Z. die Welt von Anfang an empfand, nun drauf und dran sich direkt vor ihrer Haustür als Hochspannungsleitung zu materialisieren. Als riefe etwas außerhalb ihres Empfindens liegendes: Da siehst du's, da hast du's! Jetzt weißt du endlich, wogegen du seit Jahrzehnten kämpfst.

26° Jungfrau

25. Kapitel:

DIE ANTIHOCHSPANNUNGSMASTENMEDITATION

Oder anders ausgedrückt: Mit dem Bekanntwerden des Planes der Elektrizitätsgesellschaft hatte endlich auch Undines tägliche Morgen- und Abendmeditation ihr Ziel, ihre Richtung und ein überlebensgroßes Feindbild gefunden.

Schrumpf Masten, schrumpf!, sprach Undine, am Kopfe stehend oder mit verschränkten Beinen dasitzend morgens halblaut zu sich selber und augenblicklich begann der Hochspannungsleitungsmast zu schrumpfen vor ihrem inneren Auge. Die Eisenverstrebungen schmolzen wie Wachs im Sonnenlicht ihrer positiven Gedanken, tropften auf den Acker und versickerten spurlos darin.

Steh Leitung, steh!, murmelte Undine abends unverzagt auch dann noch, als alle Masten im nördlichen Landesteil aufgestellt, die ersten hunderttausend Meter Leitungsdraht bereits daran befestigt waren. Und siehe da: Beim Umspannwerk an der Grenze zur Steiermark, zehn Kilometer östlich von Wörterberg Bergen blieb die Leitung eines Tages tatsächlich stehen.

Nicht vor Undines innerem Auge, um kein Mißverständnis aufkommen zu lassen, blieb die Leitung stehen, sondern beim außerhalb und ganz unabhängig von Undines innerem Auge existierenden Umspannwerk an der Landesgrenze. Vor dem inneren Auge, sagte Undine sich mit Recht, wäre es keine Kunst gewesen.

27° Jungfrau

26. Kapitel: NUR EIN RINGSCHLUSS MACHT SINN

Womit in fünf Worten fast alles gesagt ist über den bedenklichen Zustand der Welt außerhalb des Indianerreservats in den Jahren vor und nach Undines Erkanntwerden durch den jungen Herrn Prinz.

Der SINN ist ewig ohne Machen,
und nichts bleibt ungemacht,

hatte Laotse seinerzeit geschrieben. Jetzt aber konnte irgendein Idiot sagen: *Nur ein Ringschluß macht Sinn* und alle anderen Idioten wußten, wie er es gemeint hatte.

Des Himmels SINN (Laotse) der ewig ohne Machen ist, war von den Machern, die die Undinische Zeit beherrschten, auf die Erde heruntergeholt worden und wurde dort täglich und stündlich geschändet, indem jedermann jederzeit kund und zu wissen tat, dieses oder jenes mache Sinn, anderes wiederum mache keinen Sinn. Unsere Hochspannungsleitung, sagten die Macher der ehemals deutsch-westungarischen Elektrizitätsgesellschaft, macht nur Sinn, wenn sie an die bereits bestehende steirische Hochspannungsleitung angeschlossen wird.

Nun aber stand sie zehn Kilometer östlich von Wörterberg Bergen und vielleicht noch einmal fünfzig Kilometer vom nächsten steirischen Umspannwerk entfernt auf einmal still und machte dadurch plötzlich keinen Sinn mehr. Nur Undine Zapfel wußte, daß ihr zweimal tägliches Meditieren das Projekt Hochspannungsleitungsringschluß zu Fall gebracht hatte. Alle anderen dachten, es sei nur vorläufig am hinhaltenden Widerstand der Bewohner einiger oststeirischer Dörfer gescheitert.

28° Jungfrau

27. Kapitel: DAS GRÜNE PROJEKT

Womit in drei Worten fast alles gesagt ist über den bedenklichen Zustand der Welt innerhalb des Indianerreservats in den Jahren vor und nach Undines Erkanntwerden durch den jungen Herrn Prinz.

Grün ist in der Astrologie die Farbe des Neptun, den die Katholiken als Himmelvater bezeichnen, Laotse als *des Himmels SINN* oder *der Welt Richtmaß*. Wer ein grünes Projekt anzettelt oder eine grüne Partei gründet, erklärt damit, ob er sich dessen bewußt ist oder nicht: Der Welt Richtmaß und mein subjektives Gerechtigkeitsempfinden sind im Grunde genommen eins.

Von Chicago aus, sagt der ehemals junge Herr Prinz, könnte man meinen, dieses sogenannte Grüne Projekt sei ein einziges europäisches Indianerreservat, dessen Stammesangehörige Tag und Nacht ums Lagerfeuer tanzen oder in ihren Schwitzhütten sitzen, ein jeglicher in sein selbstbesticktes Fleckerl Ewigkeit gehüllt und murmeln: Nur herbei, nur herbei ihr Hochspannungsmasten, auf daß unser grünes Projekt mit Inhalt erfüllt werde und unser verpfuschtes Leben endlich einen Sinn mache, wenn es schon keinen hat.

Seine Ex-Frau Undine ziehe heuer schon zum dritten Mal in den Gemeinderatswahlkampf für die Grüne Partei des ehemaligen Deutsch-Westungarn. Bei ihrem ersten Antreten vor zwölf Jahren hätten die grünen Wählerstimmen in Wörterberg sich von zwanzig auf zehn halbiert. Was von der Kandidatin der Dummheit und Ignoranz der Bevölkerung zugeschrieben worden sei. Beim zweiten Mal habe er dann nicht mehr nachgefragt.

29° Jungfrau

28. Kapitel: MIT DEM RÜCKEN ZUR REALITÄT, MIT DEN ZEHENSPITZEN IM JENSEITS

Womit einerseits die Haltung der grünen Gemeinderatskandidatin Undine Zapfel Prinz zur sie umgebenden Welt (vulgo Umwelt) in einem Halbsatz gebündelt, andererseits die Position der Jungfrau im Tierkreis beschrieben wäre: Als sechstes in der Reihe der zwölf Tierkreiszeichen steht die Jungfrau exakt an der Schwelle vom Diesseits zum Jenseits. Falls man bereit ist, sich die Grenze zwischen unterer und oberer Tierkreishälfte als Schwelle vom Diesseits zum Jenseits vorzustellen, als unsichtbare Trennwand zwischen der Welt der Erscheinungen (unten) und der Wirklichkeit hinter den Erscheinungen (oben).

Als letztes Zeichen der unteren, mit 0° Widder beginnenden Reihe ist die Jungfrau einerseits noch fester Bestandteil der Welt der Erscheinungen, kehrt dieser andererseits aber bereits den Rücken zu: Sie sitzt am Strand, so kann man es sich vielleicht vorstellen, hält die Zehenspitzen ins Wasser und zittert, wenn sie daran denkt, wie es wäre, tatsächlich hineinzusteigen. Wo das Wasser sich unter der Berührung der Zehenspitzen kräuselt, vermuten wir im Tierkreis den Übergang von 30° Jungfrau auf

0° Waage

und beobachten am Ende des eingeschobenen *Undine Zapfel Romans* das lautlose Verschwinden der Heldin aus unserem Gesichtskreis.

Fiele dieses Verschwinden noch in die Zuständigkeit des Tierkreiszeichens Jungfrau, würde sich als Kapitelüberschrift SPIEGELBILD MIT HOHER STIRN UND GRAUEM BART aufdrängen. Weil damit angedeutet wäre: Acht Jahre nachdem der Ehemann sie verlassen hat, ein Jahr bevor der Sohn ebenfalls endgültig aus ihrem Leben verschwinden wird, sitzt Undine Zapfel Prinz ganz draußen auf dem Holzsteg des Wörterberger Badeteichs, schaut ins Wasser und wundert sich, wie hoch ihre Stirn, wie grau ihr Bart über Nacht geworden ist.

Entweder, denkt sie, spinne ich oder es spinnt die Welt. Entweder bin ich verrückt geworden oder dieser Badeteich hält mich zum Narren, indem er mir anstatt des eigenen Spiegelbildes dasjenige des glatzköpfigen graubärtigen Schriftstellers und Astrologen Schnefl vorgaukelt, den ich schon nicht ausstehen konnte in den lange zurückliegenden Zeiten, als er noch Haare auf dem Kopf hatte und Donnerstag abend ab und zu mit meinem Ex-Mann Kegeln ging.

Befänden wir uns noch auf Jungfrau-Terrain, würden wir Undines Verschwinden möglicherweise so darstellen, als erwachte Herr Schnefl im Augenblick, da Undine *sich* in den Spiegel und dabei *ihm* ins Gesicht schaut, aus einem mittelschweren Albtraum, indem er kurz aber heftig an seinem real existierenden Bart risse und plötzlich wieder ganz bei sich wäre.

So aber lassen wir es damit bewenden, die Zehenspitzen ins eigene, bloß als undinisches ausgegebene Spiegelbild zu tauchen, wodurch dieses verschwimmt und sich auflöst und im Verschwimmen und Sichauflösen die Zukunft, die wir vereinbarungsgemäß mit

1° Waage

bezeichnen, zur Gegenwart macht. Zu dem also, worauf wir gerade noch gewartet hatten. Auch wenn uns vorgestern schon vorausgesagt worden war, es würde morgen (also gestern) und übermorgen (heute) den ganzen Tag regnen und viel zu kalt sein für die Jahreszeit.

Hätten der Astrologe und der Schriftsteller Schnefl sich seinerzeit darauf geeinigt, die im Schreiben des Buches vergehende Zeit nach Zukünften, Gegenwarten und Vergangenheiten zu ordnen statt nach Tierkreisgraden, lägen heute Mittag 181 Vergangenheiten hinter ihnen (V 1 bis V 181) und 179 Zukünfte vor ihnen (Z 178 bis 0). Im Schnittpunkt von 181 Vergangenheiten und 179 Zukünften die flüchtige Gegenwart (G).

2° Waage

Die Zukunft, soweit sie in Form von Gestirnstands-Konstellationen ihren Schatten auf die Gegenwart wirft, liegt im Schneflhausbüro stets griffbereit neben dem Computer. Die Zukunft, sagt Herr Schnefl, wenn Bekannte bei ihm anfragen, wie die ihrige sich voraussichtlich entwickeln wird, ist ein geschlossenes Buch, hellblau, schon etwas abgegriffen und ungefähr anderthalb Kilo schwer. Damit wir uns einig sind, worüber wir reden, wenn wir über die Zukunft reden.

Trotzdem, hat er erst gestern wieder zur Jungfraufreundin einer Löwebekannten gesagt, schlage ich das Buch gerne für Sie auf und sei es nur, um zu bestätigen, was Sie vom Röntgenologen bereits gehört haben: Ihre Konzentrationsmängel und Gedächtnislücken haben offensichtlich keine organische Ursache. In Wirklichkeit, behaupte ich, sind es nicht einmal Sie selber, die in letzter Zeit alles durcheinanderbringen, vieles nicht wahrnehmen oder das Wahrgenommene gleich wieder vergessen.

Genau genommen stehen nicht Sie selber dauernd auf der Leitung, auch wenn es Ihnen begreiflicherweise so vorkommt. Genau genommen steht Väterchen Neptun oder *des Himmels SINN,* wie Laotse sagt, in Gestalt des Planeten Neptun auf Ihrem Deszendenten: Ihre Wahrnehmung durchlöchernd, Ihre Erinnerung auflösend, Sie einbremsend in Ihrer schon ans Selbstzerstörerische grenzenden Tüchtigkeit.

Spätestens Mitte Dezember, wenn Väterchen Neptun sich weit genug vom Deszendenten entfernt hat, sollte der Spuk vorüber sein.

3° Waage

Väterchen Neptun müssen Sie sich nicht aufschreiben, hat Herr Schnefl extra noch zur Jungfraufreundin der Löwebekannten gesagt. Weil die Praxis zeigt, daß Jungfrauen dazu neigen, möglichst jedes aus dem Telefonhörer in ihr Ohr dringende Wort mitzuschreiben und aufzubewahren für alle Zeit. Jahre später halten sie dir dann vor, du hättest damals wortwörtlich *Väterchen*

Neptun gesagt und seither rätselten sie, wie du es gemeint haben könntest.

Ich hätte damals, wird man dann erklären müssen, genauso gut *Väterchen Okeanos* sagen können. Neptun und Okeanos sind zwei Namen für ein und dasselbe oder für das Eine und Alles oder, wie auch schon gesagt wurde, für den Ursprung von allem: *Nachdem alles aus ihm seinen Ursprung genommen hat, fließt er immer noch, am äußersten Rand der Erde, in sich zurückströmend, im Kreise*, schreibt der Religionswissenschaftler Karl Kerényi. *Die Flüsse, Quellen und Brunnen, ja das ganze Meer entspringen fortwährend seinem breiten, starken Strom.* Daraus folgt: Jeder Fluß, jede Quelle und natürlich auch das ganze Meer ist identisch mit Okeanos oder Neptun.

Der Planet Neptun, vermuten wir, ist jenes Rädchen im himmlischen Uhrwerk, dem der Rhythmus des Okeanos eingeschrieben ist. Die Unruh des Uhrwerks, sein Taktgeber, sein Schwungrad. Schreiben Sie *Schwungrad Okeanos,* gnädige Frau. Streichen Sie *Väterchen Neptun*.

4 – 5° Waage

Auf vier bis fünf Grad Waage, behauptet der Meisterastrologe Döbereiner, lösen sich die Reviere auf, und wenn sie sich nicht auflösen, sind sie zumindest feucht.

Stellen Sie sich vor, Leserin, Sie wären ein ganz gewöhnliches Haus mit Türen und Fenstern, wie es sich gehört, mit Keller und Dachboden, mit Bewohnerinnen und Bewohnern, Besitzerin oder Besitzer. Aber ausgerechnet als man Ihre Besitzerin oder Ihren Besitzer ins Grundbuch einträgt und Sie damit Ihrer Bestimmung als Haus übergibt, stehen die vier bis fünf Grad Waage ganz oben oder ganz unten, in der Himmelsmitte oder in der Himmelstiefe des auf diesen Augenblick erstellten Horoskops. Stehen sie ganz oben, heißt das, Ihr Dach, Leserin, ist schwer oder überhaupt nicht dicht zu bekommen. Stehen sie ganz unten, muß Ihnen immer wieder der Keller ausgepumpt werden, weil das Grundwasser hereindrückt.

Und wenn Sie dann jahrein jahraus dastehen mit überschwemmtem Keller und sich fragen: hätten die Leute mich seinerzeit nicht anderswo hinbauen können?, werden Sie sich früher oder später eingestehen müssen: Können hätten sie vielleicht schon. Aber da sie es nicht getan haben, blieb dem Grundbuchbeamten in Wirklichkeit nicht mehr die Wahl, seinen Stempel zu diesem oder einem anderen Zeitpunkt aufs Papier zu drücken. Ein paar Minuten später wäre die Horoskopachse, die die Himmelstiefe mit der Himmelsmitte verbindet, bereits auf

6° Waage

vorgerückt gewesen. Da wären Sie immer noch nahe am Sumpf gebaut, würden selber aber schon auf dem Trockenen stehen.

Ihre Bewohner, vermute ich, würden gar nicht gern bei Ihnen auf den Dachboden hinaufsteigen. Und sollten sie es eines Tages doch wagen, werden sie fürchterlich erschrecken, weil auf einmal ans Licht kommt, was Marder, Mäuse und andere Illegale, von draußen vom Walde Hereingekommene seit Jahr und Tag hier heroben angerichtet haben.

Sie als Haus, Leserin, müßten auf sechs Grad Waage darauf gefaßt sein, ab und zu von einem leichten Erdstoß in Ihren Grundfesten erschüttert zu werden. Wirklich schwere Erdstöße, vermute ich, haben aber erst die fünf bis zehn Minuten nach Ihnen, also auf

7–8° Waage

eingetragenen Häuser zu befürchten. Die gehören dann zur Kategorie *einsturzgefährdete Neubauten*. Deren Dach, sofern die sieben bis acht Grad Waage sich in der Himmelsmitte befinden, könnte von vornherein dazu ausersehen sein, den unter seinem Schutz Wohnenden eines Tages auf den Kopf zu fallen.

Einerseits wird man im nachhinein sagen: Es war ungerecht vom Dach, seinen Schützlingen auf den Kopf zu fallen. Andererseits wird man dem Dach zugute halten müssen: Es konnte nur diejenigen treffen, die die Bereitschaft, von einem einstürzenden Dach erschlagen zu werden, bereits in sich trugen, als sie hier eingezogen sind. Was aber trotzdem nicht heißt, daß nicht jeder einzelne mit einem Dach auf dem Kopf einer zuviel ist, dem ein Dach auf den Kopf gefallen ist.

Sie merken schon, Leserin, wir drehen uns im Kreis und im Drehen haben wir unter anderem übersehen, daß gestern schon wieder Sonntag war, der neunzehnte nach Pfingsten, gleichzeitig der dreizehntletzte vor Weihnachten.

9° Waage

Sollten Sie wissen wollen, Leser, ob und wann Ihnen das eigene Dach oder das fremde, unter dem Sie wohnen, auf den Kopf fallen wird, müssen Sie zu diesem Zweck nicht das Grundbuchamt aufsuchen. Dort machen Sie sich so und so bloß zum Narren, wenn Sie fragen, zu welchem Zeitpunkt welcher Stempel auf dieses oder jenes Dokument gedrückt worden ist, das jetzt auf einmal die Geburtsurkunde Ihres Eigenheims darstellen soll.

Falls Sie aber jemals ein Haus kaufen, merken Sie sich den Ort, das Datum und die genaue Uhrzeit Ihrer Kontaktaufnahme mit dem Makler oder dem Hausverkäufer. Deponieren Sie diese Daten an einem sicheren Ort außerhalb der Immobilie.

Fällt Ihnen eines Tages tatsächlich das Dach auf den Kopf, besteht dadurch die Chance, auf astrologischem Weg im nachhinein festzustellen, aus welchem Grund das Unglück gerade Sie an genau diesem Ort treffen mußte. Ihnen persönlich wird das nicht mehr viel nützen. Aber Ihre Erben werden begreifen, welche Art Erbe sie hier antreten und sich die Frage stellen, ob es nicht klüger wäre, dieses auszuschlagen.

10° Waage

Das Haus, von dem er mittlerweile gewohnheitsmäßig behauptet, es sei sein eigenes, obwohl ein Großteil davon der Bank gehört, hat Herr Schnefl vor vier Jahren über die Ehefrau kennengelernt. Dieser wiederum war es zuvor auf einem Foto gezeigt worden.

Der Augenblick der Fotoübergabe an die Ehefrau, hatte Herr Schnefl gedacht, wird mir Auskunft darüber geben, ob das Haus uns mag oder nicht.

Alsdann, Augenblick!, sprach er zum Augenblick, der in Wirklichkeit schon drei Stunden vorüber, im Gedächtnis der Ehefrau aber aufbewahrt und nach Hause gebracht worden war. Zier dich nicht! Sag mir frei heraus: Wie ist das Haus?

Zucker!, antwortete der Augenblick, spitzte die Lippen und schnippte mit den Fingern. Einfach Zucker!... Blau angestrichen, wie du siehst. Und allem Anschein nach auf einen Felsen gebaut.

11° Waage

Wäre der Augenblick ein Astrologe, hätte er in Bezug auf das Schneflhaus gesagt: Der Planet Saturn steht ganz unten im Horoskop. Genau auf dem IC oder Mitternachtspunkt. Deshalb muß dieses Haus auf felsigem Grund errichtet sein.

Der Augenblick selber hat nichts Feierliches und nichts Wissenschaftliches an sich. Aber der Astrologe macht eine Feierlichkeit und eine Wissenschaftlichkeit aus ihm, indem er verkündet: Der Augenblick, meine Damen und Herren, auf den dieses Horoskop der Hausfotoübergabe erstellt ist, sagt Grundsätzliches über die Verwurzelung derjenigen, die es betrifft. *To whom it may concern,* sagt dieser Augenblick, falls er des Englischen mächtig ist. Oder auf deutsch: Ich bringe eine neue Bestimmung hinsichtlich eurer Behausung.

So spricht der Astrologe im Namen des Augenblicks und der Augenblick müßte sich genieren für ihn, wäre er nicht die längste Zeit schon vorüber.

12° Waage

Der saturnische Charakter des Schneflhauses wird noch betont durch den kleinen Turm, den einer seiner Vorbesitzer ihm auf die Südostecke hinaufgesetzt hat.

Was soll der Turm auf seinem Dach? Was soll er bloß bedeuten?, hat Herr Schnefl seinerzeit sich selber, das Foto und den Augenblick der Fotoübergabe an die Ehefrau gefragt.
Weiß ich nicht!, antwortete er sich selber. Wirst du schon sehen, Dummkopf! antwortete der Augenblick. Und das Foto sagte wie üblich gar nichts.

13° Waage

Ich meine ja nur, hatte Herr Schnefl damals zum Augenblick gesagt. Ich meine ja nur, weil das auf dich, Augenblick, erstellte Horoskop einen deutlichen Hinweis auf Wasser in der Südostecke des Hauses enthält. Das Foto aber zeigt an genau der Stelle diesen kleinen Turm.
Entweder, hatte Herr Schnefl gemeint, dem Augenblick vorhalten zu müssen, lügst du oder es lügt das Foto. Denn um ein Wassertürmchen, das euch beide bestätigen würde, handelt es sich offensichtlich nicht.
Worauf der Augenblick ihn abermals einen Dummkopf geheißen und mit dieser Einschätzung, wie sich zeigen sollte, leider recht behalten hat.
Nichts leichter, haben die folgenden vier Jahre gezeigt, als gleichzeitig das Türmchen *auf* und das Wasser *in* der Südostecke des Hauses zu haben. Es braucht nur ein etwas ausgiebigerer Regen übers Land zu kommen, es braucht nur der Schnee auf dem Dach ein bißchen plötzlich zu schmelzen: schon tropft es genau dort, wo man dem Haus sein Türmchen aufgesetzt hat, durch die Decke in das darunterliegende Zimmer.
Auch von gestern auf heute, den zwölftletzten Sonntag vor Weihnachten, hat es die ganze Nacht geregnet. Jetzt gegen Mittag hört der Regen schön langsam auf. Aber durch die Decke tropft es immer noch.

14° Waage

Eines Tages, da ein grauer Landregen, der nicht so bald enden zu wollen schien, Wälder und Hügel und Felder verhing, schreibt Adalbert

Stifter, sei er auf den Dachboden des Elternhauses emporgestiegen, habe mit dem Brecheisen eine *von zollhohem Staube* bedeckte alte Truhe geöffnet und darin unter allerlei wertlosem Kram die lange verloren geglaubte Mappe seines Urgroßvaters entdeckt. Das ist buchstäblich ein bißchen dick aufgetragen, dachte Herr Schnefl, als er gestern aus einer Regentagslaune heraus nach langer Zeit wieder einmal bei Stifter Unterschlupf gesucht hatte.

Herrn Schnefl selber ist betreffs zufällig auf dem Dachboden entdeckter Altertümer bis heute nichts Aufregenderes untergekommen als eine angestaubte Plastikablage voller Steuerbescheide, Stundungsbescheide, Vollstreckungsbescheide, Bescheide über Hinterziehungszinsen, bevorstehende Exekutionen etc. Und auch diese Plastikablage hat seinerzeit, als man im frisch bezogenen Schneflhaus ans Ausmisten ging, nicht er, sondern seine Ehefrau entdeckt.

Auf den Boden hinaufgeräumt haben dürfte sie der serbische Zimmermann Djura D., Herrn und Frau Schnefls Vorvorgänger unter den Hausbesitzern und Erbauer des gestern beschriebenen, nicht ganz wasserdichten Türmchens. Zumindest waren alle in der Ablage vorgefundenen Dokumente entweder an diesen Djura D. adressiert oder von ihm selber verfaßt.

15° Waage

So weit es den Dokumenten in der Plastikablage zu entnehmen ist, hat der aus Serbien zugewanderte Zimmermann und ehemalige Berufsfußballer Djura D. von 1981 bis 1988 mit den deutschen Finanzbehörden Katz- und Maus gespielt, dieses Spiel erwartungsgemäß haushoch verloren, lebensgefährliche Verletzungen davongetragen und am Ende irgendwie doch noch die Kraft gefunden, sich ins ehemalige Deutsch-Westungarn abzusetzen.

Bis 1984 hat Herr D. sich und den Finanzbeamten einzureden versucht, er sei die Katze im Katz- und Mausspiel. Als ihm der schwerwiegende Irrtum hinsichtlich der Rollenverteilung endlich aufgefallen ist, war das Spiel in Wirklichkeit längst gelaufen, hatte der Mann zwei Herzinfarkte und mehrere Konkurse bereits hinter sich. Vor ihm, das konnte er damals noch nicht wissen, lag der Turmbau zu Wörterberg (1990) und ein letzter Herzinfarkt (1995).

Heute liegt, was von Djura D. übrig ist, teils draußen auf dem Wörterberger Friedhof, teils hier herinnen in der Plastikablage.

16° Waage

Die Plastikablage meines Vorvorgängers oder Einige Auszüge aus den am Dachboden entdeckten Briefen des serbischen Zimmermannes Djura D. an seinen Gegenspieler, die Bundesrepublik Deutschland

1. TEIL: DIE MAUS, DIE BRÜLLTE

Den von Ihnen mit obigem Schreiben mitgeteilten Schuldbetrag von insgesamt DM 90.238,01 erkenne ich absolut nicht an, da es sich lt. Ihrer beigefügten Aufstellung zum größten Teil um Schätzungen handelt... Ich vermisse außerdem in Ihrer Aufstellung die Zahlungen, die vom Staatshochbauamt H. und Firma Dieter G. an Sie eingegangen sind. Wo sind die Beträge verblieben? Sie zwingen mich, die Angelegenheit überprüfen zu lassen! *(Hettenhausen, 27. 7. 1982)*

Da es Ihnen bekannterweise nicht an Hartnäckigkeit fehlt und Ihnen anders nicht beizukommen ist, habe ich mich mit gleicher Post an den Niedersächsischen Minister der Finanzen in Hannover gewandt, der Ihre Arbeitsweise in dieser Angelegenheit überprüfen soll.... Zur Erledigung der Angelegenheit setze ich Ihnen eine Frist von zehn Tagen. *(Pfaffenhofen an der Ilm, 27. 4. 1983)*

17° Waage

Die Plastikablage meines Vorvorgängers

2. TEIL: DIE MAUS, DIE KNURRTE

Sie haben einfach Steuerschulden von ca. DM 250.000,– geschätzt, die ich angeblich zu zahlen habe.

Ich frage Sie, hat Ihnen diese Summe in Ihrer Kasse gefehlt, daß Sie so stumm auf meine Briefe reagieren? *(Wettstätten, 28. 8. 1984)*

Da ich es nicht ausgehalten habe, habe ich Sie angerufen. Ihre antwort war das die Akte noch nicht vorliegt können Sie mir nicht sagen was für Strafverfaren ist ich soll mich noch gedulden bis Sie mich anschreiben. No dies haben Sie getan und ich habe Sie in Meinem Schreiben vom 21. 07. 85 gebeten mir mehr über den Schuldvorwurf zu benachrichtigen, b.z.w. was wird mir Vorgeworfen? *(Passau, 25. 7. 1985)*

18° Waage

Die Plastikablage meines Vorvorgängers

3. TEIL: DIE MAUS, DIE PIEPSTE

Ich wahr zu diesem Zeitpunkt mehr im Krankenhaus als zu Hause, ich habe ums Überleben gekämpft (schwere Herzkrankheit, Herzmuskelschwäche)... dies nuzte der Beamte aus und mich ständig belästigt hat mit seinen besuchen, so das ich gezwungenermase unterschrieben habe haptsache habe ich die gebrauhte Ruche. *(Garmisch-Partenkirchen, 20. 5. 1987)*

... stelle ich Antrag auf Erlaß aus Billigkeitsgründen

Begründung: bin 41 Jahre, Erwerbsunfehig (EU-Rentner) Mittelloß, Nichtheilbare Herzkrankheit für immer Erwerbsunfähig, Witwer, alleinerziher von einem 9 jährigen Kind, am rande des Sozialempfangs... Ich hoffe das Sie es doch eimal ensehen und die sahe zu entscheidun bringen.

Hochachtungsfoll D.

Anlage: Attest, Rentennachweiss und Behindertenausweiss in Kopie. *(Augsburg, 10. 5. 1988)*

19° Waage

In der ersten, 1841 fertiggestellten Fassung der *Mappe meines Urgroßvaters* muß der Ich-Erzähler die Truhe auf dem Dachboden noch mit der Brechstange öffnen. Über der Niederschrift der letzten Fassung schneidet sein Autor sich am 28. Jänner 1868 die Kehle durch. Dafür ist die Truhe jetzt nicht mehr versperrt, sondern nur noch *mit einer Arbe in ein Öhr eingeklinkt.*

Aus dem *morschen zerfallenden Kalenderblatt darauf mit zerflossener entfärbter Tinte geschrieben stand: Heute mit Gottes Segen mein geliebter erster Sohn geboren* der ersten Fassung sind in der letzten Fassung *viele einzelne Kalenderblätter* geworden. Keine Rede mehr von morschem Papier und zerflossener Tinte.

Wozu denn verkomplizieren und verschnörkeln, was man unverschnörkelt genau so gut, wenn nicht glaubhafter sagen kann, dürfte Stifter sich gedacht haben. Falls die Nachgeborenen es mit der Vereinfachung und Entschnörkelung zu weit treiben, werden sie in weniger als hundertfünfzig Jahren bei der *Plastikablage meines Vorvorgängers* gelandet sein, kann Stifter sich nicht gedacht haben. Obwohl für einen Überempfindlichen wie ihn vielleicht schon abzusehen war, in welche Richtung es gehen würde.

20° Waage

Elftletzter Sonntag vor Weihnachten und nicht der erste Tag in diesem viel zu kalten Oktober, da ein grauer Landregen, der nicht so bald enden zu wollen scheint, Wälder und Hügel und Felder verhängt.

Die Plastikablage des Zimmermannes Djura D., letzten Sonntag bei ähnlicher Wetterlage für die Leserin und den Leser hervorgekramt, ist inzwischen wieder verräumt. Aber Stifters Sämtliche Werke, der angeblich gleichfalls auf dem Dachboden gefundenen *Mappe meines Urgroßvaters* wegen zur Plastikablage hinzugezogen, liegen immer noch auf dem Tisch. *Die Mutter Stifters*, schreibt Stifter am 26. Dezember 1867 *war Magdalena Friepeß, die Tochter des Fleischhauers Franz Friepeß in Oberplan.*

Für Herrn Schnefl, der die autobiographischen Skizzen in seiner Buchgemeinschaftsausgabe der Werke Stifters früher immer überblättert hat, ist das insofern von Interesse, als auch sein

Großvater, Herr Franz Schnefl, gebürtig aus dem Dorf Schöneben am Nordrand des Böhmerwaldes, in jungen Jahren Fleischhauer in Oberplan gewesen ist.

Hat Großvater Schnefl also das Fleischhauerhandwerk zwischen 1915 und 1918 möglicherweise im Betrieb von Franz Friepeß' Nachfolgern erlernt? Gab es überhaupt andere Fleischhauer in Oberplan? Und falls nicht: Was wäre für Herrn Schnefl gewonnen, wenn sich herausstellte, es sei seinem Großvater das Schlachten, Wursten, Selchen und Schnitzelklopfen tatsächlich von den Urenkeln des Franz Friepeß beigebracht worden, der seinerseits Adalbert Stifters Großvater war, aber vermutlich nicht lange genug gelebt hat, um sich auf seine alten Tage darauf noch etwas einbilden zu können?

21° Waage

Stifters Geburtstag kennt in der Schneflheimat Oberösterreich, wo Stifters Werke aus pädagogischen, nostalgischen oder auch rein sentimentalen Gründen bis heute in abertausenden Bücherschränken stehen, praktisch jedes Kind. Djura D.'s Geburtstag entnahm Herr Schnefl einem handschriftlichen Vermerk, hineingekritzelt zwischen die Zeilen der zweiten Abschrift einer Pfändungsverfügung des Finanzamtes H. vom 3. August 1984.

Hineingekritzelt ist eigentlich das falsche Wort. Sorgfältig, mit leicht nach links hängender Schrift *hineineingemalt*, wie auch alle übrigen Eintragungen im Pfändungsverfügungsformular: Mit blauer Tinte ausgeführte Schönschreibübungen einer höchstens sechzehnjährigen, gegen das allzu langsame Vergehen der Zeit im heißen Sommer 1984 ankämpfenden, etwas phantasielosen, eher ängstlichen als draufgängerischen Ferialpraktikantin.

Heute ist die Frau 33, noch verheiratet oder bereits geschieden, Mutter eines achtjährigen Sohnes oder einer siebenjährigen Tochter, füllt immer noch Formulare auf einem niedersächsischen Finanzamt aus oder macht inzwischen etwas ganz anderes, das aber auch nicht viel aufregender sein dürfte, nach der damaligen Handschrift zu schließen.

22° Waage

Stellen Sie sich vor, Leser, Sie wären der böse Wolf und wie Sie nun aus dem Wald herauskommen, begegnet Ihnen das Rotkäppchen, verwickelt Sie in ein Gespräch übers Weintrinken oder übers Kuchenbacken, über die übertriebene Besorgtheit der Mütter oder die ewigen Kränkeleien der Großmütter und im Handumdrehen haben Sie vergessen, weshalb Sie überhaupt aus dem Wald heraus wollten.

So ähnlich jedenfalls ist es dem (oder darf man nach einer zweihundertundeinen Tierkreisgrad währenden Bekanntschaft bereits sagen *unserem?*) Herrn Schnefl gestern vormittag ergangen: Er hatte die Geburtsdaten Adalbert Stifters und Djura D.'s ins Astrologieprogramm seines Computers eingegeben. Wollte gerade dazu ansetzen, sich über unerwartete Parallelen in den Horoskopen des österreichischen Dichters und des serbischen Zimmermannes zu verbreiten. Da blieb sein Blick an dieser runden schulmäßigen, wie noch von keinerlei Lebenserfahrung verdorbenen oder veredelten Mädchenschrift hängen.

Mädchen, ach Mädchen, dachte unser Herr Schnefl. Was machst du nur auf der Vollstreckungsabteilung des Finanzamtes in der Provinzstadt H.? Welcher gute Geist gab dir ein oder welcher übergenaue Vorgesetzte forderte dich auf, Djura D.'s Geburtsdatum noch nachträglich ins Pfändungsformular einzutragen? An einer Stelle, die dafür offensichtlich gar nicht vorgesehen war. Zwischen die Zeilen geschrieben mit deutlich nach links hängender Schrift. Im Unterschied zu allen anderen, millimetergenau auf die vorgedruckten Zeilen gesetzten Eintragungen, deren Ziffern und Buchstaben sich alle an die in Herrn Schnefls Volksschulzeit als Erziehungsideal betrachtete leichte Rechtsneigung halten.

23° Waage

Zwei Herren im Hochwasser. Vielleicht war das der Halbsatz, nach dem unser Herr Schnefl vorgestern vergeblich gesucht hatte, als ihm die quasi identische Überschwemmungs- und Bereinigungskonstellation in den Geburtshoroskopen Adalbert Stifters und Djura D.'s aufgefallen war.

Der Dichter Adalbert Stifter und der Zimmermann Djura D., so hätte die aus dem Halbsatz herauswachsende Szene ausschauen können, stehen bis an die Knie im Wasser am jenseitigen Ufer des Jordan und unterhalten sich über astrologische Aspekte ihres seinerzeitigen Ablebens:

STIFTER: Im nachhinein würde ich wetten, es war 23, höchstens 24 Minuten nach Mitternacht. Zwischen Null Uhr 23 und Null Uhr 24 am 26. Jänner 1868 lief der Tagesaszendent über 29 Grad Waage in Linz an der Donau, das ist der Sonnenstand meiner Geburt. Und der Mars stand zum selben Zeitpunkt auf 29 Grad Steinbock, das heißt in einem exakten Neunzig-Grad-Winkel zum Sonnenstand meiner Geburt.

Der Mars ist das Messer, Djura. Die Sonne das Leben. Mars Quadrat Sonne, wie wir Astrologen sagen, ist demnach der Schnitt ins eigene Fleisch. Und gerade für einen Neurotiker wie mich ist es ungemein tröstlich, im nachhinein zu sehen, es hat alles auf die Sekunde genau gestimmt in dieser verhängnisvollen, in dieser erlösenden Nacht aller Nächte. Tröstlich zu wissen, das Schicksal selber hat einem das Rasiermesser in die Hand gedrückt.

DJURA D.: Bei mir war es Gevatter Saturn, der auf die Sonne aufgelaufen ist. Auf meine empfindliche Mars-Neptun-Uranus-Sonne. Hat auch gepaßt!

STIFTER: Na, wer sagt's denn!

24° Waage

Die Untergeher hätte die Szene aus dem Stück oder dem Drehbuch, das vorvorgestern nicht geschrieben wurde, genauso gut heißen können. Gespielt hätte sie dann möglicherweise in einem von Dante damals übersehenen oder jedenfalls nicht beschriebenen vierten Unterkreis des siebten Kreises der Hölle.

Dort sieht man, von der Kamera in der Halbtotale erfaßt, den Dichter Adalbert Stifter und den Zimmermann Djura D. bis zum Hals im fast unmerklich, aber unaufhaltsam steigenden Wasser stehen, das bei genauerem Hinsehen eine gährende, stinkende, von den Leichengiften Kadaverin und Putrescin sowie anderen biogenen Aminen getrübte Brühe ist:

STIFTER: Wir gehen unter, Djura. Wir müssen elendiglich ersaufen.

DJURA D.: Nicht schon wieder, Bertl. Nicht schon wieder...

25° Waage

Die Lichtesserin. Als Adalbert Stifter wieder auftaucht aus der stinkenden Brühe, ist Djura D. verschwunden und auch die Hölle selber hat auf einmal ein neues Gesicht.

Es ist ein etwas unruhiges, unwirklich flimmerndes Gesicht, da es auf einem Bildschirm an der Wand erscheint. Es ist das Gesicht einer Frau mittleren Alters aus einer an Stifters Todestag noch weit entfernten Zukunft. Und neben dem Bildschirm an der Wand hängt noch ein Bildschirm und neben diesem noch einer und noch einer und noch einer und noch einer. Und auf tausend Bildschirmen immer dasselbe, mit tadellos weißen, wenn auch vielleicht nicht ganz echten Zähnen lächelnde Gesicht dieser Frau aus der Zukunft.

Ich ernähre mich, sagt die Frau, schon ein Jahr lang ausschließlich von Licht und Wasser. Durch tägliches Meditieren habe ich meine Körperzellen darauf programmiert, ohne feste Nahrung und mit maximal zwei bis drei Stunden Schlaf pro Nacht auszukommen. Sie ahnen ja nicht, wieviel Zeit der Mensch spart, wenn das Schlafen und das Essen und mit dem Essen das Kochen und mit dem Kochen das Geschirrabwaschen auf einmal wegfällt.

Mit der gesparten Zeit ziehe ich jetzt von Talk Show zu Talk Show und verkünde die frohe Botschaft vom ewigen Leben. Und wenn ich sage ewiges Leben, meine ich auch ewiges Leben. Keinen Tag mehr und keinen Tag weniger. Weil der Körper jeden Tag jünger wird, wenn der Mensch meditiert anstatt zu fressen, sagt, immerfort lächelnd, die Frau aus der Zukunft. Dann nimmt sie einen Schluck Wasser und beginnt ihren Text wieder von vorn und wieder und wieder und wieder. Und Adalbert S. wünscht sich die alte Hölle zurück, in der man noch regelmäßig untergehen durfte in der stinkenden Brühe an der Seite des serbischen Zimmermannes Djura D.

26° Waage

Tausend Jahre später oder noch in der selben Sekunde, das macht in diesem Fall keinen Unterschied, ändert sich der Bildausschnitt. Adalbert Stifter oder Adalbert Stifters Schatten, wie es richtig heißen müßte, sieht auf einmal seinen alten Freund, den Schatten des Zimmermannes Djura D. auf der Couch neben der Lichtesserin sitzen. Den beiden gegenüber, auf seiner eigenen Couch, sitzt Herr von der Lippe, der Moderator der Sendung.

Zu Ihrer Zeit, sagt Herr von der Lippe zu Djura D., hat der Mensch sterben müssen, um keine Gegenwart mehr zu haben. Und wenn man bedenkt, daß Sie erst sieben Jahre tot sind, wird man zugeben müssen: so lange ist das noch gar nicht her. Wie kommt Ihnen das denn nun vor, Herr D., wenn Sie hören, es gibt mittlerweile Esoterikerinnen, die einen Haufen Geld ausgeben, damit irgendein Guru ihnen beibringt, wie man sich mitten im Leben aus der Gegenwart hinausmeditiert?

DJURA D. schweigt und winkt scheinbar teilnahmslos in die Kamera.

HERR VON DER LIPPE: Berührt es jemanden, der mit allen Fasern am Leben hing, nicht seltsam, als unfreiwillig Toter mit einer freiwillig Untoten live im Fernsehen aufzutreten?

DJURA D. schweigt und winkt scheinbar teilnahmslos in die Kamera.

ADALBERT STIFTER, der mit dem Fernsehen keine Erfahrung hat und auch sonst nicht recht begreift, was hier gespielt wird, winkt verlegen lächelnd zurück.

27° Waage

Zehntletzter Sonntag vor Weihnachten: *Wie Sie wissen*, schreibt eine nicht von ihm selbst erfundene Berufsleserin aus München an unseren Herrn Schnefl, *mag ich Ihre verschrobene Art des Schreibens... Den Tierkreisaufhänger empfinde ich allerdings mehr als einen Gag, für den Text selber gibt er nach meinem Eindruck nicht allzu viel her.*

Herr Schnefl, seit sieben Monaten ständig auf der Hut, nur ja nicht zu viel Astrologenjargon in den Text einfließen zu lassen, fühlt sich bestärkt in seinem Mißtrauen gegenüber Leserinnen, die er nicht selbst erfunden hat, nimmt einen Schluck Whiskey und winkt scheinbar teilnahmslos in den Fernseher, wo heute Nacht die unlängst schon einmal gesendete Talk Show mit Herrn von der Lippe, der Lichtesserin und ihrem verlegen lächelnden Lebensgefährten wiederholt wird.

28° Waage

Morgens Parkinson, abends mein Urgroßonkel, sagt Johann Alzheimer, Freund des Herrn Schnefl und Urgroßneffe des Neurologen Alois Alzheimer, Entdecker der nach ihm benannten präsenilen Demenz, am Telefon. So ist das bei uns Alkoholikern, sagt er: In der Früh zittern wir, mittags sind wir ruhig, aber appetitlos, und am Abend erzählen wir den immer gleichen Leuten immer dieselben Geschichten, weil wir nicht wahrhaben wollen oder tatsächlich vergessen haben, genau diese Geschichten genau diesen Leuten schon hundert Mal erzählt zu haben.

Auch auf der Kanareninsel Gomera, wo Johann Alzheimer demnächst wieder sein Winterquartier aufschlägt, weil der Winter dort immer schon vorbei ist, ehe der Herbst so recht begonnen hat, dürften jene, die ihm beim Trinken Gesellschaft leisten, die Alzheimerschen Geschichten inzwischen auswendig herbeten können, sofern sie nicht ihrerseits unter ähnlichen Symptomen leiden.

Der kanarische Archipel scheint ja selber vom Morbus Alzheimer befallen, seit die Seefahrer aus Europa mit der hiesigen

Bevölkerung auch deren kollektives Gedächtnis ausgelöscht und nichts nennenswert Neues an seine Stelle gesetzt haben. Seit Jahrhunderten im Verfallen begriffene rötliche Terrassen überziehen die Gomeraner Hügellandschaft, die einst lebendig und fruchtbar gewesen sein muß wie Johann Alzheimers Gedächtnis vor der Machtergreifung des Alkohols.

Daß nicht einmal die von den Eroberern eingeschleppte Sprache ohne Schaden davongekommen ist, dämmerte Herrn Alzheimer, als er die Einheimischen immerzu »Okkar« zu Oscar, dem Barbesitzer sagen hörte. Keiner hier auf der Insel, sagt er, würde auf die Idee kommen, das S auszusprechen. Das S ist dem kanarischen Spanisch irgendwann abhanden gekommen. Man schreibt es zwar noch, hat es aber auszusprechen vergessen.

29° Waage

Morgens Parkinson, abends Alzheimer und mitten in der Nacht, wenn der Alkoholgehalt im Blut nahe Null gesunken ist, wachst du auf und spürst einen fast unerträglicher Druck in der Herzgegend, hätte Alois Alzheimers Urgroßneffe der Vollständigkeit halber sagen müssen. Und daß er das Sandmännchen schon lange im Verdacht hat, in Wirklichkeit dem uralten Geschlecht der Titanen zu entstammen. Von mißgünstigen Göttern herbeigerufen aus den Untiefen des Tartaros, um schlafenden Ingenieuren einen Felsblock aufs Herz zu wälzen, anstatt ihnen Sand in die Augen zu streuen.

Im Morgengrauen beginnt Johann Alzheimer mit zittrigen Fingern den nun nicht mehr auf seinem Herzen liegenden, aber immer noch schwer aufs Gemüt drückenden Felsblock weichzuspülen, indem er abwechselnd Schnaps, Kaffee, Wasser und Bier in sich hineinschüttet oder eigentlich nicht in sich hineinschüttet, sondern in kleinen, gleichmäßig über den ganzen Tag verteilten Schlucken zu sich nimmt. Denn daß Schwaches das Starke besiegt und Weiches das Harte besiegt, weiß jedermann auf Erden. Als praktisch denkender Mensch ist Johann Alzheimer sich aber gleichzeitig darüber im klaren, daß man mit dieser Methode tausend Leben bräuchte, um im tausendundersten erste Spuren eines Erfolges zu sehen.

Die Grenze, die das Sandmännchen oder der als Sandmännchen getarnte Titan überschreiten muß, um in eines Menschen Gegenwart einzudringen, entspricht im Tierkreis dem Übergang von 30° Waage auf

0° Skorpion

und auf diesem Übergang aller Übergänge, auf dieser berühmtesten und gefürchtetsten aller Schwellen, meine Damen und Herren, liebe Leserin, geschätzter Leser, liegt
das grausam wilde Untier Cerberus
heult aus drei Rachenschlünden wie ein Hund,
über die Leute hin, die hier versinken.
(*Inferno,* VI. Gesang, Vers 13–15).

Wir aber, sollten wir jemals selber an dieser Schwelle stehen, werden hoffentlich Geistesgegenwart genug besitzen, dem gefräßigen Untier mit beiden Händen Dreck in seine drei Schlünde zu werfen, wie Dantes Führer Vergil es uns seinerzeit vorgemacht hat.

Hier und heute, im angenehm temperierten Büro vor dem Computer sitzend, bedarf es ja keines besonderen Mutes, von der bloß gedachten Schwelle herabzusteigen, das heißt den kleinen Schritt von 0° auf

1° Skorpion

zu wagen, auch wenn der Schreibende selber nicht weiß, was ihn die nächsten vier Wochen hier erwartet und sich, bevor er weitergeht, ermahnen muß, keine Ungenauigkeiten und Gedankenlosigkeiten einreißen zu lassen.

Ungenau und gedankenlos ist es nämlich, die 0° Skorpion als eine *bloß gedachte* Schwelle zu bezeichnen. Als wäre diese Schwelle weniger gefährlich dadurch, daß sie eine *bloß gedachte* Schwelle ist. Als verdankten sich die Angst und der Schrecken, die von dieser Schwelle ausgehen, nicht gerade dem Umstand, daß sie den Übergang vom Lebendigen ins *Bloß Gedachte* markiert. Wer diese Schwelle überschreitet, daran lassen weder Dante noch seine antiken Vorläufer den geringsten Zweifel, begibt sich mitten hinein ins Reich der Schatten, in die schaurigen Gefilde des noch nicht oder nicht mehr Gegenwärtigen, kurzum: in die Hölle.

Wir schritten über Schatten, die der Regen,
der schwere, niederdrückt – mit Füßen traten
wir auf ihr eitles Nichts, das Körper scheint.

(*Inferno,* VI. Gesang (Vers 34–36)

2° Skorpion

Die Hölle ist in Rinchnach im Bayerischen Wald traditionell am Tag vor Martini los, dem 10. November, heißt es in einer Reisenotiz der gestrigen F.A.Z. *Dann wird in dem sonst beschaulichen Ort der wilde Hirtenbrauch des »Wolfauslassens« gepflegt: Mehr als fünfhundert meist junge Menschen schnallen sich Kuhglocken in allen Größen um und drängen lärmend von allen Seiten zum Ortskern.*

Das ist in unserem Zusammenhang insofern von Interesse, als die Sonne am 10. November mitten im Skorpion steht und der Wolf, den die Rinchnacher auslassen, immer schon als der Inbegriff des Skorpionischen im Tierreich gegolten hat, als irdische Inkarnation des Höllenhundes Cerberus.

Hätte Cerberus Sie seinerzeit nicht über die Schwelle gelassen, Leserin, wären Sie heute immer noch bloß eine Idee Ihrer Eltern beziehungsweise das Gespenst Ihrer selbst. Wenn Sie dann gestorben sind, überschreiten Sie die Schwelle in die andere Richtung. Das ist der alte Brauch des Wolfausundeinlassens, auch wenn die Tourist-Information Rinchnach ihn möglicherweise anders interpretiert.

3° Skorpion

Würden die Leserin, der Leser und ihr Herr Schnefl am 7. Juni 1864 von Rinchnach im Bayerischen Wald weggehen, müßten sie, tüchtiges Ausschreiten vorausgesetzt, Marktbreit in Unterfranken bis 14. Juni, 3 Uhr 19 Greenwich mean time problemlos erreichen. Gelänge ihnen das nicht, ginge die Welt auch nicht unter. Aber die Geburt des Knaben Alois Alzheimer hätten sie ein für allemal verpaßt.

Ich bin der Herr Schnefl, würde Herr Schnefl zu Mutter Alzheimer sagen. Die beiden hier sind meine Leserin und mein Leser. Aber am besten wird sein, Sie beachten uns überhaupt nicht oder betrachten uns, falls Ihnen das nicht möglich ist, als die eingebildeten drei Könige aus einer anderen, aus einer bloß erdachten, quasi skorpionischen Welt.

Als geübtestem Astrologen unter den drei Königen fiele Herrn Schnefl die ehrenvolle Aufgabe zu, dem neugeborenen Alois das Horoskop zu erstellen. Und siehe da, der Aszendent, der in nur 24 Stunden den ganzen Tierkreis durchläuft und die Sonne, die ein ganzes Jahr dazu braucht, stehen im Augenblick seiner Geburt auf ein und demselben Grad.

Sonne und Aszendent auf exakt 23 Grad Zwillinge, flüstert König Schnefl der Königin Leserin ins Ohr. Mir scheint, aus dem Knaben wird einmal etwas Besonders.

Das will ich doch stark hoffen, flüstert die Königin Leserin zurück. Wie stünden wir denn vor uns selber da, müßten wir uns im nachhinein eingestehen, die sieben Tage Fußmarsch aus dem Bayerischen Wald ins Unterfränkische für nichts Besonderes auf uns genommen zu haben.

4° Skorpion

Neuntletzter Sonntag vor Weihnachten und falls es noch eines Beweises für die verschrobene Schreibart unseres Herrn Schnefl bedurfte, braucht sich um die Erbringung desselben nach dem gestrigen Ausflug ins Unterfränkische nun niemand mehr Sorgen zu machen.

Manchmal, der Leser mag es glauben oder nicht, kränkt sich Herr Schnefl, der im Leben ein unscheinbarer, ordentlicher, fleissiger, sparsamer, um nicht zu sagen phantasieloser Mensch ist, selber über die Verschrobenheit seines Schreibens.

Er kramt, um beim gestrigen Beispiel zu bleiben, Alois Alzheimers Geburtshoroskop aus dem großen Horoskopstapel unter dem Schreibtisch hervor, legt es neben das Horoskop seines Freundes Johann Alzheimer, und was ihm beim Vergleich der beiden Horoskope sofort ins Auge sticht, ist die Sonne und der Aszendent auf 23° Zwillinge bei Alois und der Saturn auf 23° Zwillinge bei Johann Alzheimer, dessen Sonne wiederum auf 23° Schütze steht. Also exakt gegenüber der Alois-Sonne auf 23° Zwillinge. So nach dem Motto: Freie Sicht für den Urgroßneffen auf den Urgroßonkel.

Das ist die Wahrheit. Klingt aber, und das scheint tatsächlich Herrn Schnefls Problem zu sein, nicht weniger verschroben, als würde er schreiben, die Leserin, der Leser und er selber hätten sich am 7. Juni 1864 zu Fuß auf den Weg von Rinchnach im Bayerischen Wald nach Marktbreit in Unterfranken gemacht.

5° Skorpion

Heutzutage bräuchte man höchstens drei Stunden von Rinchnach nach Marktbreit, wenn man die Autobahn über Nürnberg benutzte, hätte aber da wie dort so wenig verloren wie vor 140 Jahren.

Vom Knaben Alois Alzheimer aus Marktbreit weiß man ja, daß er von den Göttern gestraft wurde, indem sie ihn Jahrzehnte nach seinem Tod in den Morbus Alzheimer und damit in eines der Schreckgespenster des 20. Jahrhunderts verwandelt haben. Da wird man, solange man halbwegs bei Sinnen ist, nicht auch noch hinfahren, um sich anzuschauen, wo das Gespenst herkommt.

Den Rinchnacher Brauch des Wolfauslassens pflegt man jeden Tag im eigenen Büro, indem man aus Horoskopen herauszulesen versucht, was im Augenblick, auf den sie erstellt sind, an Verdrängtem, Verschüttetem und Unerlöstem über die Schwelle geschwemmt wird. Da muß man nicht auch noch zuschauen, wie das Unerlöste sich Kuhglocken umhängt und lärmend von allen Seiten zum Ortskern drängt.

6° Skorpion

und offenbar immer noch keine Besserung in Sicht, was diese verschrobene Art des Schreibens betrifft: Wo sind wir denn? werden Leserin wie Leser sich nicht zum ersten Mal gefragt haben. Wo sind wir denn oder auch: Wer sind wir denn, daß wir uns unser mühsam vom Aberglauben gereinigtes Weltbild mit Göttern, Gespenstern und Unerlösten anpatzen lassen müssen?

Kann man derartige Zumutungen, wenn sie schon sein müssen, nicht auch weniger verschroben formulieren? Kann man nicht schreiben: Es hat etwas Gespenstisches, wenn ein fränkischer Familienname sich unter der Hand in ein Synonym für unerbittlich fortschreitende Verblödung verwandelt. Oder: Es hat etwas von einer Strafe der Götter, wenn man als Herr oder Frau Fortschreitende Verblödung durchs Leben zu gehen gezwungen ist, weil die Leute sich angewöhnt haben, den eigenen Familiennamen damit gleichzusetzen. Oder: Es hat etwas vom Treiben einer lärmenden Schar Unerlöster, wenn die jungen Rinchnacher mit ihren Kuhglocken in den Ortskern drängen.

Hätte das nicht etwas? Wäre das nicht auch im Sinne der verstorbenen Mutter Schnefl, die wie so viele rechtschaffen um das Fortkommen ihrer Söhne besorgten Mütter seinerzeit oft gesagt hat: Gegen lange Haare habe ich nichts. Aber gepflegt müssen sie sein.

7° Skorpion

Wäre Mutter Schnefl astrologiekundig gewesen, hätte das Horoskop des Sohnes sie von vornherein beruhigen können: Auf diesem Kopf, gnädige Frau, hätte es ihr gleich nach der Geburt oder zu jedem beliebigen anderen Zeitpunkt mit Bestimmtheit gesagt, halten sich auf die Dauer keine Haare. Spätestens mit zwanzig werden sie gekürzt, und ab einundzwanzig fallen sie ersatzlos aus. Fragen Sie mich aber bitte nicht, was dieser frühzeitige Haarausfall zu bedeuten hat über das bloße Phänomen der Kahlköpfigkeit hinaus. Fragen Sie nicht, wenn Sie sich nicht sofort wieder beunruhigen wollen, nachdem Sie sich gerade so einigermaßen beruhigt hatten.

Oder versuchen Sie zumindest, es positiv zu sehen, indem Sie sich einreden: Wenn bei meinem Sohn gleichzeitig mit der Anlage zum Haarausfall die Anlage zur Nichtsesshaftigkeit erscheint, ausgerechnet an der Stelle des Horoskops, die über die Verwurzelung im Hier und Jetzt Auskunft zu geben hätte, heißt das noch lange nicht, daß der Bub mit Dreißig oder Fünfunddreißig kahlköpfig auf der Straße steht.

Die Götter werden schon wissen, was sie vorhaben mit einem, von dem Astrologiekundige wie Nichtastrologiekundige einst übereinstimmend sagen werden: Mit dem ist praktisch nichts anzufangen. Bei dem ist alles für die Fische.

8° Skorpion

Bei Alois Alzheimer scheint auf den ersten Blick ins Horoskop gleichfalls alles für die Fische, das heißt, in erster Linie auf Unbewußtes bezogen zu sein. Der große Unterschied zu Mutter Schnefls Sohn besteht darin, daß der Zwilling Alzheimer seinerzeit mit Zirkel und Lineal ins Unbewußte hineingegangen ist, um auszumessen, was jahrtausendelang nicht nur für unausmeßbar, sondern für unantastbar, weil heilig gegolten hatte.

Dr. med. Alzheimer war ein Kartographierer und Katalogisierer des Unbewußten. Einer der ersten in einer langen Reihe von Forschern, die nicht ruhen werden, ehe das Unnennbare eines Tages vollständig benannt, das Unauslotbare ausgelotet, das Unfaßbare in psychiatrischen und psychopathologischen Kategorien ordnungsgemäß schubladisiert ist. Anders ausgedrückt: Sie arbeiten hart daran, den Fisch in einen Zwilling, das Meer des Unbewussten in ein überschaubares Kanalsystem zu verwandeln.

Alles für die Fische trifft bei Alois Alzheimer so gesehen tatsächlich nur auf den ersten Blick zu. Auf den zweiten müßte es eher heißen: *Alle Fische für mich.* Zumindest dürften die Götter es so ausgelegt und beschlossen haben, den in ihr Revier eingedrungenen Forscher Alois auf Jahrhunderte hinaus als Morbus Alzheimer durch die Köpfe spuken zu lassen.

9° Skorpion

gleichzeitig der 1. November, das Gedächtnisfest aller Heiligen, und unser Herr Schnefl, von dem Astrologiekundige wie Nichtastrologiekundige immer schon gesagt haben, er sei in Wirklichkeit mehr Lyriker als Erzähler, schenkt sich selber ein kleines Gedicht zum Geburtstag:

Für mich und alle Heiligen

Am Ende die Fahnenstange
verkauft, in den Schalterhallen
der kontoführenden Institute
ein letztes Tempelhüpfen
veranstaltet für mich
und alle Heiligen, einmal noch
den Zinsfuß angehoben
oder gesenkt
abgestiegen und aufgefahren
von Stockwerk zu Stockwerk
von Wolkenkratzer zu Wolkenkratzer
kommen sie zu richten
die Strumpfgürtel
und die Büstenhalter
ihrer ständig
wechselnden Geliebten.

10° Skorpion

In der Realität, also beispielsweise bei uns hier in Wörterberg, herrscht ein auffallender Mangel an Heiligen. Aus diesem oder auch aus ganz anderen Gründen hat man sich entschlossen, am 1. November ersatzweise der Fäller und der Gefallenen zweier Weltkriege zu gedenken, die durch ihr Fällen und insbesondere durch ihr Gefälltwordensein automatisch zu Helden und als Helden automatisch zu halben Heiligen geworden sind.

Wir gedenken unserer halben Heiligen, da wir uns ganze niemals leisten könnten, so wie es um unsere Realität bestellt ist, sagt der protestantische Kollege des Pfarrers Loidl selbstverständlich nicht, als Herr Schnefl auf seinem Abendspaziergang unfreiwillig zwischen ihn und das Volk und die zwischen ihm und dem Volk in der Dunkelheit glänzenden Silberhelme der Freiwilligen Feuerwehr gerät. Er sagt vielmehr *Lasset uns beten, wie der Herr uns zu beten gelehrt hat...* Und er sagt es dummerweise einen Augenblick nachdem Herr Schnefl sich zum Weitergehen entschlossen hat, sich also schon im Weitergehen befindet, das auf einmal zum Abschreiten einer Front *Vater unser, der du bist im Himmel...* murmelnder Dorfbewohner durch einen schweigenden Zugereisten mit schwarzem Hut geworden ist.

11° Skorpion

Tempelhüpfen, um auf das vorgestrige Gedicht zurückzukommen, gehört zu den ältesten Spielen der Menschheit. Gewonnen hat, wer es schafft, ohne die vorgegebenen Linien zu übertreten, auf einem Bein über die Hölle in den Himmel und wieder zurück zu hüpfen. Überall auf der Welt wird dieses Spiel gespielt und überall auf der Welt erzählte man früher die Geschichte vom hinkenden Schmied oder vom lahmenden Schamanen, auf den das Spiel zu verweisen scheint.

Ehe der lahmende Schamane lahm und Schamane wird, hat er Prüfungen über Prüfungen zu bestehen, findet sich am Ende wahlweise im Bauch eines Drachen oder tief unter der Erde wieder und kann nur noch hoffen vom Adler, dem Skorpionvogel der Astrologie, zurück ans Licht getragen zu werden.

Wenn du Fleisch hast, sagt der Adler, *bringe ich dich hinauf.* Da schneidet der künftige Schamane sich kurz entschlossen ein Stück von der eigenen Ferse ab, legt es dem Adler in den Schnabel, kehrt auf dessen Rücken glücklich, wenn auch leicht verstümmelt auf die Erdoberfläche zurück, bekommt die erst unlängst befreite Prinzessin zur Frau, hinkt fortan ein wenig und wundert sich wahrscheinlich, wie schnell die Zeit vergeht: schon wieder Sonntag heute, der achtletzte vor Weihnachten.

12° Skorpion

Eine andere, grausamere Version der zum Tempelhüpfen gehörenden Geschichte ähnelt dem Grimmschen Märchen vom abgeschlachteten, gekochten und aufgegessenen Stiefsohn, dessen Halbschwester,

der Marlenichen,
alle seine Benichen

sucht und in ein seiden Tuch bind't, worauf der Abgeschlachtete sich in einen schönen Vogel verwandelt.

Bei seiner Rückverwandlung in Menschengestalt, das unterscheidet die zum Tempelhüpfen gehörende Geschichte vom Grimmschen Märchen, sind die sorgsam zusammengesuchten Benichen auf einmal nicht mehr ganz vollzählig. Nicht immer, aber häufig handelt es sich um einen Hüftknochen, der fehlt und nun irgendwie ersetzt werden muß: bevorzugt durch einen Wacholderzweig.

Am Hinken des nicht ganz vollständig zusammengesetzten Auferstandenen, hieß es, erkannte auch der Laie auf den ersten Blick den legitimen Vermittler zwischen Diesseits und Jenseits.

13° Skorpion

Es schneflt. Das heißt, auf den Tierkreis bezogen, die 13° Skorpion zitieren die 5° Widder oder der 5. November spielt 26. März auf der Guckkastenbühne vor Herrn Schnefls Büro. Außerhalb der Guckkastenbühne, in jenen Gegenden also, denen die schwierige Aufgabe zufällt, den unsichtbaren Rest der Welt zu spielen, soll der Wintereinbruch heftiger sein. Was vermuten läßt, daß es sich dort draußen abspielt wie immer an Vormittagen wie diesem: Klaglos funktionierende Automobile verwandeln sich im Bruchteil einer Sekunde in zusammengequetschte Immobilien auf rutschig gewordener Autobahn. Eingeklemmte Immobilienbesitzer, als nichts ahnende Automobilisten eben noch bei bester Gesundheit gewesen, verwandeln sich in Schatten ihrer selbst.

In den zwölf Rauhnächten zwischen Weihnachten und dem Fest der Heiligen drei Könige ziehen die verwandelten Automobilisten dann als Wütendes Heer oder Wilde Jagd hupend und schimpfend auf jene, denen sie nie verzeihen werden, ihre Verwandlung durch unvorsichtiges Fahren verschuldet zu haben, in endlosen Kolonnen durch die Luft. Jedenfalls war das so in den alten Zeiten, als die Erfinder und Verwalter des christlichen Abendlandes den Schamanen das Schamanische noch nicht heruntergeräumt, den Adler noch nicht mit Flugverbot belegt hatten.

14° Skorpion

Ob er sich an der Spitze des Hupenden Heeres König Artus in einem Ferrari oder Frau Hulda auf einem Moped vorstellt, bleibt dem Geschmack des Lesers überlassen. Denn selbstverständlich braucht sich, wer die Grenze der Zeit einmal hinter sich hat, um einen Mangel oder Überfluß an Pferdestärken nie wieder Sorgen zu machen. Muß nicht mehr hudeln und nicht mehr hetzen, nichts mehr beschleunigen und nichts mehr verzögern. Ist überall gleichzeitig, aber nirgends mehr wirklich, geschweige denn irgendwo daheim.

Was die Vermutung nahelegt, es müßte der heutigen Jugend, die den Umgang mit virtuellen Welten schon im Kindergarten übt, später einmal leichter fallen, sich an die jenseitigen Verhältnisse zu gewöhnen. So groß, möchte man meinen, kann der Schritt nicht sein von der Ortlosigkeit eines www.kindergarten-woerterberg.at zur Ortlosigkeit jenseits der Grenze der Zeit. So stark unterscheidet sich die Computerscheinwelt im Grunde genommen nicht von der Scheinwelt der Toten, wie sie der Mesner Arnaud Gelis aus den französischen Pyrenäen im Jahre 1319 dem Inquisitor Jacques Fournier aufgrund persönlicher Erfahrungen beschrieb: *Auch wenn die Seelen der Verstorbenen nichts essen*, erklärte er, *so trinken sie doch guten Wein und wärmen sich am Feuer, wenn sie ein Haus mit viel Brennholz finden; aber der Wein wird nicht weniger, wenn die Toten davon trinken.*

15° Skorpion

Obwohl die Aussagen des südfranzösischen Mesners mit denen anderer mutmaßlicher Hexenmeister aus der Westschweiz und aus Oberitalien fast wörtlich übereinstimmen, vertraut Herr Schnefl ihnen nicht wirklich. Oder zumindest nicht so weit, daß er es aufgrund dieser Aussagen unterließe, seinem todkranken Kollegen P. eine Flasche Wein ans Spitalsbett zu bringen in der Gewißheit, dieser werde in absehbarer Zeit weitaus besseren zu kosten bekommen.

Zum einen kann Herr Schnefl sich den bis ins Mark vom Krebs zerfressenen, aber äußerlich unversehrten, die eigene Hinfälligkeit mit ironischen Bemerkungen überspielenden Kollegen P. nicht als trinkende Seele vorstellen. Zum anderen glaubt Herr P. selber weder an trinkende noch an abstinente Seelen, seit er sich als junger Mann so schwer mit nihilistischem Gedankengut infiziert hat, daß ihm der Appetit auf Jenseitiges ein für allemal vergangen ist.

Ein für allemal oder bis demnächst? Das ist hier die Frage, die sich für Herrn P. aufgrund der schweren Nihilismusinfektion gar nicht stellt oder die auszusprechen sein Nihilistenstolz bis zuletzt, also bis demnächst nicht zulassen wird.

16° Skorpion

Als trinkendes Nichts, das Körper scheint: so kann unser Herr Schnefl sich seinen Kollegen P. mit Dantes Hilfe sehr wohl vorstellen, wenn dieser in absehbarer Zeit gestorben sein wird. Als trinkendes Nichts, das auch noch den Schein des Körperlichen abstreift, ehe es nachts mit anderen trinkenden Nichtsen durch die Kaffeehäuser der Wiener Innenstadt zieht, arroganten Oberkellnern dann und wann das volle Tablett umschmeißend oder schwadronierende Verehrer ahnungsloser Studentinnen bei passender Gelegenheit durch gespenstische Darmwinde in abgrundtiefe Verlegenheit stürzend.

Eine wienerisch gemütliche Variante des Wütenden Heeres halt. Die Wilde Jagd als unerwartet kultivierte, wenn auch ein bißchen geschwätzige, raunzende, auf einen melancholischen Grundton gestimmte Schattenstammtischrunde ehemaliger Nihilisten, auf deren eitlem Nichts, das jetzt nicht einmal mehr Körper scheint, die Stammtischbrüder aus Fleisch und Bein sitzen, ohne sich irgend etwas, geschweige denn Übersinnliches dabei zu denken. Trinken wir auf unseren verstorbenen Freund P., wird einer, der vielleicht ausgerechnet heute Abend auf dem Schatten seines verstorbenen Freundes P. Platz genommen hat, früher oder später sagen. Stoßen wir an auf einen der liebenswertesten in unserer Runde, dessen Denken von Jugend an so schwer mit Nihilismus infiziert war, daß auch der Körper früher oder später davon zersetzt werden mußte. Möge sein Glas im Jenseits niemals leer werden. Auch wenn er persönlich nicht an das Jenseits geglaubt hat.

17° Skorpion

Noch aber lebt der Kollege P. und hofft oder gibt vor zu hoffen, es werde die Kunst der Ärzte ihn eines Tages wieder gehend machen, auch wenn er derzeit zum Liegen verurteilt ist. Nicht alle Ärzte, meint er, können so unfähig sein wie der Orthopäde X, dem in die Hände zu fallen er persönlich leider das Pech gehabt hat.

Ischias habe der Orthopäde X bei ihm diagnostiziert. Und seine Ischiasbehandlung trotz offenbarer Erfolglosigkeit so lange fortgesetzt, bis der wirkliche Verursacher der Rückenschmerzen, ein aus der Lunge ausgewanderter, von einem unentdeckt gebliebenen Lungenkarzinom abgespaltener Tumor die Wirbelsäule zum Einknicken und dadurch den ganzen Herrn P. zum Umfallen brachte ausgerechnet in der Ambulanz des Allgemeinen Krankenhauses zu Wien.

Dort liegt er nun seit vierzehn Tagen, trägt zur Linderung der vom Ischiasverdacht freigesprochenen Rückenschmerzen ein morphingetränktes Pflaster auf dem Oberarm und kann nur noch auf die Kunst der Ärzte hoffen, wo Jenseitsgläubigen immerhin die Hoffnung auf ein Wunder bliebe; nein, die Gewissheit des Wunders: wenn nicht hier, dann dort.

18° Skorpion

Siebtletzter Sonntag vor Weihnachten und mit Herrn Schnefl ist gesundheitlich zumindest so weit alles in Ordnung, daß er rechterhand immer noch einen Schatten wirft, wenn er nach Einbruch der Dunkelheit links unter dem Mond vorbei aus dem Dorf hinausgeht.

Es zieht ein Mondenschatten
Mit dem Herrn Schnefl mit

und sobald er in den Lichtkreis einer Straßenlaterne eintritt, weicht dieser diffuse Mondenschatten rechterhand einem kräftigeren, schärfer abgegrenzten Straßenlaternenschatten linkerhand, der natürlich auch nicht hält, was er zu versprechen scheint: nämlich mutig voranzuschreiten in den Lichtkreis der nächsten Straßenlaterne hinein.

Vor den hell erleuchteten, von innen stark beschlagenen und solchermaßen guten Besuch verkündenden Fensterscheiben des Wörterberger Hofs wird Herrn Schnefls Schatten vorübergehend zum Wirtshausfensterschatten. Macht aber, das muß ihm der Neid lassen, auch als Wirtshausfensterschatten elegante Figur, seit die Schnefltöchter dem Vater neulich diesen schwarzen oder vielmehr anthrazitfarbenen Hut zum Geburtstag geschenkt haben.

19° Skorpion

Vom erleuchteten Wörterberger Hof bis ungefähr zur übernächsten Straßenlaterne hat unseren Herrn Schnefl gestern abend der abebbende Klang einer Ziehharmonika aus dem Dorf hinausgeleitet. Wobei Klang eigentlich zu viel gesagt ist für dieses Gequetsche durch beschlagene Wirtshausfensterscheiben hindurch, das als Volksmusik herhalten muß, seit die Musik im Volk selber so gut wie tot ist.

Es zieht der Musik Schatten
Mit dem Herrn Schnefl mit

und drinnen in der Gaststube quetscht sich zusammen, was schon lange nicht mehr zusammengehört, aber für heute noch einmal so tut, weil es im Fernsehen dauernd vorgeführt bekommt, wie lustig und anheimelnd die Sonntagnachmittage im Wirtshaus gewesen sein müssen, als ein Dorf noch mehr war als die Summe der Schlafstätten seiner hier gemeldeten, aber auswärts arbeitenden, lernenden und einkaufenden Bewohner.

Es zieht des Dorfes Schatten
Im Kopfe des Herrn Schnefl mit

und die Erinnerung erwacht an eine vor Jahren ausgesprochene Einladung des Wirtes zum Ziehharmonikastammtisch jeden zweiten Sonntag im Monat, falls man für Musik etwas übrig habe.

20° Skorpion

Es zieht der Mussi Schatten
Mit seinem schwarzen Hut

hätten vor hundert Jahren die Kinder unter der Bettdecke oder die Väter am Wirtshaustisch einander zugeflüstert, wäre einer wie der Herr Schnefl, von dem niemand genau weiß, was er tagsüber tut, nach Einbruch der Dunkelheit seine immer gleiche Runde durch das Dorf gegangen. *Mussi* hieß seinerzeit, als bei den besseren Leuten noch das Französische den Ton angab, bei den weniger Besseren so viel wie *Monsieur*.

Heutzutage sitzt der Wirt am Abend nur noch mit sich selber in der Gaststube, wenn nicht gerade zweiter Sonntag im Monat ist. Die Wirtin sitzt im Extrazimmer vor dem Fernsehapparat. Die beiden Schäferhunde liegen draußen im Hof. Und im einzigen derzeit belegten Gästezimmer wälzt sich ein halb ausgenüchterter Alkoholiker schlaflos in seinem Bett. Schimpft sich einen nichtsnutzigen halbherzigen Feigling, weil er der Ehefrau, die selber betrunken war, auch diesmal nur Schläge angedroht hat im Suff, anstatt endlich einmal wirklich zuzuschlagen. Damit die Ehefrau wenigstens weiß, warum sie die Gendarmerie ruft. Damit die Gendarmerie weiß, warum sie ihn hier einliefert.

So oder so ähnlich malt Herr Schnefl sich die Szene aus in seinem vom Hute bedeckten Kopf. So oder auch ganz anders spielt es sich ab hinter den heute abend nur schwach erleuchteten Fenstern des Wörterberger Hofs.

Was haben die Hunde denn noch zu bellen um diese Zeit, sagt die in Herrn Schnefls Kopf im Extrazimmer vor dem Fernseher sitzende Wirtin. Mehr zu sich selber sagt sie es, aber doch laut genug, um vom Wirt draußen in der Gaststube gehört zu werden.

Das kann nur unser Mister Shadow sein, der so spät noch umgeht, antwortet der Wirt.

21° Skorpion

In zwei bis drei Monaten, wenn der alte Herr Ungleich von nebenan mit seiner Frau ins Altersheim gezogen ist, wird Mister Shadow wirklich der allerletzte sein, der noch regelmäßig umgeht im Dorf.

Es geht ein Schni Schna Schneflmann

In unserm Dorf herum

werden die Kinder in der Schule singen und die Väter werden den Weg vom Wohnhaus zum Zeitungsständer am Sonntag vormittag weiterhin mit dem Auto zurücklegen, damit bei anderen Vätern nicht der Verdacht aufkommen kann, sie selber gingen müßig oder ihr Auto müßte zuhause bleiben, weil es am Samstag nachmittag nicht anständig gewaschen, gewachst und poliert worden ist.

Sei doch kein Schatten
Spricht sonntags beim Frühstück
Die Gattin zum Gatten
Sei doch kein Schneflmann
Der sich sein Müßiggehen
Auch nur leisten kann
Solange die bedauernswerte Frau Schnefl für zwei verdient

22° Skorpion

Wer hätte gedacht, daß wir auf dem Umweg über die Hölle, den Krebs und den Nihilismus am Ende sogar noch ins Blödeln kommen würden?, sagt Herr Schnefl zu seiner Katze, als er sich auf ein Mittagsschläfchen in das von ihr bereits vorgewärmte Bett legt.

Werr wirr werr wirr werr wirr…? antwortet die Katze. Was auf den ersten Blick verdächtig nach einer Scheinantwort, nach einer rhetorischen Gegenfrage der Katze auf die gleichfalls rhetorische Frage des Herrn Schnefl aussehen muß in den Augen der Leserin, so wie es hier geschrieben steht.

Herrn Schnefls Ohr, das auf die schriftliche Form nicht angewiesen ist, übersetzt ein zur Mittagsstunde ausgesprochenes *werr wirr werr wirr…?* sinngemäß mit: Wurde aber auch Zeit, daß der gnädige Herr einer einsamen Katze schmeichelnd und streichelnd zu Hilfe kommt bei ihren langwierigen Mittagsschlaf-Exerzitien, die als Vormittagsschlaf so vielversprechend begonnen hatten und nun, da man sich gebührend gestreckt und die Liegeposition gewechselt hat, nahtlos in den wohlverdienten Nachmittagsschlaf übergehen können.

In Wirklichkeit hat die Katze gemeint: Wohin denn sonst sollte man auf dem Umweg über die Hölle, den Krebs und den Nihilismus am Ende kommen, wenn nicht ins Blödeln?

23° Skorpion

Ins Blödeln => 150 Meter geradeaus! wird man eines Tages auf einer Tafel an der Wörterberger Ortseinfahrt lesen können, sollte Herr Schnefl als Blödler über die Grenzen des Dorfes hinaus bekannt werden. Am Schneflhaus selber wird ebenfalls eine Tafel angebracht sein: *Hier blödelte von … bis…*

Unten in Schreibersdorf stehen an den Wegrändern Mahnmale aus ausgedienten Eisenbahnschwellen. Eines davon trägt die Aufschrift *Ins Ungewisse.* Auf anderen liest man Hinweise im hiesigen Dialekt, die beim Vorübergehenden heimatliche oder heimelige Gefühle auslösen sollen, indem sie behaupten, hier ginge es *zum Erdäpfel braten* oder *zum Weinkeller*, obwohl von Weinbau in Schreibersdorf und um Schreibersdorf herum zumindest seit dem Mittelalter keine Rede gewesen sein kann.

Angekündigt hat man das Aufstellen der Eisenbahnschwellen seinerzeit als künstlerische Aktion. Aktiv werden durften die Künstler allerdings erst, nachdem die Männer mit den Planierraupen ihre Arbeit beendet hatten.

Drei Sommer hintereinander waren die Männer mit den Planierraupen unterwegs gewesen auf den Feldern und Wiesen des Schreibersdorfer Hotters, um der Landschaft ihr Unnützes und Unzweckmäßiges, ihr Terrassenförmiges und Heckendurchzogenes, kurzum: ihr in Jahrhunderten gewachsenes Gesicht wegzuplanieren. *Ins Verödete* hinaufzuschreiben auf ihre Mahnmale, wie es sich gehört hätte, hatten die Künstler dann aber nicht den Mut oder auch gar nicht die Absicht.

Abgesehen davon, daß es sich um Mahnmale bei den Schreibersdorfer Eisenbahnschwellen nur in dem Sinn handelt, in dem man auch bei Gartenzwergen von Mahnmalen sprechen könnte. Mahnmale für das untergegangene Leben der Gartenbesitzer.

24° Skorpion

Falls wahr ist, was Herrn Schnefls Finger im Namen und auf Verantwortung des Hirns gestern in die Computertastatur getippt haben, stünden die Gartenzwerge als Hüter des untergegangenen Lebens der Gartenbesitzer in einer bisher von niemandem wahrgenommenen, weil von niemandem für möglich gehaltenen Beziehung zum grausam wilden Untier Cerberus:
Hier lebten einst
Ein Gartenbesitzer
Und seine Frau
Jetzt sind sie beide tot
Oh Elend, Schock, schwere Not
würden die Gartenzwerge singen, wenn ihnen die Gabe des Gesanges gegeben wäre:
Aber
Was, bitteschön, geht das uns an?
Uns geht das gar nichts an!
Wir steh'n auf der Schwelle

Wir rühr'n uns nicht von der Stelle
Wir singen nur davon

Daß die Gartenbesitzer tot sind, würden die Gartenzwerge denken, wenn ihnen die Gabe des Denkens gegeben wäre, weiß jeder, der einmal beobachtet hat, wie sie von Anfang April bis Ende Oktober jeden Samstag nachmittag pünktlich den Rasen mähen, unabhängig davon, ob das Gras seit vergangenem Samstag wenig, viel oder fast gar nicht gewachsen ist. Wir Gartenzwerge betrachten die manische Rasenmäherei nur als ein Indiz unter vielen für das immer stärker ritualisierte, die eigenen Impulse auf dem Altar kollektiver Zwangsvorstellungen opfernde Leben des Gartenbesitzers und seiner Frau. Aber falls jemand fragt, was das uns angeht, können wir nur wiederholen, was wir früher schon gesungen haben:

Uns geht das gar nichts an!
Wir steh'n auf der Schwelle
Wir rühr'n uns nicht von der Stelle
Wir singen nur davon

25° Skorpion

Sechstletzter Sonntag vor Weihnachten, gleichzeitig der letzte im Skorpion und Herr Schnefl wird einen Verdacht nicht los, von dem er sich eingestehen muß, ihn durch sein Schreiben selber genährt zu haben.

Der Verdacht betrifft das unlängst zu Ende gegangene Jahrhundert und gründet auf der Gewißheit, daß dieses Jahrhundert den Film, das Fernsehen und den Computer hervorgebracht hat. Wie muß es um die Lebendigkeit eines Jahrhunderts bestellt sein, fragt der auf Gewißheit gegründete Verdacht, wenn es gezwungen ist, einen Film, ein Fernsehen und einen Computer hervorzubringen? Wer oder was trieb die Menschen dieses Jahrhunderts, das Leben selber in Ziffernkombinationen und Informationspartikel zu zerlegen, um es als glänzende oder flimmernde Schatten wiederauferstehen zu lassen? Wer oder was, wenn nicht die Sehnsucht, sich in diesem Wiederauferstandenen zu verewigen, wie ja auch ausdrücklich gesagt wird.

Das Lebendige und Verwesende, behauptet der von Herrn Schnefl persönlich genährte Verdacht, verschafft sich schon im Diesseits den Anschein der Unverwesbarkeit, da ihm das Vertrauen auf ein Jenseits abhanden gekommen ist. Deshalb dieses manische Filmen, Fotographieren und Digitalisieren von der Wiege bis zur Bahre.

Cerberus, sagt der Verdacht, muß einen Augenblick, ein Jahrhundert nur oder zwei, unaufmerksam gewesen sein. Da sind die Schatten in die Wohnzimmer eingedrungen. Und die Wohnzimmerbesitzer haben gejubelt, haben Hosianna und Hallelujah gerufen, weil sie gemeint haben, das wäre ein Fortschritt gegenüber den alten Zeiten, als die Reiche des Lebendigen und der Schatten, des Gegenwärtigen und des Gegenwartslosen, des Verwesenden und des Unverwesbaren noch streng voneinander getrennt waren.

26° Skorpion

Natürlich ist auch Herr Schnefl ein Kind des zu Ende gegangenen, des lebensverachtenden, den eigenen Schatten anbetenden Jahrhunderts. Natürlich hat auch er Freude daran, liebgewonnene Filmhelden seiner Jugend im Fernsehen reden zu hören und gestikulieren zu sehen, als hätten sie den eigenen Tod überlebt. Umso mehr, wenn sie nur noch anläßlich runder Geburtstage aus dem Archiv geholt werden: wie letzte Woche beispielsweise der Schauspieler Oskar Werner zu seinem achtzigsten.

Der Unterschied zwischen Schriftstellerei und Dichtung, sagt der im Leben nur 62 gewordene Oskar Werner anläßlich seines achtzigsten Geburtstages im Fernsehen, liege, worauf das Wort Dichtung bereits hinweise, im Grad der Verdichtung des Geschriebenen. Schriftstellerei sei niemals frei von Geschwafel, enthalte immer auch taubes Gestein. Dichtung dagegen sei die vollständig gefügte, die lückenlos verdichtete Sprache: *Da paßt kein Blatt dazwischen*, sagt der Skorpion Oskar Werner und scheint selber ergriffen zu sein von dieser Banalität, die gleichzeitig auch wieder keine Banalität ist, wenn man sie als unbeabsichtigte, aber präzise Definition skorpionischen Denkens und Schreibens begreift.

Wenn Sie lesen, Leserin, und beim Lesen das Gefühl haben, es passe kein Blatt zwischen diesen Satz und den nächsten, ist es nicht automatisch Dichtung, aber meistens das Werk eines Skorpions: Schauen Sie nach bei Musil, Camus, Ilse Aichinger oder beim Kirchenlehrer Augustinus.

27° Skorpion

***Werner,** Oskar, eigentl. Josef Bschließmayer*, steht in Meyers Großem Taschenlexikon (Band 24, *Wau – Zz)*. Und in Herrn Schnefls kleiner Anmerkung dazu, die jeden Augenblick hier auf dem Papier erscheinen wird, heißt es: Eigentlich hätte der Name Josef Bschließmayer wunderbar gepaßt für einen mitten im Skorpion Geborenen. Aus astrologischer Sicht zumindest hätte der Schauspielschüler Bschließmayer sich die Umbenennung in Oskar Werner ersparen können.

Cerberus selber, der dreiköpfige Unglückswurm, der da von Ewigkeit zu Ewigkeit auf der Schwelle liegen und aufpassen muß, daß ihm keiner auskommt aus der Hölle, hätte sich nicht beschweren dürfen, wäre er von seiner Mutter, der Schlangengöttin Echidna seinerzeit Josef Bschließmayer genannt worden. Um wieviel weniger der schauspielerisch begabte Sohn einer Wiener Hausmeisterin.

28° Skorpion

Von Geburt Skorpion und von Beruf Schauspieler zu sein ist ein Widerspruch in sich, das wußte Josef Bschließmayer, auch wenn er von Astrologie nichts gewußt hat.

Ein Abkömmling des Cerberus tanzt nicht nach den Vorstellungen irgendwelcher dahergelaufener Theaterautoren. Es sei denn, die Theaterautoren wären Dichter und wären es deshalb, weil Josefus Cerberus Bschließmayer, der Hüter der Schwelle zwischen gewöhnlicher Schriftstellerei und wirklicher Dichtung sie kraft seines gottgegebenen Amtes dazu befördert hat.

Schauspielerei im skorpionischen Sinn, falls es sie gibt, kann nur der Versuch sein, so zu spielen, daß kein Blatt mehr zwischen den Spielenden und das Gespielte paßt. Wodurch das Spielen sich in nahtloser Verschmelzung von Spielendem und Gespieltem quasi selber aufhebt, zu reiner Darstellung wird. Zu zehn Prozent, sagt der tote Josef Bschließmayer anläßlich Oskar Werners achtzigstem Geburtstag im Fernsehen, gelinge ihm das, wenn es gut geht.

Das einzige standesgemäße Motiv für den Skorpion, sich überhaupt auf die Schauspielerei einzulassen, meint Herr Schnefl, sind die zur Vollkommenheit der Darstellung im Bewußtsein des Darstellers fehlenden neunzig Prozent. Wie er an diesen fehlenden neunzig Prozent scheitert, das erwärmt und erschüttert im besten Fall die Herzen der Zuschauer. Im schlimmsten Fall läßt es sie kalt.

29° Skorpion

Das Bschließmayerische der Skorpione... hatten Herrn Schnefls Finger gestern in die Computertastatur getippt, waren dann aber, bevor sie den Satz zu Ende bringen konnten, vom Kopf in eine andere Gasse umgeleitet oder besser gesagt: noch einmal in die Oskar-Werner-Gasse zurückgeführt worden.

Den Halbsatz *Das Bschließmayerische der Skorpione* einfach wegzuwerfen, brachten dann aber weder Kopf noch Finger übers Herz, weil er in vier Worten ein Zwölftel der Menschheit so gut charakterisiert, wie tausend mal vier andere Worte es vermutlich ebenso gut könnten.

Allerdings müßten diese viertausend anderen Worte dem Kopf erst einfallen, um von den Fingern getippt werden zu können. Und zwar heute noch. Oder spätestens bis morgen mittag, wenn die Sonne den Skorpion für heuer Skorpion sein läßt und ihr getreuer Cerberus Schnefl, will er nicht hoffnungslos zurückbleiben, gar keine andere Wahl hat, als gleichfalls ein neues Kapitel aufzuschlagen: erwartungsgemäß überschrieben mit

0° Schütze

ODER DAS ANDERE ENDE DER SCHWELLE. Entsprechend der allseits bekannten Stelle im Märchen, an der die Frau Holle, des Höllenhundes Cerberus friedfertige Gevatterin, das unlängst in den Brunnen gefallene Mädchen bei der Hand nimmt und vor ein großes Tor führt. Das Tor wird aufgetan und wie das Mädchen daruntersteht, fällt sein Blick auf ein weites fruchtbares Land.

Dies ist kein Land in dem Sinne, wie du es drüben in der Welt deiner Stiefmutter gekannt hast, sagt die Frau Holle. Dies ist das weite, von keinem Horizont begrenzte, weil aus nichts als lauter Horizont bestehende, jeden Moment aus diesem Ineinandergreifen sich gegenseitig aufhebender Horizonte hervorsteigen müssende, sämtliche Weltentwürfe gleichzeitig enthaltende und gleichberechtigt nebeneinander gelten lassende Land des Schützen. Hier besteht Hoffnung für jeden und eine Anschauung von allem. Und weil du mein Bett so fleißig aufgeschüttelt hast, darfst du aus all den Anschauungen eine heraussuchen, auf daß dir deine ganz persönliche Hoffnung daraus erwachse.

Da streckte das Mädchen seine Hand nach dem nächstgelegenen Horizont aus, ergriff die erstbeste Weltanschauung, öffnete sie, wie man drüben in der Welt seiner Stiefmutter einen Brief öffnet und las unter der Überschrift

1° Schütze

Auf der ganzen Welt
gibt es nichts Weicheres und Schwächeres als das Wasser…

Ich fürchte, das kenne ich schon, sagte das Mädchen. Aber da ich erst unlängst in den Brunnen gefallen bin, sehe ich nicht, welche Hoffnung mir daraus erwachsen sollte.

Dann versuch es einmal mit dieser hier, antwortete die Frau Holle, griff nun ihrerseits scheinbar wahllos eine aus der Unzahl der Anschauungen heraus, nannte sie der Ordnung halber *Anschauung Nr. 2 vom 24. November*, was wir für unsere Zwecke wiederum mit

2° Schütze

übersetzen, überreichte sie dem Mädchen und ermunterte es, den zur *Anschauung Nr. 2 vom 24. November* gehörenden Spruch laut vorzulesen.

Auf die Welt kommen, las das Mädchen,
heißt die Sonne verschlucken.
Die Welt verlassen,
heißt die Sonne wieder ausspucken.

Das leuchtet ein, sagte die Frau Holle. Die Frage ist nur, welche Hoffnung bastelt man sich daraus? Soll es eine große tragfähige Hoffnung werden, müssen wir davon ausgehen, daß es nicht die Sonne allein ist, die der Mensch verschluckt, wenn er auf die Welt kommt. Es ist vielmehr das ganze Sonnensystem in homöopathisch verdünnter, keinerlei physische Bestandteile mehr enthaltender Form und mit ihm sämtliche sich im Lauf der Zeit ergebenden Planetenkonstellationen.

Das Verschlucken des ganzen Sonnensystems im Augenblick der Geburt bringt es mit sich, daß der Mensch die Ordnung der Welt von Anfang an in sich trägt. Stellt er sich gegen diese Ordnung, stellt er sich damit tragischerweise gegen sich selbst. Tut er das nicht, wird es ihm im Rahmen seiner Möglichkeiten wohlergehen auf Erden: Das ist die große Hoffnung. Gleichzeitig eine äußerst unzeitgemäße, ans Mittelalterliche streifende Weltanschauung und so etwas wie das Wort zum fünftletzten Sonntag vor Weihnachten.

Andererseits, antwortete das Mädchen, das auf diese Sonntagspredigt der Frau Holle nicht gefaßt gewesen war, sind wir jetzt praktisch auf

3° Schütze

und ich sehe immer noch keine Menschen in diesem weiten, mit Anschauungen so reich gesegneten Land.

Dafür, sagte die Frau Holle, der das natürlich auch schon aufgefallen war, gibt es mindestens 33 verschiedene Begründungen, die bei Lichte besehen aber ihrerseits wieder nichts als Anschauungen sind.

Begründung Nr. 1 besagt, daß in einem Land, das aus nichts als lauter Horizont besteht, keine Menschen zu sehen sein können, weil sie immer gerade hinter dem Horizont verschwunden sind, wenn du hinschaust.

Begründung Nr. 2 läuft darauf hinaus, daß es absurd wäre, im Reich des Schützen, das im Tierkreis noch hinter dem skorpionischen Schattenreich liegt, mit dem Auftreten leibhaftiger Menschen zu rechnen.

Die Begründungen Nummer 3 bis 33 erspare ich dir, mein Kind, zumal ich sie mir selber erst ausdenken müßte.

Aber hoffen darf man doch immer, antwortete das Mädchen.

Und die Frau Holle, als sie es hörte, dachte bei sich: Mir scheint, jetzt hat sie's begriffen.

4° Schütze

Damit dir beim Hoffen die Zeit nicht lang wird, mein Kind, sagte die Frau Holle, soll dir gestattet sein, einen Blick durch die ineinandergreifenden Horizonte in die Gegenwart jenes Menschen zu werfen, der dich in diesem Augenblick denkt.

Das entsprach zwar nicht unbedingt dem, was das Mädchen sich unter einer lebendigen Anschauung vorgestellt hatte. Um aber der Frau Holle gegenüber nicht undankbar zu erscheinen, tat es, wie ihm geheißen war, und ihr Blick fiel auf unseren Herrn Schnefl.

Mitten am Christkindlmarkt seiner Vaterstadt Linz steht unser Herr Schnefl, als das Mädchen ihn erblickt, beißt in ein Bratwürstel und spricht darüber mit der geschiedenen Frau seines jüngeren Bruders: In seiner Wahlheimat, dem ehemaligen Deutsch-Westungarn, sagt er, kenne man nur diese großen Bratwürste mit Senf. Die Spur der kleineren Bratwürstel mit Sauerkraut verliere sich anscheinend irgendwo in der Prärie zwischen Linz und St. Pölten. Seiner Vermutung nach handle es sich beim oberösterreichisch-niederösterreichischen Grenzfluß Enns um eine Art Bratwürstelmeridian, vergleichbar dem bayerischen Weißwurstäquator.

Das kann ja spannend werden, dachte das Mädchen. Nahm aber, der Frau Holle zu Gefallen, Notizblock und Bleistift zur Hand und beschloß, um sich die Zeit zu vertreiben, von heute an so zu tun, als erdächte *sie* den Herrn Schnefl:

5° Schütze

kritzelte das Mädchen in den Notizblock, und darunter

Schneflprotokoll, 1. Tag: Heute abend erste öffentliche Schnefl-Lesung im Adalbert-Stifter-Institut seiner sogenannten Vaterstadt, in der sein Vater zwar längere Zeit gearbeitet, aber nie gewohnt hat. Anschließend Verbrüderung mit dem gleichfalls als verschrobener Schreiber bekannten Kollegen Walter Pilar aus Ebensee: auf die Art, wie Igel oder Nashörner sich verbrüdern; also äußerst vorsichtig.

6° Schütze

Schneflprotokoll, 2. Tag: Er befindet sich (oder darf ich sagen: wir befinden uns?) auf dem Rückweg von der sogenannten Vaterstadt in die Wahlheimat. In einer Linkskurve der Autobahn fährt der Zeigefinger seiner linken Hand in Richtung Augenlid, wobei die rechte, am Lenkrad verbliebene Hand unwillkürlich mitfährt und Auto samt Autofahrer ganz leicht in Richtung Mittelleitschiene verreißt.

Viel hätte nicht gefehlt, sage ich zu mir selber, und deine Schutzengelkarriere wäre beendet gewesen, bevor sie begonnen hat. *Schutzengelkarriere* sage ich, obwohl von einer Schutzengelkarriere in Wahrheit nicht die Rede sein kann. Ich sage es nur, weil mir das Wort gefällt oder damit die Zeit vergeht, die ich eigentlich nicht mehr habe, seit ich in den Brunnen gefallen bin und am Boden des Brunnens, in Frau Holles Schattenreich, die Horizonte so nahtlos ineinandergreifen, als gäbe es keine.

Im besten Fall bin ich eine Schutzengelkarriereanwärterin. Eine, die erst lernen muß, dem Impuls ins Lenkrad zu greifen nicht nachzugeben. Eine, die selber noch nicht frei ist von dem Aberglauben, menschliche Dummheiten und Unachtsamkeiten auszubügeln wäre der Schutzengel vornehmste, wenn nicht einzige Aufgabe.

Vielleicht fange ich gerade an, eine Auszubildende des Schutzengelwesens zu sein. Eine Azubische, wie die dort drüben in ihrer Abkürzungsmanie es wahrscheinlich nennen würden.

7° Schütze

Schneflprotokoll, 3. Tag: Wieder in der Wahlheimat, aber nicht im eigenen Haus, umklammern die Finger der rechten Schneflhand heute nachmittag eine Kuchengabel, führen sie zum Mund, der eben noch davon sprach, von vorgestern auf gestern in seiner Vaterstadt Linz gewesen zu sein, dort aus eigenen Werken gelesen zu haben. Ohne ausdrücklich dazusagen zu müssen, mit eigenen Werken nicht seine, die Werke des Mundes zu meinen.

Werke des Mundes sagt ein Kuchen essender Mund dort drüben nur, wenn das Hirn, an dem er hängt oder irgendein anderes Hirn es sich vorher ausgedacht hat. Nicht einmal die im Verband der Mund- und Fußmaler Organisierten kämen auf die Idee, ihre Werke für Werke des Mundes oder des Fußes im engeren Sinn zu halten. Jedenfalls nehme ich das an. *Ich* nehme es an! Besser läßt sich mit einem Wort gar nicht ausdrücken, wie weit man in Wahrheit davon entfernt ist, sich auch nur Anwärterin auf den Ehrentitel Auszubildende des Schutzengelwesens nennen zu dürfen.

8° Schütze

Schneflprotokoll, 4. Tag: Die sogenannte Vaterstadt dient denen, die sie verlassen haben, als Alibi, um in ihrer sogenannten Wahlheimat niemals wirklich ankommen zu müssen: Das ungefähr ist der Gedanke, der Herrn Schnefl durch den Kopf geht, als er die Kuchengabelbesitzerin gestern nachmittag sagen hört, sie sei ja aus Wiener Neustadt. Ich bin ja aus Wiener Neustadt, sagt sie, und kenne die Leute hier nicht so.

Ich bin ja aus Wiener Neustadt, sagt sie, als fiele die Tatsache, seit mehr als dreißig Jahren mit dem Schreibersdorfer Bürgermeister verheiratet zu sein, im Vergleich dazu nicht wirklich ins Gewicht.

Ich bin, wie Sie wahrscheinlich wissen, aus Linz, antwortet Herr Schnefl, und erzählt von seiner vorvorgestrigen Lesung in der Vaterstadt, in der er jetzt auch bald 27 Jahre nicht mehr lebt.

Die Vaterstadt ist mein Brunnenrand, würde man selber vielleicht hinzugefügt haben, wäre einem ein Mund zur Verfügung gestanden gestern nachmittag, und das nötige Sitzfleisch, um sich leibhaftig niederzulassen am Küchentisch der Kuchengabelbesitzerin.

Da schau her!, hätte die Kuchengabelbesitzerin ausgerufen. Ein leibhaftiger Schutzengel an meinem Küchentisch!

Das täuscht, gnädige Frau, hätte Herr Schnefl geantwortet. Es handelt sich lediglich um die flüchtige Inkarnation einer meiner verschrobenen Ideen.

9° Schütze

Schneflprotokoll, 5. Tag: Ich fange an, selber verschroben daherzuschreiben (siehe gestern), nur vier Tage nachdem man mir gestattet hat, durch die ineinandergreifenden Horizonte hindurch in Herrn Schnefls Gegenwart zu schauen.

Deshalb (auch wenn das am Grunde des Brunnens eine noch aussichtslosere Übung sein dürfte als oben am Brunnenrand) ab heute nur noch Tatsachenberichte:

Tatsache ist, daß es den Herrn Schnefl für einen Nichtumtriebigen unerwartet stark umtreibt, seit die Sonne durch das Sternbild des Schützen läuft: Heute vormittag beispielsweise bricht er aus Wörterberg auf, um gegen Mittag in Wien zu sein. Am frühen Nachmittag bricht er aus Wien auf, um gegen Abend in Innsbruck zu sein. Und am Abend in Innsbruck (also jetzt) sitzt er im Cafe Hexenstüberl, hineingebaut in den Keller eines hiesigen Bürgerhauses. *Eine Bekannte von mir macht jetzt Craniosakral-Therapie,* sagt eine junge Frau, zwei oder drei Barhocker von ihm entfernt, zur Kellnerin. *Sakral von Sakrum. Das ist das Steißbein,* sagt sie, ihren Rücken halb der Kellnerin zuwendend, mit der linken Hand auf die gemeinte Stelle oberhalb des Hinterns deutend. *Soll wirklich gut sein.*

Ja ja, antwortet die Kellnerin. *Es gibt ja so viele gute Sachen inzwischen.*

Klingt auch irgendwie verschroben. Ist aber Tatsache.

10° Schütze

Schneflprotokoll, 6. Tag: Zweitausend Jahre nach Golgatha ist das christliche Abendland jetzt also am Steißbein angekommen mit seiner Weisheit, hat Herr Schnefl gestern abend noch gedacht und den Inhalt des Zuckersäckchens mit dem astrologischen Schütze-Sigel in den Kaffee geleert, das Säckchen mit dem Jungfrau-Sigel aber auf der Untertasse liegen lassen.

Sakral ist alles, was das Kreuzbein oder die Kreuzbeingegend betrifft, darauf haben die Mediziner sich schon vor langer Zeit festgelegt. Ihr Esoteriker geht nun noch einen Schritt weiter, indem ihr das Sakrale von der Kreuz- in die Steißbeingegend herunterzieht. Damit deutlich, wenn auch unbewußt aussprechend, das Abendland sei am Beginn des 3. Jahrtausends endgültig und unwiderruflich dort angekommen, wohin es gegen Ende des Mittelalters aufgebrochen ist, dachte Herr Schnefl, der Verschrobene, zahlte seinen Kaffee und ging.

Wir aber, die wir beschlossen haben, uns nur noch an die Tatsachen zu halten, geben zu Protokoll: Das Bett, in dem Herr Schnefl schlief letzte Nacht, steht in der Privatpension der Witwe Anny Gastl, Prinz-Eugen-Straße Nr. 81, 2. Stock, Tür 4, im Innsbrucker Stadtteil Saggen. Der Namensgeber dieser wie auch aller anderen Prinz-Eugen-Straßen verdankt seinen anhaltenden Nachruhm zwei oder drei Geniestreichen zur vermeintlichen Rettung des Abendlandes im frühen 18. Jahrhundert. Der

Aszendent des Namensgebers ist identisch mit dem Sonnenstand des heutigen Tages, gleichzeitig der Montag nach dem ersten Adventsonntag.

11° Schütze

Schneflprotokoll, 7. Tag: Nach dem Frühstück in der Prinz-Eugen-Straße geht Herr Schnefl zu Fuß in den Grauen Bären.

Der Graue Bär ist ein Hotel am Rande der Innsbrucker Altstadt, gleich neben der Universität, aus dem, wer Glück hat oder es sich fest genug einbildet, am Abend gescheiter herauskommt, als er am Vormittag hineingegangen ist. Soll heißen: Der Graue Bär ist nicht bloß Hotel, sondern auch Seminar- und Konferenzzentrum.

Herr Schnefl zum Beispiel bildet sich ein, am Abend gescheiter aus dem Grauen Bären herauszukommen, weil er grundsätzlich nur an den seltenen Vormittagen hineingeht, an denen hier ein Vortrag des Meisterastrologen Döbereiner angekündigt ist.

Er wolle nicht zu sehr ins Religiöse abschweifen, sagt der Meisterastrologe Döbereiner ungefähr eine Stunde nachdem der Herr Schnefl mit über hundert anderen Astrologielehrlingen in den Grauen Bären hineingegangen ist. Aber wenn man ihn fragen würde, was der Mensch ist, würde er sagen: der Mensch ist nichts anderes als die Erscheinung der vom Himmel verstoßenen Engel, und das Leben nur dazu da, um die verstoßenen Engel wieder zu nicht verstoßenen Engeln zu machen.

12° Schütze

Schneflprotokoll, 8. Tag: Wie lange er denn dieses Mal werde zu kauen haben am Vortrag des Meisterastrologen, fragt Herrn Schnefls Ehefrau nach der Rückkehr des Astrologielehrlings in die Wahlheimat.

Der Unterschied zwischen Leben und Tod, zwischen verwesbar und unverwesbar, erlösbar und unerlösbar, das habe ich in dieser Deutlichkeit bisher nicht erkannt oder nicht zu denken gewagt, antwortet Herr Schnefl, ist der Unterschied zwischen einem Engel. Daran kaut man ewig, fürchte ich. Oder ewig und noch eine Weile, wie das Volk hier in unserer Wahlheimat sagt, wenn wieder einmal nichts weitergeht.

13° Schütze

Schneflprotokoll, 9. Tag: In den Dauernieselregen der Wahlheimat hinein erreicht Herrn Schnefl die Nachricht, sein Kollege Grillparzer sei durch einstimmigen Jurybeschluß als Sieger aus dem diesjährigen Wettbewerb um ein Landesliteraturstipendium hervorgegangen, an dem auch er selber sich beteiligt gehabt hatte.

Genauer gesagt: Nicht Grillparzer hat den Landesliteraturwettbewerb gewonnen, sondern Grillparzer. Oder um ganz präzise zu sein: Nicht der Erzähler und Landesbeamte Grillparzer, sondern der Lyriker und Bedienstete der Landeselektrizitätsgesellschaft Grillparzer. In der Wettbewerbsjury saßen der ehemalige Rundfunkredakteur Konrad Grillparzer, der Mittelschullehrer Rudolf Grillparzer, als Sieger des letztjährigen Landesliteraturwettbewerbs und der Autor Heinz Grillparzer, Vorgänger des diesjährigen Wettbewerbssiegers Grillparzer auf seinem Posten in der Landeselektrizitätsgesellschaft.

Beim Lesen der Texte von Grillparzer, schreiben Konrad, Rudolf und Heinz Grillparzer in ihrer Jurybegründung, *bekommt man den Glauben an die Kraft der Literatur wieder. So – und nur so muß man das ehemalige Deutsch-Westungarn heute sehen.*

Liest sich auf den ersten Blick entmutigend, sagt Herr Schnefl zu seiner Katze. Aber als alter Hase weiß ich natürlich, daß die Igel es nicht so meinen.

14° Schütze

Schneflprotokoll, 10. Tag: Aus dem Dauernieselregen ist ein Schneetreiben geworden und Herr Schnefl, ins Schneetreiben gehüllt wie in einen aus nahezu nichts gemachten, aber desto großzügiger geschnittenen, Häuser und Wälder um ihn herum gleich mit einhüllenden Mantel, spielt unter der Bedeckung seines Hutes das alte Spiel: Wie verwandle ich die Niederlage im Landesliteraturwettbewerb nachträglich in einen Sieg?

Am sichersten, sagt er sich, gelingt die Verwandlung, indem man der Wahrheit unerschrocken ins Auge schaut. Das heißt, man nutzt den Moment, in dem die Wahrheit ihr Auge aufschlägt, schaut hinein und liest darin wie in einem Brief, abgeschickt vom Kulturreferat der Landesregierung: *Grillparzer,* liest man, *legt an seinen Landsleuten die Maßstäbe an, die im gesamten deutschsprachigen Raum gelten. Indem er die Fehler einer düsteren Vergangenheit aufzeigt, gibt er seinen LeserInnen die Chance, diese Fehler zu erkennen und in Zukunft anders, und vielleicht auch besser zu handeln.*

Mit einer Wahrheit dieses Kalibers, mein Kätzchen, werden sie früher oder später auch auf meine Leserin und meinen Leser schießen, wenn ich mich weiterhin an Landesliteraturwettbewerben beteilige. Daß die beiden dieses Mal unbeschadet davongekommen sind, verdanken sie nur dem glücklichen Umstand der Chancenlosigkeit ihres Autors gegen Grillparzers Übermacht.

15° Schütze

Schneflprotokoll, 11. Tag: Nach Nieselregen und Schneetreiben hat nun kalte trockene Luft aus Nordosten die Sterne der Wahlheimat auf Hochglanz poliert und Herrn Schnefl dazu gebracht, die lange Unterhose aus dem Kleiderschrank zu holen.

In den Zwischenräumen zwischen den Sternen jene roten und gelben Blinklichter, die in klaren Nächten vom Abheben, Umherfliegen und Untergehen der Menschen künden. *Untergehen,* denkt Herr Schnefl, ist vielleicht nicht der richtige Ausdruck. Sicher ist nur, daß der Mensch die Grenze der Bestimmung des Menschseins überschreitet, wenn er abhebt und in der Luft herumfliegt.

Da ich kein Vöglein bin
Und auch nicht zwei Flüglein hab

Bleib ich all hier

singt der Mensch jahrhundertelang. Als ahnte er schon oder hoffte zumindest, daß es nicht für immer so bleiben muß. Dann hebt er eines Tages tatsächlich ab in dem verhängnisvollen Irrglauben, die Niederlage des Ikarus mit Hilfe fortgeschrittener Ingenieurskunst in einen Triumph verwandelt zu haben. Nicht ahnend oder nicht wahrhaben wollend, daß er bloß real nachvollzieht, was als Bild des die Grenze seiner Bestimmung überschreitenden und damit in den eigenen Untergang hineinfliegenden Menschen schon die längste Zeit vorhanden war.

Also denkt Herr Schnefl falsch, wenn er denkt, untergehen wäre nicht das richtige Wort im Zusammenhang mit abheben und umherfliegen. *Untergehen* paßt schon. Nur *Sterne der Wahlheimat* ... sollten wir vielleicht weglassen. Denn daß kalte trockene Luft die Sterne poliert, glaubt kein Mensch auf Erden, und auch niemand bei uns hier am Grunde des Brunnens.

16° Schütze

Schneflprotokoll, 12. Tag: Lange Unterhose, zwei paar Socken, ein Schafwollteppich aus Vorarlberg unter Herrn Schnefls Füßen und trotzdem kriecht ihm die sibirische Luft in die Hausschuhe hinein, kriecht die Beine hinauf, frei nach dem alttestamentarischen Motto: Wenn der Poet nicht nach Sibirien kommt, muß Sibirien eben in den Poeten kommen.
Wo kommst du denn her?, fragen die Fingerspitzen und fragen es ganz direkt durch Antippen der mit *W O K O M M S T D U D E N N H E R ?* gekennzeichneten Tasten der Computertastatur.
Von drunten von den Zehenspitzen
Von draußen durch die Fensterritzen

komm ich her, antwortet die Luft. Die Zehenspitzen sind meine Wahlheimat. Meine wahre Heimat ist Sibirien. Die Fensterritzen sind mein Brückenkopf zwischen wahrer Heimat und Wahlheimat.
Zwischen Schneflhirn
und Computerschirm

sind wir die Brückenköpfe, tippen die Fingerspitzen:
Wir sind die Vollstrecker von Gut und Böse
Wir tippen das Verschrobene und das Seriöse

17° Schütze

Schneflprotokoll, 13. Tag: Den ganzen Vormittag sitzt Herr Schnefl mit sich selber zu Rate und kommt mittags endlich zu dem Entschluß, das Wort Wahlheimat aus seinem Wortschatz zu entfernen.

Eine Wahl und eine Heimat zugleich kann der Mensch nicht haben. Und da er keine Wahl hatte zwischen dieser oder einer anderen, hat er auch keinen Grund, sich etwas einzubilden auf seine Heimat. So einfach ist das und gleichzeitig so kompliziert, weil kein Mensch das Wort Heimat auszusprechen vermag, ohne daß es sich so anhört, als wäre er wenigstens insgeheim stolz auf das damit Gemeinte.

Diejenigen, bei denen es sich nicht nur so anhört, werden Heimatpfleger. Was übersetzt so viel heißt wie: Hoffnungsloser Dummkopf, sich arglos niederlassend auf dem stinkenden Binkerl, das ein unergründliches Schicksal dir umgehängt hat bei der Geburt. Oder: Hoffnungsloser Dummkopf, für die Herkunft lebend anstatt aus der Herkunft heraus ein Leben zu haben. Oder: Hoffnungsloser Dummkopf, der die Wurzel für den Baum nimmt.

Der Gegenspieler des Heimatpflegers wäre demgemäß der hoffnungslose Dummkopf, der die Wurzel mutwillig ausreißt und sich dann darüber beschwert, daß der Baum so dürr ist, denkt Herr Schnefl, sagt aber nichts, weil wieder einmal niemand da ist außer seiner Katze, die jetzt auch schon vier Jahre im ehemaligen Deutsch-Westungarn lebt, ganz unbelastet von ihrer steirischen Herkunft.

18° Schütze

Schneflprotokoll, 14. Tag: Öha!, spricht unser Herr Schnefl, als er seiner Katze beim Über-Den-Kopf-Streicheln versehentlich ins

Ohr fährt. Oder doch eher: Äha! Oder eigentlich etwas zwischen Öha! und Äha! Die Heimat, denkt er, hängt einem ein Leben lang zum Munde heraus, unbeschreiblich.

Aus dem Katzenmaul, um eine passende Antwort anscheinend nicht verlegen, weht, als es kurz aufgerissen wird, die Dosenfutterfahne des Morgens: des Dienstagmorgens nach dem zweiten Adventsonntag, um genau zu sein.

19° Schütze

Schneflprotokoll, 15. Tag: Ein einfaches *Öha!* mußte in der Schneflheimat Oberösterreich früher auch von Mensch zu Mensch als Entschuldigung ausreichen, wenn der eine dem anderen beim Streicheln versehentlich ins Ohr fuhr, ihn beim Küssen in die Zunge biß oder was sonst an Alltagsunfällen vorgekommen sein mag.

Wie es heutzutage bestellt ist um die OÖ-Umgangsformen, wagt Herr Schnefl nach 26jähriger Abwesenheit nicht zu beurteilen; vermutet aber, daß sich die Unterschiede zwischen Stadt und Land, zwischen gesellschaftlich Besser- und Wenigerbessergestellten auch bei ihm daheim (wie er allen Ernstes immer noch sagt) von Jahr zu Jahr stärker verwischen.

Als Fünfzehnjähriger hat er, der Fleischhauerssohn vom linken Ufer der Donau noch unfreiwillig einen älteren Mann vom rechten Ufer provoziert, indem er auf dessen Frage, woher er denn komme: *aus Owamü* zur Antwort gab.

Va wo?
Aus Owamü!
Owamü? Ah, va da Michö!

Warum er denn nicht gleich sage, daß er aus der *Michö* komme. Dafür müsse einer sich doch nicht genieren.

Tatsächlich aber hat der junge Herr Schnefl sich weder damals noch später geniert, aus der *Michö* zu kommen. Es hieß nur, was für die Älteren selbstverständlich und seit jeher die *Michö* war, bei ihm und seiner Generation auf einmal *Owamü,* von hochdeutsch: Obermühl, jenem heute halb ausgestorbenen Ort am

Südrand des oberen Mühlkreises, durch den die Kleine Mühl, von Adalbert Stifter noch *Mihel* geschrieben, in die Donau fließt. Ein schöner Mundartname war unter der Hand gegen einen schäbigen halbhochsprachlichen ausgetauscht worden. Und zumindest die Mütter und die Volksschullehrerinnen hielten das für einen Fortschritt.

20° Schütze

Schneflprotokoll, 16. Tag: Noch schlimmer als bei ihm daheim in der *Michö* muß der Zug ins Hochsprachliche die Schneflgeneration im cirka sieben Kilometer flußaufwärts gelegenen Dorf *Heagschroa* überrollt haben. Statt *I kim va Heagschroa Ich komme aus Hühnergeschrei* zu sagen, wäre wahrscheinlich nicht einmal den Volksschullehrerinnen als Fortschritt erschienen. Und die landläufige halbhochsprachliche Zwischenlösung *I kum aus Hünagschrei* hätte denjenigen, der sie ausspricht, erst recht der Lächerlichkeit preisgegeben.

Herr Schnefl aus *Owamü* verfaßte in jungen Jahren, als er das Poetische noch mit der Lupe gesucht und deshalb meistens haarscharf daran vorbeigeschrieben hat, einmal folgenden, unveröffentlicht gebliebenen Text über das Nachbardorf:

HÜHNERGESCHREI zerreißt die Stille oder was man gewöhnlich dafür hält. Mich persönlich zerreißt es jedenfalls nicht, denn mein Name ist, wie gesagt, Herbert Achternbusch oder so ähnlich. Hühnergeschrei ist ein Dorf im oberen Mühlviertel. Mit den ersten Morgenstunden dehnt sein Name sich rund um die Erde, zu der du nun für kurze Zeit auch Hühnergeschrei sagen kannst, wenn du unbedingt willst.

21° Schütze

Schneflprotokoll, 17. Tag: Der Nebel ist mein ärgster Feind, sagt der pensionierte Maurermeister Ungleich zu seinem Nachbarn Schnefl, als beider Köpfe noch von der Sonne beschienen werden heute vormittag, das Einfallen des Feindes für den Nachmittag aber bereits angekündigt ist via Radio und Fernsehen.

Mir ist der Nebel ein Gleichnis, würde Herr Schnefl antworten, wenn es ihm nicht peinlich wäre, durch das Aussprechen eines derartigen Satzes die Verschrobenheit seines Schreibens in die Gegenwart eines real existierenden Nachbarn hineinzutragen, der sich auch so schon wundert, weshalb ein gesunder Mensch im arbeitsfähigen Alter den ganzen Tag zuhause bei der Katze sitzt und wartet, bis die Ehefrau vom Geldverdienen zurückkehrt.

Mir ist der Nebel ein Gleichnis, würde Herr Schnefl antworten und im selben Augenblick einsehen, daß nicht stimmt, was er da sagt. Nicht der Nebel ist das Gleichnis, lieber Herr Ungleich, sondern ich als der in den Nebel hineingehende Spaziergänger werde zum Gleichnis für mein eigenes Schreiben. Oder lassen Sie es mich noch anders sagen: Am Vormittag sitze ich vor meinem Computer, schreibe den Tierkreisgrad des heutigen Tages hin als Orientierungspunkt in einer Landschaft, auf deren Vorhandensein ich vertraue, auch wenn ich weiß, daß sie im Schreiben erst entsteht. Am Nachmittag gehe ich hinaus in den Nebel... aber vorläufig scheint uns ja noch die Sonne auf den Kopf. Auch wenn der Kopf selber schon informiert ist, daß es nicht mehr lange dauern kann, bis der Nebel einfallen wird.

22° Schütze

Schneflprotokoll, 18. Tag: Nimmt man den Nebel als Bild der Uferlosigkeit, Ungewißheit und Passivität, kommt es einem nur natürlich vor, daß der Maurermeister Ungleich ihn als seinen ärgsten Feind bezeichnet. Als Maurermeister im Dienst hatte er dem Feind etwas entgegenzusetzen. Als Maurermeister in Ruhe stand er auf einmal selber auf der Seite des Feindes, konnte es sich aber bis vor kurzem nicht eingestehen.

Wenigstens kommt es Herrn Schnefl so vor, wenn er den Nachbarn im 79. Winter seines Lebens Festmeter um Festmeter Holz schlägern sieht, das er im 79. Frühling schneiden, im 79. Sommer hacken und im 79. Herbst als neue Holzstöße den alten Holzstößen hinzufügen wird, die auch ohne die neuen das Haus auf fünf bis sechs Jahre hinaus gewärmt hätten. Wohl wissend, daß ab dem 80. Winter für ihn und die Ehefrau ein Platz im Altersheim reserviert ist, wohin sie kein einziges Scheit werden mitnehmen können.

Es sieht ganz danach aus, als hätte der Nachbar Ungleich mit der Unterschrift unter den Altersheim-Mietvertrag insgeheim auch die Kapitulation vor seinem ärgsten Feind unterschrieben:

Ich ergebe mich, Nebel! Denn
daß Schwaches das Starke besiegt
und Weiches das Harte besiegt,
weiß früher oder später
jeder Maurermeister auf Erden.
Aber es bleibt vorläufig unter uns.

23° Schütze

Schneflprotokoll, 19. Tag: Zum Nebel hat sich in der zweiten Hälfte der vergangenen Nacht eine dünne Schicht Schnee dazugelegt. Voller Tücke, ist man versucht zu schreiben, weil unter dem Schnee eine Schicht gefrorenen, in der ersten Nachthälfte gefallenen Nieselregens liegt.

Wendet Herr Schnefl den Kopf von seinem weißes Papier simulierenden Computerbildschirm nach links, sieht er das kalkweiße Ungleichhaus durch den schmutzigweißen Fenstervorhang heute vormittag von einem leuchtendweißen Dach bedeckt, aus dessen dunkelgrauem Kamin hellgraue Rauchwolken ins gedämpftere Weiß des Nebels hinaufwehen möchten, aber nicht können, weil sie ständig heruntergedrückt, von einem leichten Westwind in östliche Richtung verblasen werden.

Zwischen Schneflhaus und Ungleichhaus stehen rauhreifumsponnene Stauden. Sie würden jetzt glitzern, wenn die Sonne sie beschiene, würden ihr glitzerndes Wintergesicht aufsetzen und dadurch vielleicht verhindern, daß diejenigen, deren Blick an ihnen hängenbleibt, schon am Vormittag des 3. Adventsonntags in Trübsinn verfallen.

24° Schütze

Schneflprotokoll, 20. Tag: Im dichter werdenden Nebel verdichten sich allmählich auch die direkten, indirekten und bloß eingebildeten Hinweise auf den bevorstehenden Jahreswechsel: Die Jahresendabrechnung des Rauchfangkehrers und der Kalender des Briefträgers im Postkasten heute vormittag. Der Blinde mit seinem Blindenstock im Wald zwischen Wörterberg und Schreibersdorf gestern nachmittag; Herrn Schnefl unfreiwillig an alle die Blinden mit ihren Blindenstöcken erinnernd, die er beim Bleigießen zu Silvester schon aus dem Wasser gezogen hat. Und draußen vor dem Wald, nahe der Schreibersdorfer Ortseinfahrt, wie aus einer im Nebel verborgenen Zukunft heraus beinahe in die Gegenwart des Schneflschen Autos hineinlaufend, der Knabe mit seinem goldenen Saxophon.

Die Jahresendabrechnung des Rauchfangkehrers wird ergänzt durch die Mitteilung, Meister I. habe seinen Firmenstandort unlängst von Schreibersdorf nach Bernstein, einen Hügel weiter in Richtung des heutigen Westungarn verlegt. *Vor den Änderungen der EDV-Anlagen möchten wir die Vorschreibung 2. Halbjahr noch in Schreibersdorf abschließen,* schreibt der Meister an alle, die es angeht, weil er von der Bezirkshauptmannschaft dazu ausersehen ist, ihre Rauchfänge zu kehren: *Außer dem Standort ändert sich nichts an der Firmenphilosophie.*

25° Schütze

Schneflprotokoll, 21. Tag: Draußen immer noch kein Himmel vor lauter Nebel und neuerdings auch kein Land mehr, weil der Schnee das grüne Gras versteckt und die roten Dächer bedeckt, so daß Weißes ins Weiße übergeht und das Thermometer vor dem Küchenfenster von früh bis spät beharrlich zwei Grad unter Null anzeigt: also quasi kein Wetter oder eine Art winterliches Negativ zum ewigen Frühling des Ingenieurs Johann Alzheimer auf der Atlantikinsel Gomera.

Drinnen im Schneflhaus verlegt die Katze ihren Standort von der Futterschüssel auf Herrn Schnefls Oberschenkel: Stand dort und liegt jetzt da. Unbekümmert darum, was die rechte Hand über ihr in die Computertastatur tippt, solange die linke sie gleichzeitig unter dem Kinn krault und zwischen den Ohren: Die Firmenphilosophie, tippt die rechte Hand, ist die schwachsinnige Tochter der Philosophie aus deren unglückseliger Liaison mit der Psychologie, die sich ihrerseits von einem hemmungslos die Welt beherrschenden Geschäftsgeist aushalten läßt.

26° Schütze

Schneflprotokoll, 22. Tag: Am frühen Nachmittag kündigt der Geistheiler Uwe P. (siehe auch 4° Zwillinge) telefonisch an, heute wieder einmal persönlich im Schneflhaus vorbeischauen zu wollen. Als er am Abend tatsächlich da ist, kommt seine Rede wie immer auf Karl Marx, diejenige des Herrn Schnefl wie immer auf die Astrologie. Viereinhalb Stunden lang reden sie so haarscharf aneinander vorbei, daß im Aneinandervorbeireden die Funken sprühen, als wären es Funken der Erkenntnis. Obwohl am Ende des Tages, wenn Herr Schnefl sich noch einmal an den Computer setzt, vermutlich nicht mehr herauskommen wird als ein kleines Dokument der Ratlosigkeit im Stile von

Schöne Götter funken,
bekannte Geistheiler rufen an.
Aber was kommt dann?

Karl Marx sei als junger Mann ein vielversprechender, um nicht zu sagen genialer Denker, auf seine alten Tage aber ein ausgesprochenes Arschloch gewesen, sagt Uwe P. Vielleicht sei aber auch Friedrich Engels' Beitrag zu Karl Marxens Werk das eigentlich Geniale an diesem. *Engels leuchtet stärker,* sagt er. Und meint das wörtlich, weil er, wie er sagt, die Gabe besitzt, die energetischen Schwingungen der Lebendigen wie der Verstorbenen zu sehen. Diese Gabe sei es auch, die ihn zum Heilen befähige.

Heile heile Märxchen

Heile heile Engels, singt und summt es noch eine zeitlang in Herrn Schnefl, als Uwe P. schon gegangen ist. Persönlich kann er den Geistheiler sehr gut leiden. Aber dessen ungeachtet dürfte es kein guter Tag für die Menschheit gewesen sein, als die Marxisten esoterisch wurden; mit neuer politischer Heimat in der grün-alternativen Bewegung, die dann auch zehnmal schneller erstarrt ist als die Arbeiterbewegung, von der sie sich seinerzeit abgespalten hat.

27° Schütze

Schneflprotokoll, 23. Tag: Ich bin eine Inkarnation, bemerkte aus heiterem Himmel der Geistheiler Uwe P., als der gestrige Abend schon fortgeschritten, der Kamillentee ausgetrunken, der Marxismus abgehandelt und über den Anarchismus als besseres philosophisches Erbteil der Neuzeit Einigkeit festgestellt worden war zwischen Herrn Schnefl und ihm.

Ich bin eine Inkarnation, sagt Uwe P. und Herr Schnefl schaut ihn an, als wollte er zurückfragen: Sind wir das nicht alle? Würden wir beide, wären wir nicht Fleisch geworden, heute abend gemütlich beieinander sitzen und Kamillentee trinken?

Uwe P. wiederum schaut, als verstünde er nicht, warum einer schauen kann, wie Herr Schnefl schaut, wenn ein anderer ihm sagt, was er ihm gerade gesagt hat.

Wahrscheinlich stimmt ja, denkt Herr Schnefl am Morgen danach, was ich seinerzeit auf vier Grad Zwillinge selber geschrieben habe: Haus 8, habe ich geschrieben, ist das Geisterhaus und der Geistheiler Uwe P. steckt persönlich mittendrin.

Wahrscheinlich müssen alle, die ihren Standort (ihren wirklichen, nicht wie einen Rauchfangkehrerfirmensitz beliebig wechselbaren Standort) im achten Haus haben, ab und zu laut aussprechen: *Ich bin eine Inkarnation*, um sich ihrer fleischlichen Anwesenheit im Hier und Jetzt zu vergewissern.

Wahrscheinlich ist Uwe P. eine ganz besondere Inkarnation. Wahrscheinlich ist unsereiner nicht viel mehr als eine Schneeflocke im Vergleich zu Uwe P. Obwohl auch unter diesen, wie die vergleichende Schneeflockenforschung gezeigt hat, keine zwei völlig identischen zu finden sind.

28° Schütze

Schneflprotokoll, 24. Tag: Der Nebel hat sich in nahezu klare Luft aufgelöst, und gegen vier Uhr nachmittag fast gleichzeitig: Das Untergehen der Sonne über dem sogenannten Sandriegel am westlichen, das Heraufsteigen des Vollmonds über dem Dorf Dreihütten am östlichen Horizont des Schneflschen Gesichtskreises.

Aus dem geplanten Füße vertreten nach tagelangem Sitzen im Nebel ist auch und vor allem ein ungeplantes Augen weiden geworden: Als wären Augen, Mond und Sonnenschein sich immer noch einig, was das tägliche Auf- und Untergehen der beiden letzteren betrifft. Als wäre nicht vor Jahrhunderten schon die wissenschaftliche Erkenntnis zwischen sie getreten, um den Augenschein dahingehend zu belehren, daß der Mond nicht leuchtet, bloß weil er leuchtet und die Sonne nicht untergeht, bloß weil sie untergeht.

Nur die Christbäume, sagt sinngemäß der alte Nachbar Ungleich, haben immer noch keine Ahnung, was wirklich gespielt wird. Sonst wäre unerklärlich, weshalb sie wochenlang keine einzige Nadel verlieren, wenn ich sie bei zunehmendem Mond fälle. Wogegen die bei abnehmendem Mond gefällten Christbäume spätestens zum Fest der Heiligen Drei Könige halb nackt im Wohnzimmer stehen.

Dumm wie ein Tannenbaum, denkt Herr Schnefl, naiv wie der Augenschein, uninformiert wie der nachmittags gegen vier über Dreihütten emporsteigende Vollmond: das wäre ein Leben.

29° Schütze

Schneflprotokoll, 25. Tag: In den Nächten kurz vor und nach den Herbstvollmonden schickt der Tod seine Jäger aus. Mit dem Auftrag, diesem oder jenem Wildschwein eine ganz persönliche, endgültige, weder Widerspruch noch Aufschub duldende Nachricht zu übermitteln. Die Nachricht ist kurz und explosiv, und trifft heute indirekt auch den am Wald vorübergehenden Herrn Schnefl, der zusammenzuckt, als er sie hört und seine Schritte beschleunigt.

Einerseits lächerlich, soviel Ängstlichkeit. Andererseits nicht ganz unbegründet, weil jeder in der Gegend sich an den Vorfall kurz vor oder nach dem ersten Herbstvollmond dieses Jahres erinnert, als der Vizebürgermeister von P. den Sohn des Bürgermeisters der Nachbargemeinde W. in der Dunkelheit mit einem Wildschwein verwechselt und irrtümlich diesem den Gruß vom Tod ausgerichtet, also eine Kugel in den Kopf geschossen hatte.

Die Tatsache, daß nur *ein* Jägerauto (mit Wiener Kennzeichen) am Waldrand steht, aber im Abstand weniger Sekunden zwei Schüsse fallen und Minuten später noch ein dritter, nährt in Herrn Schnefl den Verdacht, es sei auch um die Treffsicherheit dessen, den der Tod hier und heute in den Wald geschickt hat, nicht zum besten bestellt. Am Ende, wer weiß, war der Auftrag ein Scheinauftrag, die Fehlschüsse (falls tatsächlich Fehlschüsse) ein gellendes Lachen des Todes über den Jäger. Gleichzeitig Weihnachtsamnestie für das Wildschwein oder das Reh, das er ebensogut im Visier gehabt haben könnte.

Sollte der Jäger getroffen haben, bleibt dem totgeschossenen Reh oder Wildschwein als einziger Trost, seinen persönlichen Übergang vom Leben in den Tod praktisch zeitgleich mit einem der markantesten Übergänge der Sonne im Tierkreis, demjenigen von 30° Schütze auf

0° Steinbock

gehabt zu haben, gleichzeitig Wintersonnenwende und der vierte Adventsonntag.

0° Steinbock, das ist der aus nichts als lauter Horizont auf einmal schroff aufragende Berg. Man steht davor, sagt irgendetwas Halblustiges oder Belangloses im Stile von *Freut euch Leute, ab heute werden die Tage wieder länger* und zurück kommt ein todernstes, das Aufschreiben, Aussprechen oder bloße Ausdenken von Belanglosigkeiten im Lichte der Vergeudung unwiederbringlich verlorener Lebenszeit erscheinen lassendes *Wahrlich, ich sage euch!* Wahrlich, ich sage euch: Dies ist kein Platz für Spielereien, die ein Schreibender sich unter der alles verstehenden und alles verzeihenden Herrschaft des Schützen erlauben kann, indem er *Schneflprotokolle* in die Welt setzt, beispielsweise.

1° Steinbock

Wahrlich, ich sage euch… Vielleicht wäre das eine Möglichkeit, dem Steinbock gerecht zu werden, auch wenn man selber kein Steinbock ist: an dreißig Tagen dreißigmal hintereinander *Wahrlich, ich sage euch* zu schreiben, dahinter einen Doppelpunkt. Und hinter dem Doppelpunkt ein Satz wie ein unbehauener Stein, der einen Berg nachahmt in einem japanischen Tempelgarten, dessen Gestaltung einer chinesischen Tuschzeichnung nachempfunden ist, die eine idealisierte Gebirgslandschaft darstellt. Wahrlich, ich sage euch: Ich komme aus meiner Kindheit wie aus einem Krieg, der nicht zu gewinnen war.

2° Steinbock

Wahrlich, ich sage euch: *Grüß Gott!* Aber so wie ich angeschwiegen werde von der entgegenkommenden Frau und ihren zwei Hunden, hätte ich besser nichts gesagt.

3° Steinbock

Wahrlich, ich sage euch und sage es so, wie ein Traum- oder Halbschlafgedanke der letzten Nacht es mir vorgesagt hat: Wer schwarze Hundstinte trinkt, macht sich unsichtbar, wird aber auch leichter schmutzig.

4° Steinbock

Wahrlich, ich sage euch und sage es quasi als Haiku mit Anlauf:
Schreiben heißt schon im Morgengrauen die
Angel auswerfen
damit der Fluß entsteht, der
Fisch und Fischers Fritz.

5° Steinbock

Wahrlich, ich sage euch: In dreißig Jahren siebzehn Mal übersiedelt sein und
mit fünfzig endlich
ein Haus haben, das riecht nach:
er wintert sich ein.

6° Steinbock

Wahrlich, ich sage euch: gemeinsam werden wir
den Eisheiligen
die Stirn bieten: Katze an
Bauch, Bauch an Katze.

7° Steinbock

Wahrlich, ich sage euch: Heute feiern wir den ersten Sonntag nach Weihnachten, gleichzeitig, behauptet die Biochemikerin Brigitte Boisselier,
erster Sonntag nach
Klon Eves Geburt; nur singen
kann ihr Vater nicht.

8° Steinbock

Wahrlich, ich sage euch: Faßt keine Vorsätze zwischen den Jahren, nehmt euch vielmehr ein Beispiel an St. Silvesters Abstieg:
Gestern Papst in Rom,
heut' ein Schweizerkracher-, ein
Nonnenfurzpatron.

9° Steinbock

Wahrlich, ich sage euch: Am letzten Tag tun plötzlich alle, als träfe es dich persönlich, daß

das Jahr stirbt; schon um
sieben Uhr früh kondoliert
der Rauchfangkehrer.

10° Steinbock

Wahrlich, ich sage euch: Des Jahres wie des Lebens Lauf ist es
in See zu stechen
im Fluß zu schwimmen, immer
den Bach hinunter.

11° Steinbock

Wahrlich, ich sage euch: Dichter sein oder Katze oder Dichters
Katze, das heißt
morgens in den Tag
hinein schlafen, und abends
in die Nacht hinein.

12° Steinbock

Grelles Blinken in
stiller Nacht: Fällt Eisregen?
Stockt jemandes Blut?
Am Morgen siehst du, es muß Eisregen gewesen sein und sagst
dir: Wahrlich, es war der Streudienst der Straßenmeisterei.

13° Steinbock

Wahrlich, ich sage euch: Ein neuer Geist ist über das Land
gekommen, hat die Dörfer gefressen und
die ausgespuckten
Dorfkerne achtlos über
die Hügel verstreut.

14° Steinbock

Wahrlich, ich sage euch und sage es am zweiten Sonntag nach Weihnachten, gleichzeitig vorletzter Tag der deutsch-österreichischen Vierschanzentournee:
Der Schispringer ist
auch nur ein Gleichnis für die
Neurose der Zeit:
In der Luft Meter machen,
sie in den Auslauf setzen...

15° Steinbock

Epiphanias

Heute Sterndeuter
sein, das heißt mit zweitausend
Jahren Verspätung
an der Kittelfalte des
Königs Balthasar hängen.

16° Steinbock

Wintereinbruch

Frisch gefallener
Schnee am Morgen und gegen
Mittag die Nachricht,
P.'s Wirbelsäule sei nun
endgültig eingebrochen.

17° Steinbock

Partezettel

Eine tiefe Kluft
in der Kunstwelt hinterläßt
der Kollege P.
Am eigenen Spalt gräbt man
jetzt auch bald dreißig Jahre.

18° Steinbock

Erwartung Nummer sieben

Nach fünf Umzügen
in sechs Jahren erwartet
seine zweite Frau
nun ihr viertes Kind; für ihn
Erwartung Nummer sieben.

19° Steinbock

Keine Zeit

Feinste Eistropfen
erzeugt die Schneekanone.
Um Schneeflocken zu
erzeugen, sagt der Beschnei-
meister, fehle ihr die Zeit.

20° Steinbock

Mitten im Dorf

Zwei Stümpfe unlängst
gefällter Linden nächst dem
Milchhaus, dem die Milch,
vor dem Bethaus, dem das Bet
abhanden gekommen ist.

21° Steinbock

Pferde, verspätet

Pferde – gelassen
im Schnee stehendes, das heißt
wie im Schnee stehen
gelassenes Sportgerät –
Jahrzehnte nach ihrer Zeit.

22° Steinbock

Verabschiedung des Kollegen P.

Der Donauwalzer
als Requiem: einmal noch
betonen, daß man
glaubt, daß man hin ist, weil
man tot ist: Applaus vom Band.

23° Steinbock

Frühling

Fünfzehn Grad wärmer
seit gestern, die Luft erfüllt
mit Nachbarkaters
wohlbekannten Düften, man
könnte glauben: ja, du bist's!

24° Steinbock

Als wirkte man Wunder

Den ganzen Abend,
wahrlich, ich gestehe es:
furzen, als hätte
man die Gabe, Linsen und
Brot in Luft zu verwandeln.

25° Steinbock

Über Menschen

Ein Fernsehbericht
über Menschen, die Menschen
schlachten und fressen:
nicht live, doch quasi aller
Live-Übertragung Anfang.

26° Steinbock

Vollmond

Einem Hündchen gleich
folgt dir der Vollmond über
Baumwipfel, über
Dachgiebel: Du gehst und er
haut sich über die Häuser!

27° Steinbock

Nichts gegen Artmann

Geg'n an Hazee kannst
du nicht anstinken, erklärt
mir fünf Monate
nach H.C. Artmanns Tod Herr
M., ein Bewährungshelfer.

28° Steinbock

Von nun an

Die Tochter zieht es
nach Kanada, der Sohn ist
herausgewachsen
aus der Daunenjacke, die
von nun an den Vater wärmt.

29° Steinbock

Zäher Nebel

Die Bäckerin stößt
ins Nebelhorn: Körbe voll
Semmeln im Schlepptau,
über denen die Sonne
weder auf noch untergeht.

Im Tierkreis, der die Erde einhüllt wie der Nebel den heutigen Tag, nein: wie ein Schutzmantel, dessen oberste Schicht von Flugzeugen verdreckt wird, läuft die Sonne gegen Mittag (also cirka drei Stunden hinter der fahrenden Bäckerin her) vom zehnten ins elfte Zeichen, ist im einen Moment auf 30° Steinbock, im nächsten bereits auf

0° Wassermann

wo es dem, der ihr zu folgen versucht, möglicherweise die Schuhe auszieht, weil seine Füße beim Gehen auf einmal den Boden nicht mehr berühren.

Der Raum, in den Sie auf 0° Wassermann eintreten, Leserin, ist nicht irgendein Raum. Es ist der Raum an sich: ohne Boden, ohne Decke, ohne Wände. Hohlraum des Himmels, der sich, verkörpert im Himmelsgott Uranos, allnächtlich auf Gaia, die Erde, niedersenkt, um eine Brut mit ihr zu zeugen, die ihm von Anfang an nicht geheuer ist.

In Wirklichkeit betritt man diesen Raum also nicht. In Wirklichkeit fällt man äußerstenfalls eine kürzere oder längere Strecke durch ihn hindurch. Je nachdem, ob man sich aus einem Flugzeug heraus, von einer Sprungschanze herab oder von einer Brücke herunter stürzt.

1° Wassermann

Auf die Frage *Wie geht es Ihnen?*, müßte einer, der schreibend in den Tag hineinlebt, genau genommen antworten: Solange Uranos Nacht für Nacht die Gaia begattet, geht es mir, Dank der Nachfrage, ausgezeichnet. Herr Schnefl antwortet aber: Solange mir etwas einfällt, geht es mir, Dank der Nachfrage, ausgezeichnet. Was im Grunde genommen dasselbe ist. Nur ein bißchen ungenau ausgedrückt für einen, bei dem letzten Endes alles abhängt von der Genauigkeit des Ausdrucks.

2° Wassermann

Als Uranos sich aus ihrem Schoß zurückzieht im Morgengrauen, ahnt er noch nicht, daß Gaia gegen Mittag die Sichel erfinden wird, um ihm kommende Nacht vom gemeinsamen Sohn und Kronprinzen Kronos das Glied abhauen zu lassen. Deshalb, sagt Herr Schnefl zu seiner Katze, ist es so wichtig für einen, der schreibend in den Tag hineinlebt, das Morgengrauen auszudehnen so lange es irgendwie geht. Im Morgengrauen schwirren die Einfälle herum,
versprengte Tropfen
vom Samen des Uranos;
kommen wie Vögel
geflogen: läßt sich zum Schluß
einer nieder auf meinem Fuß.
Mittags, wenn der Braten gegessen, die Sichel erfunden ist, sind sie alle vom Erdboden verschluckt.

3° Wassermann

Der Vogel als solcher und der Vogel im übertragenen Sinn sind Erscheinungsformen des Uranos, also des Himmels auf Erden, sagt Herr Schnefl zu seiner Katze, die ihrerseits, wenn man es aus dem Blickwinkel der Vögel oder mit den Augen des spätmittelalterlichen Dichters betrachtet, eine nahe Verwandte des Höllenhundes Cerberus ist:
Schlitze sind ihre Augen, schmutzigweiß der Bart
mächtig ihr Wanst und scharf bekrallt die Tatzen,
sie kratzt, zerfleischt die Vögel, vierteilt sie, schreibt fast wörtlich Dante Alighieri im VI. Gesang des Infernos (Vers 16–18)
Die Katze antwortet mit einem Gähnen, das wie so oft in neuerer Zeit nach halb verdautem Dosenfutter stinkt.

4° Wassermann

Nicht genug damit, daß die Katze Vögel fängt und dann und wann die abgetrennten Köpfe der Gefangenen vor die Haustür legt, kultiviert sie neuerdings auch die Unsitte, ansatzlos, also aus dem Stand auf Herrn Schnefls Schulter zu springen: wie ein Täubchen gurrend im Sprung, wie ein Kätzchen schnurrend, wenn sie sich niederläßt und manchmal, als wäre es damit nicht genug, wie ein besorgtes Muttertier mit rauher Zunge ihrem Herrn und Meister kraftvoll über das schütter gewordene Haupthaar schleckend.

In den alten Zeiten, als die Bilder noch nicht laufen konnten, aber das Volk gewohnt war, in Bildern zu denken, hätte man sich als gewarnt betrachtet: Die Cousine des Cerberus, hätte man sich gesagt, legt dir frühmorgens schon die Köpfe der von ihr getöteten Himmelsboten vor die Tür. Beim Mittagessen hockt sie sich ganz ungeniert auf deinen Buckel.

Da werden die Nachbarn, wenn sie es sehen, sich bestätigt fühlen in ihrem Verdacht, es könne nicht mit rechten Dingen zugehen bei dir und deiner Sterndeuterei. Da werden sie demnächst anfangen, vorsorglich Holz für den Scheiterhaufen zusammenzutragen.

5° Wassermann

Heute glaubt niemand mehr, die Cousine des Cerberus schicke sich an, einen Boten des Himmels zu verspeisen, wenn die Katze mit einem Vogel im Maul daherkommt.

Welch anmutige Bilder ihm ab und zu einfallen, unserem Herrn Schnefl, sagt heute, wenn es hoch kommt, die Leserin zum Leser. Sie erinnern mich in ihrer verschrobenen Anmut an gewisse Malereien und Reliefs in mittelalterlichen Gotteshäusern, die seinerzeit zur Läuterung der Gläubigen geschaffen wurden und heute das Entzücken der Touristen sind. Manchmal frage ich mich, ob er selber glaubt, was er so daherschreibt. Ich stelle mir vor, wie er an Sonntagvormittagen, also beispielsweise morgen, den fünften Sonntag nach Weihnachten, bei einem Sonnenstand von

6° Wassermann

die Stufen zu seiner eingebildeten Kanzel hinaufsteigt, um mir, seiner eingebildeten Leserin, von dort oben herab zu predigen wie der Vogel auf dem Baum der Katze predigt, die unten im Gras liegt, so tuend, als verstünde sie kein Wort: Glauben Sie mir, Leserin, sagt er, oder glauben Sie mir auch nicht, aber lassen Sie sich auf alle Fälle gesagt sein:

Wenn Ihre Katze einen Vogel fängt, ist es so, als bliebe Ihnen selber die Luft weg. Genauer gesagt: Im Bild der Katze, die den Vogel fängt, kommt zum Ausdruck, es sei demjenigen, den es betrifft, schon die Luft weggeblieben, als er anfangen wollte, zu atmen. Es sei sein Eintritt in die Welt infolge Sauerstoffmangels während der Geburt von Todesangst begleitet gewesen. Was wiederum nur passieren konnte, weil die Familie, in die er hineingeboren wurde, schon lange vor seiner Geburt den Himmel ausgeschlossen, sich zum Komplizen des Cerberus gemacht hatte.

Hätten Sie selber dem Cerberus irgendwann die Komplizenschaft aufgekündigt, Leserin, bräuchten Sie heute keine Angst mehr zu haben und müßten nicht mitansehen, wie die Katze den Vogel frißt. Sie sehen es nur, weil die Götter beschlossen haben, Ihnen auf diesem Wege mitzuteilen, der Himmel sei nach wie vor ausgeschlossen aus Ihrem Leben. Deshalb ist es auch sinnlos, mit der Katze zu schimpfen oder zu versuchen, ihr den Vogel zu entreißen.

7° Wassermann

Im Herabsteigen von der Kanzel, sagt die Leserin zum Leser oder auch zu sich selbst, wird der Prediger Schnefl mit jedem Schritt kleiner. Die unteren Stufen bewältigt er nur noch hüpfend und springend. Auf der zweituntersten ist er so sehr geschrumpft, daß zu befürchten steht, er werde unweigerlich zu Tode stürzen, wenn er nun auch noch den Sprung auf die allerunterste wagt. Also hebe ich ihn ganz vorsichtig auf.

Mein Gott, sage ich, sind Sie aber klein geworden. Was ungefähr so überflüssig ist, denke ich gleichzeitig, als würde man einem gestern abend Verstorbenen heute früh erklären, er sei aber steif geworden über Nacht. Armer Herr Schnefl, flüstere ich. Ich werde Sie jetzt ganz nahe an mein Ohr halten. Wenn Sie noch irgendetwas zu sagen haben, sagen Sie es sofort, und sprechen Sie bitte laut und deutlich.

Närrische Leserin!, brüllt Herr Schnefl, die winzigen Hände zu einem behelfsmäßigen Lautsprecher geformt vor dem winzigen Mund. Jedenfalls hört das Gepiepse aus den hohlen Händchen sich an, als versuchte er zu brüllen und es klingt, als brüllte er: Närrische Leserin! Einen Moment lang überlege ich ernsthaft, ihn fallen zu lassen.

8° Wassermann

Damit wir uns einig sind, wer diese Narretei hier angezettelt hat, erlaube ich mir festzuhalten, daß Sie es waren, Herr Schnefl, der schrieb, er denke, ich dächte, er würde... flüstert die Leserin. Sie waren es, der auf Null Grad Widder aufgebrochen ist in der Hoffnung, immer den Tierkreis entlang zu schreiben, würde ihn, günstige Winde vorausgesetzt, über kurz oder lang herausführen aus dem Spiegelkabinett der Moderne. Jetzt stehen Sie mittendrin. Schlimmer noch: Sie müssen befürchten, sogar von der Leserin fallen gelassen zu werden, von der Sie sich einbildeten, sie selber erfunden zu haben.

Ich werde Sie aber nicht fallen lassen. Obwohl es mich belustigt, mir vorzustellen, wie ein alles kontrollierender Skorpion sich im Fallen Gedanken macht über die Bodenlosigkeit des wassermännischen Daseinsgefühls. Ich werde Sie, wenn Ihnen das recht ist, in meine Ohrmuschel setzen, Schneflchen. Dann müssen Sie mich wenigstens nicht mehr anschreien.

9° Wassermann

Gottlob ist die Ohrmuschel der Leserin geräumig, sagt Herr Schnefl zu seiner Katze, die sich über Nacht gleichfalls hier eingefunden hat. Mein Schreibtisch findet mühelos Platz darin und um den Schreibtisch herum das ganze Büro mit allen meinen Büchern und dem großen Schrank, in dem Frau Schnefl im Frühling die Wintermäntel und nach dem Sommerurlaub die Campingausrüstung verräumt. Vor dem Büro liegt das Schlafzimmer und vor dem Schlafzimmer, das wiederum an die Küche grenzt, führt die Straße vorbei, auf der jetzt jeden Augenblick die Bäckerin daherkommen muß mit den frischen Semmeln und nach der Bäckerin, aber aus der entgegengesetzten Richtung, der Briefträger.

Wüßte man nicht, wo man ist, dächte man, es sei alles wie immer. Gleichzeitig begreift man, wie ein Leser oder eine Leserin sich fühlen, wenn sie von unsereinem in die Flasche gesteckt werden. Ich fühle mich wie immer, könnte man sich vorstellen, sagt der Leser zur Leserin. Andererseits wissen wir beide, daß es nie wieder so sein wird, wie es war, bevor wir in diese Flasche gesteckt wurden.

10° Wassermann

Wenn wir jetzt noch ein Wetter und eine zum Wetter passende Jahreszeit hätten, mein Kätzchen, schnurrt Herr Schnefl in einem Anfall von Zärtlichkeit, wüßten wir: wir sind zwar weniger als ein Sandkorn in der Ohrmuschel der Leserin, aber diese Ohrmuschel ist die ganze Welt.

Jedenfalls könnten wir uns einreden, die Ohrmuschel der Leserin sei die ganze Welt, so lange wir der Versuchung widerstünden, die bemannte Raumfahrt zu erfinden, um in der Unendlichkeit des Universums, das für die Leserin selber nicht mehr als eine Zimmer-Küche-Wohnung sein mag, nach anderen bewohnbaren Ohrmuscheln zu suchen.

Das Wetter und die zum Wetter passende Jahreszeit haben wir tatsächlich: Ein kräftig auffrischender Winterwind weht durch die Ritzen des schlecht abgedichteten, nur einfach verglasten Bürofensters. Dazu Schneegestöber in Maßen. Gerade so viel, daß Herr Schnefl sein Nichterscheinen beim Treffen der lokalen

Literatenprominenz heute nachmittag wird glaubhaft begründen können.

11° Wassermann

Gestern, als Welt und Ohrmuschel der Leserin noch nicht vollständig zur Deckung gelangt waren, meinte man, sich und die Katze vor der Erfindung der bemannten Raumfahrt warnen zu müssen. Heute überrascht einen ein plötzlich besorgt dreinschauender Fernsehmoderator mit dem Hinweis, man werde die laufende Fußballsendung kurz unterbrechen, um das Neueste von der Raumfahrtkatastrophe in Amerika zu berichten. Am Himmel über Texas sei, wie man vielleicht schon gehört habe, eine Raumfähre mit sieben Astronauten an Bord explodiert: vier Männer, drei Frauen.

Augenblicke später sitzt einem, live aus Washington zugeschaltet, ein Mann in Generalsuniform gegenüber, der sagt, was ein Mann in Generalsuniform in so einem Augenblick sagen muß: nämlich, daß das Opfer derer, die beim Wiedereintritt in die Erdatmosphäre aus unbekannter Ursache verbrannt sind, nicht umsonst gewesen sein darf. Gleich darauf sieht man Filmaufnahmen einer rasenden, aus der großen Entfernung nicht als solche erkennbaren Raumfähre, die statt einem einzigen, wie es normal wäre, plötzlich zwei, dann drei, dann vier Kondensstreifen in den strahlend blauen Himmel über Texas zeichnet.

Schon bevor der erste Mensch den Mond betrat, sagt ein unsichtbar bleibender Sprecher, *hatte es die ersten Toten gegeben.*

Ich bin mir sogar sicher, mein Kätzchen, es gab die ersten Toten schon bevor der erste Mensch vom Baum herabgestiegen ist oder kurz nachdem er aus dem Paradies vertrieben wurde. Je nachdem, ob du die religiös oder die darwinistisch inspirierte Sichtweise bevorzugst.

12° Wassermann

Schon bevor der erste Mensch den Mond betrat... Das klingt fast zu feierlich in den Ohren des fernsehenden Herrn Schnefl, der sich gut erinnert, wie sein Vater ihn damals zur besten amerikanischen Sendezeit aus dem Schlaf gerissen hat, damit auch er den ersten Mann auf dem Mond krächzen höre, sein groteskes Herumgeschwebe dort droben sei zwar nur ein kleiner Schritt für ihn selber, jedoch ein großer für die Menschheit.

Als hätte die Menschheit seit Jahrtausenden beharrlich auf diesen gespenstischen Auftritt hingearbeitet. Und wie man die Menschheit inzwischen kennt, mein Kätzchen, möchte man nicht einmal ausschließen, daß sie das tatsächlich getan hat. Obwohl man gleichzeitig hofft, es tue den Vorvorderen unrecht, wer ihnen unterstellt, Raumfahrerchens Mondfahrt im Jahre des Herrn 1969 sei insgeheim von Anfang an Ziel und Zweck aller christlichen Heilserwartung gewesen.

In seiner heiligen Einfalt hätte der vormoderne Mensch das in den Himmel hinaufschießen vermummter Astronauten wahrscheinlich weniger für einen großen Schritt der Menschheit, als vielmehr für eine teuflische Persiflage der Himmelfahrt des Erlösers gehalten und diese den Ingenieuren in Houston, Texas, ziemlich übelgenommen.

13° Wassermann

Schon bevor der erste Mensch den Mond betrat, hätte der hinter den Fernsehbildern der explodierenden Raumfähre verborgene Sprecher sagen müssen, wenn er hätte sagen dürfen, was schon längst hätte gesagt gehört... Schon bevor der erste Mensch den Mond betrat, war er kein Mensch mehr. Er hatte sein Opfer bereits gebracht in dem Augenblick, in dem er sich per Raketenantrieb über die Grenze der Bestimmung seines Menschseins hinausschießen ließ, wie der vormoderne Mensch sich ausgedrückt hätte. Und wie es der nachmoderne, sofern der moderne in seiner angewandten Weltuntergangssehnsucht ihm nicht den Auftritt vermasselt, nur wird bestätigen können.

Das Opfer des ersten Menschen, der den Mond betrat, war umsonst, wie das aller anderen Raumfahrer vor und nach ihm. Aber weil er damals nicht gestorben ist, lebt er noch heute in dem Irrglauben, es sei gar kein Opfer gewesen.

14° Wassermann

Da wir Dichter sind, mein Kätzchen, haben wir kein Problem, zusammenzudichten, was in Wahrheit durch einen Abgrund getrennt ist:

Seht nur, junger Mann, flüstert der vormoderne Mensch dem dank unserer Dichtkunst auf einmal direkt neben ihm stehenden nachmodernen Menschen ins Ohr: Sie haben den Abgrund zwischen uns weggedichtet, in dem der moderne Mensch versank, nachdem er manisch geworden war und sich eingebildet hatte, den Himmel per Raketenantrieb erobern zu müssen.

Bemerkenswert ist, meinen wir den nachmodernen Menschen antworten zu hören, daß sie ihre Raketen Saturn genannt haben. Saturn, das wissen wir heute, da die Astrologie wieder etwas gilt in der Welt, bedeutet nichts anderes als die Grenze von Zeit und Raum. Wer über die Grenze von Zeit und Raum hinaus will, nennt die Raketen, die er dazu benutzt, Saturnraketen. Das erscheint uns Nachmodernen nur konsequent.

Wer die Grenze von Zeit und Raum überschreitet, das wußten wir Vormodernen auch ohne Astrologie, überschreitet die Grenze der Bestimmung seines Menschseins. Es holt ihn der Sensenmann und schickt ihn zum Teufel. Deshalb der Abgrund zwischen uns beiden, den dieser Herr und sein Kätzchen dankenswerter Weise für einen Augenblick weggedichtet haben.

15° Wassermann

Wären wir wirklich Dichter, mein Kätzchen, müßten wir uns schämen, den Abgrund einfach wegzudichten. Als wirkliche Dichter hätten wir die Pflicht, den Abgrund aus eigener Anschauung zu beschreiben und vor ihm zu warnen, so wie Dante Alighieri die einzelnen Kreise der Hölle beschrieben und vor ihnen gewarnt hat.

Falls es dazu nicht reicht aus Mangel an Mut oder an Begabung, wäre es immer noch besser, den vormodernen und den nachmodernen Menschen an ihren unvorstellbar weit voneinander entfernten Rändern des Abgrundes stehen zu lassen. Beide mit einem Spaten in der Hand. Bereit, dem modernen Menschen ein Schäuferl Erde nachzuwerfen, sobald er dort unten angekommen sein und sich das Genick gebrochen haben wird.

Man selber fährt übermorgen nach Salzburg, nimmt dort einen Spaten in die Hand: dem jüngeren Bruder des Vaters die letzte Ehre zu erweisen, der gestern abend eingeschlafen und heute morgen, obgleich erst zweiundsechzigjährig, überraschend nicht mehr aufgewacht ist.

Eine halbe Stunde vor der Todesnachricht, den Onkel Horst betreffend, ruft der Ehemann einer vom Brustkrebs geheilten Freundin an: Die Ärzte hätten bei der gestrigen Routineuntersuchung etwas in der Gebärmutter seiner Frau entdeckt, sagt er. Genaueres wisse man vorläufig nicht. Das Leben, sagt Herr Schnefl zur Katze, unterläuft wieder einmal die Dichtung. Erste Risse tun sich auf im Boden unseres Büros.

16° Wassermann

Die ganze Nacht sind sie einem nach, das heißt im Kopf herum gegangen: der tote Onkel und die vom Krebs genesene oder genesen gewesene Freundin. Jetzt ist der Kopf leer, aber der Roman muß weitergehen: Damit die Welt auch in tausend Jahren noch weiß, wes Lied ich singe, werden wir den Knaben Horst Waldemar nennen, sprach Großvater Schnefl zu seiner Frau. Das war im Juni 1940. Knapp fünf Jahre bevor der Name Horst für wiederum tausend Jahre ganz aus der Mode gekommen ist in der oberösterreichischen Provinz.

Noch einmal 58 Jahre danach geht das Knäblein Horst als toter Onkel in Herrn Schnefls Kopf herum, rührt die Trommel und summt dazu in oberösterreichischer Mundart:

S'Leem woa dumm, da Dod
S'Leem woa dumm, da Dod
Is ned gscheida
S'Leem woa dumm, da Dod
S'Leem woa dumm, da Dod

Is ned gscheida
Owa immahin da Roman
Da Roman geed owa
Immahin weida

17° Wassermann

Fünf oder sechs Mal vielleicht ist man dem Onkel Horst, Großvaters jüngerem Sohn, begegnet zwischen seinem dreißigsten und sechzigsten Lebensjahr. Und von Mal zu Mal hatte er dem im Vaterhaus aufgehängten Porträtfoto des Großvaters ähnlicher gesehen. An einem scheinbar ganz gewöhnlichen Abend seines 63. Jahres hat er sich ins Bett gelegt, genau wie der Großvater sich an einem scheinbar ganz gewöhnlichen Abend seines 61. Jahres ins Bett gelegt gehabt hatte, und ist am nächsten Morgen nicht mehr aufgewacht. Genau wie damals der Großvater, der Vierzig war, als sein Sohn Horst geboren wurde und vierzig Jahre tot ist, als dieser nun stirbt.

Die ärgsten Verbrecher, sagt des Verstorbenen älterer Bruder, Herrn Schnefls Vater, werden achtzig neunzig Jahre alt, und so ein tüchtiger Mann muß mit zweiundsechzig sterben.

Wir weniger Tüchtigen, müßte Herr Schnefl, wenn er ehrlich wäre, antworten, schaffen es fast problemlos bis siebzig, wie man an deinem Beispiel sieht. Die Tüchtigen, die ihre Herzinfarkte wie Orden tragen und die Zuckerkrankheit ignorieren, so lange sie sie nicht umgebracht hat, holt der Teufel gerne ein bißchen früher zu sich. Sie sind gefragter auf Erden wie auch in der Hölle, weil sie so viel schneller so viel mehr kaputt machen als wir weniger Tüchtigen, einschließlich des eigenen Körpers.

18° Wassermann

Professor Kipling von der University of Wales, schreibt die Frankfurter Allgemeine Zeitung unter der Überschrift *Düstere Vorsehung im Genom,* habe ein Verfahren entwickelt, die Länge der sogenannten Telomere schnell und zuverlässig zu ermitteln.

Telomere, heißt es, seien winzige Fäden an den Enden der Chromosomen: *Sie werden kürzer und kürzer, mit jeder einzelnen Teilung der Zelle.* Wenn sie so kurz geworden sind, daß es kürzer nicht mehr geht, ist für den Chromosomenbesitzer der Tag gekommen, an dem er sich abends ins Bett legt und am nächsten Morgen nicht mehr aufwacht oder sich um 14 Uhr 30 ins Flugzeug setzt und um 15 Uhr 20 aus den Wolken fällt.

Wäre die Wissenschaft vorgestern schon auf dem Stand von übermorgen gewesen, hätte sie die Telomere des Onkel Horst im Alter von, sagen wir, vierzig Jahren auf ihre Länge überprüfen und feststellen können: sie sind fast genau gleich lang wie die gleichfalls im Alter von vierzig Jahren gemessenen Telomere seines Vaters. Da Ihr Vater mit sechzig gestorben ist, sehr geehrter Herr, hätte man dem Onkel Horst wahrheitsgemäß mitteilen müssen, können Sie sich selber ausrechnen, wie lange Sie in etwa noch zu leben haben.

Und keinem wäre aufgefallen, daß die Telomere vermessenden Wissenschaftler nur bestätigen, was die griechischen Geschichtenerzähler seinerzeit weitaus poetischer ausgedrückt haben, in dem sie sagten: *Was die Moirai spinnen, sind unsere Lebenstage, von denen einer unentrinnbar zum Todestage wird. Welche Länge des Fadens sie einem Sterblichen zuteilen, hängt nur von ihnen ab, nicht einmal Zeus kann daran etwas ändern.* Sogar die Namen der drei Moirai wurden genannt: Klotho, die Spinnerin. Lachesis, die Zuteilerin. Atropos, die Unabwendbare.

Eine ganz andere Frage, die sich dem Zeitungsleser Schnefl stellt: Weshalb schreiben Wissenschaftsjournalisten von *düsterer Vorsehung*, wenn sie von Vorsehung schreiben? Haben sie Angst, ihr Weltbild könnte einstürzen im Augenblick, da die Beweisbarkeit der Vorsehung den Glauben an den Zufall erschütterte?

19° Wassermann

Schaut man vierzig Jahre nach dem Tod des Großvaters auf das kurze gemeinsame Leben zurück, sieht man nicht viel mehr als einen kugelrunden Bauch, über dem die (mutmaßlich maßgeschneiderte) Lodenhose spannt. Was einem im nachhinein logisch vorkommt, weil man gerade auf Großvaterbauchhöhe herangewachsen war im Jahr, in dem der Großvater sich niedergelegt hat und nicht mehr aufgestanden ist.

Andererseits ist es auch wieder nicht logisch, weil man den Bauch als Bauch eines sitzenden Großvaters im Kopf hat. Sich selbst als Sechsjährigen hat man nicht im Kopf, meint aber, auf einem der zum Bauch gehörenden Oberschenkel gesessen, aus Großvaterschulterhöhe auf den Großvaterbauch herabgeblickt und sich sicher gefühlt zu haben wie nur einer sich sicher fühlen kann, dem es gestattet ist, beim König auf dem Thron zu sitzen als dessen rechtmäßiger Erbe.

Irgendwann im Laufe des Tages, an dem er nicht mehr aufgestanden war, bemerkte man im Vorübergehen (im Sichvorbeidrücken) die über dem Bauch gefalteten Hände des steif daliegenden Großvaters. Und irgendjemand, der in der Erinnerung weder Gesicht noch Stimme hat, macht die zu den gefalteten Händen passende Bemerkung, indem er (oder sie) sagt, es sei auffällig gewesen, wie der Großvater im letzten Jahr auf einmal angefangen habe, wieder regelmäßig in die Kirche zu gehen.

Der Enkel läßt das Kirchgehen sieben oder acht Jahre danach von einem Sonntag auf den anderen ganz bleiben. Die Sicherheit aus den Tagen, da er beim König auf dem Oberschenkel saß, wäre so oder so nicht zurückzubekommen gewesen.

20° Wassermann

Morgen gehört uns die ganze Welt, uns falschen Preußen aus der oberösterreichischen Provinz, dürfte der Großvater gesungen oder zumindest gehofft haben, als er beschloß, seinen Sohn Horst Waldemar zu nennen im Juni 1940. Und etwas vom garstigen Lied, gleichgültig ob der Großvater es tatsächlich gesungen hat oder nicht, sprang über auf den Sohn, trieb ihn hinaus und trug ihn empor vom Fleischhauergehilfen zum Generaldirektor, vom Generaldirektor zum Firmengründer, vom Firmengründer zum Eroberer des Marktes im Osten, sobald sich so etwas wie ein

Markt im Osten herauszubilden begann zwischen den Trümmern des real zusammenbrechenden Kommunismus.

Bestimmt hätte der tote Onkel einen ausgelacht, wäre man ihm zu Lebzeiten mit der Theorie gekommen, der Welteroberungsvirus, mit dem der Großvater verseucht gewesen sein muß, um als Steireranzug tragender Fleischhauermeister in der oberösterreichischen Provinz ausgerechnet auf den Namen Horst Waldemar zu verfallen, stecke tief in ihm, treibe ihn um, lasse ihn dem Großvaterporträt an der Wand des Elternhauses von Jahr zu Jahr ähnlicher werden.

Daß er es trotzdem begriffen hätte, möchte man nicht ausschließen. Genau so wenig, wie man ausschließen kann, daß er inzwischen selber Überlegungen in diese oder eine ähnliche Richtung anstellt.

21° Wassermann

Wäre Herr Schnefl schon als Astrologe geboren worden, hätte ihm ein Blick ins eigene Horoskop genügt, um auf der Stelle alle Hoffnung fahren zu lassen: Die Welt, die du in diesem Augenblick (Dienstag, 1. November, 9 Uhr 42) betrittst, hätte ihm der Blick ins Horoskop gesagt, ist eine untergehende Welt. Der Thron des Großvaters, von dem behauptet wird, du als erstgeborener Enkel würdest ihn eines Tages einnehmen, steht jetzt schon mit allen vier Füßen im Wasser. In Wirklichkeit ist er bereits untergegangen. In der Realität noch nicht, weil die Wirklichkeit Zeit braucht, um Realität zu werden.

Wieviel Zeit die Wirklichkeit brauchen wird, um Realität zu werden, hätte Herr Schnefl leicht im Kopf ausrechnen können, wäre er schon als Astrologe geboren worden. Im nachhinein weiß er es natürlich auch so. Im nachhinein kommt es ihm fast ein bißchen übertrieben vor von der Realität, den im Horoskop für das siebte Lebensjahr angekündigten Untergang des Großvaterreiches so überdeutlich in Szene zu setzen. War es wirklich notwendig, sehr geehrte Realität, das ganze Dorf zu überfluten ein paar Monate nach dem Tod des Großvaters?

Es war notwendig, antwortet die Realität, weil das Großvaterdorf mit dem Großvaterhaus und dem Großvaterthron darin am Ufer der Donau stand und dieses Ufer überflutet werden mußte, um aus Wasserkraft Strom zu gewinnen im 15 Kilometer flußabwärts erbauten Donaukraftwerk Aschach.

22° Wassermann

Heute, da er nach etlichen Umwegen beinahe ein Astrologe geworden ist, behandelt Herr Schnefl die Realität immer noch mit gebührendem Respekt, glaubt aber nicht mehr alles, was sie ihm so erzählt.

Selbstverständlich, sagt er zu seiner Katze, werden wir uns hüten, den Eindruck zu erwecken, die Realität nicht mehr ganz ernst zu nehmen, nur weil wir beinahe Astrologen sind. Das Ernstnehmen der Realität darf uns aber nicht den Blick auf die Wirklichkeit verstellen, von der die Diplomingenieure immer noch meinen, sie sei identisch mit ihr.

In der Realität müssen die Flüsse gestaut werden, um den Strombedarf der Menschen zu decken. In Wirklichkeit verhält es sich genau umgekehrt: Der Strombedarf der Menschen und mit ihm der Drang, die Flüsse zu stauen, entsteht in Wirklichkeit erst, sobald das Fließende als solches nicht mehr zugelassen ist in der Welt. Das Fließende als solches ist in Wirklichkeit identisch mit dem Schöpferischen. Das Schöpferische ist identisch mit dem Himmel in uns.

Der gestaute Fluß ist demnach reales Spiegelbild des nicht mehr zugelassenen Himmels, zwangsneurotischer Nachvollzug der Verhinderung des Schöpferischen, Denkmal für die Entmannung des Uranos im Auftrag der Gaia. Indem ich schreibe, sehr geehrte Realität, bringe ich den Fluß wieder zum Fließen. Wären wir Schleusenwärter in Aschach an der Donau, mein Kätzchen, hätte die Staumauer jetzt womöglich einen Riß.

23° Wassermann

Auf den ersten Blick könnte, wer in Herrn Schnefls Horoskop hineinschaut, tatsächlich den Eindruck gewinnen, an diesem wäre ein Schleusenwärter verlorengegangen. Schlimmer noch: er selber wäre die Schleuse. Oder, um es etwas präziser auszudrücken: Der Zeitpunkt, auf den Herrn Schnefls Geburtshoroskop erstellt ist, erscheint ihm selber im nachhinein nicht ungeeignet als Zeitpunkt für die Inbetriebnahme einer Schleuse.

Ein komplettes Donaukraftwerk, meint er, hätte man besser nicht in Betrieb genommen an jenem 1. November, um 9 Uhr 42: weil dieses zwar eine solide Staumauer, zuverlässig funktionierende Schleusen, aber zu schwache und überdies störungsanfällige Turbinen gehabt hätte.

Einerseits hätten die Betreiber des Donaukraftwerks Schnefl jederzeit mit Kurzschlüssen zu rechnen gehabt. Andererseits hätten sie ihrer Kundschaft erklären müssen, weshalb Schneflstrom um so viel teurer ist als Strom aus herkömmlichen Donaukraftwerken. Der außergewöhnlich hohe Schneflstrompreis, hätten sie nicht umhin können einzugestehen, ergibt sich, weil ein Großteil der Energie aus den schwächlichen Turbinen nutzlos verpufft, ehe er überhaupt ins Netz gelangt, geschweige denn in eure Staubsauger, Küchenherde, elektrischen Zahnbürsten etc.

24° Wassermann

Das Schicksal, sagt der Meisterastrologe Döbereiner, übernimmt der Knabe von seiner Mutter, das Milieu wird ihm vom Vater vererbt. Bei Mädchen ist es umgekehrt. Für Herrn Schnefl bedeutet das, wenn es wahr ist: Viel Schicksal und wenig Milieu, weil das mütterliche Erbe, dem Geburtshoroskop nach zu schließen, in seinem Fall weitaus mehr Gewicht hat als das väterliche.

Im nachhinein, sagt er sich heute, wenn er abends mit der Katze vor dem Fernseher sitzt, wundert man sich, nicht als Kind schon zusammengebrochen zu sein unter der Last des Rucksacks, den einem die Mutter umgehängt hat im Augenblick der Geburt. Im nachhinein scheint es auch paradox, den Großvater mütterlicherseits aus dem Rucksack herausschauen zu sehen, von dem man nicht einmal weiß, ob er noch gelebt hat, als man selber auf die Welt kam.

Alles was man weiß, ist, daß dieser Großvater an organisch bedingter Geistesschwäche zugrunde ging. Ob es sich dabei um Morbus Alzheimer gehandelt hat, weiß man nicht, vermutet es aber, zumal die Hauptlast des großväterlichen Erbes im Horoskop des Enkels durch jene Konstellation gekennzeichnet ist, die sich in der Praxis des Meisterastrologen D. als Grundkonstellation für Morbus Alzheimer herausgestellt hat.

Der Morbus Alzheimer sitzt im Rucksack hinten beim Großvater, nein, er ist identisch mit diesem: ohne Gesicht, ohne Gestalt, nicht vorhanden in der Erinnerung dessen, der sich gleichzeitig bewußt ist, ihn als Schicksal mit sich herumzutragen.

25° Wassermann

Einen Beruf im engeren Sinn dürfte der Morbus-Alzheimer-Großvater weder erlernt noch ausgeübt haben. Als Straßenkehrer und dilettierender Friseur habe er sie und ihre Geschwister über die Runden gebracht, war die einzige Auskunft, die Herr Schnefl von seiner Mutter, Morbus Alzheimers jüngster Tochter bekommen konnte. Was hätte sie auch erzählen sollen über einen Vater, der sich selber und alles um sich herum vergißt, der Ehefrau und den Kindern durch seine körperliche Anwesenheit aber bis zum letzten Augenblick auf die Nerven geht.

Ein entscheidender Unterschied zwischen Großvater und Enkel ist also, soweit dieser es aus den spärlichen Informationen über jenen zu rekonstruieren vermag: Der Großvater brachte seine Familie irgendwie über die Runden. Herr Schnefl ist dazu seit längerem nicht imstande, schreibt dafür aber ein Buch nach dem anderen und wird durch dieses Schreiben, falls er das Notwendige schreibt und den der Notwendigkeit gemäßen Ton trifft, vor dem Ausbruch der Alzheimerschen Krankheit verschont bleiben. Oder müßte davor verschont bleiben, wenn wahr ist, daß es sich beim Morbus Alzheimer im Grunde genommen um nichts anderes als die Rache der nicht gedachten Gedanken handelt, wie der Meisterastrologe Döbereiner sagt.

26° Wassermann

Seit ich weiß, sagt Herr Schnefl zu seiner Katze, daß mir auf Schritt und Tritt mein schwachsinniger Großvater über die Schulter schaut, wundert mich nichts mehr. Ich meine, es wundert mich nicht mehr, daß so wenig aus mir geworden ist.

Wie soll etwas aus einem werden, dem jedesmal, wenn er irgendwo Fuß zu fassen beginnt, Opa Alzheimer mit seinem Besenstil auf den Schädel klopft oder auch bloß ein bißchen damit herumfuchtelt hinter seinem Rücken: Es reicht ja der bedrohlich über dem Haupt sich erhebende Schatten des Besenstils, um sich immer wieder aufscheuchen und wegtreiben zu lassen von den Futtertrögen, noch ehe man sich wirklich daran niedergelassen hat.

Kaum hatte man sich, beispielsweise, überreden lassen, einen einigermaßen gut bezahlten Redakteursposten anzunehmen in der Hauptstadt, kam dieser Wink mit dem Schatten des Besenstils, ließ einen alles hinschmeißen, aufs Land ziehen und hoffen, in der guten Luft, wenn man nur arm und anständig bliebe, im Lauf der Jahre ganz automatisch zum Dichter heranzureifen.

Jedenfalls wird man es so oder so ähnlich erklären, wenn das nächste Mal einer fragt, wie man damals so blöd sein konnte, alles hinzuschmeißen und aufs Land zu ziehen. Trifft man den angemessenen Ton, wird der Fragende gewiß geneigt sein, einem den an der Landluft gereiften Dichter zu glauben.

27° Wassermann

Wo das Begreifen anfängt, fällt dir das Romantische wie ein morscher Schuppen über dem Kopf zusammen. Das ist ein bißchen gewagt ausgedrückt, mein Kätzchen. Aber eine gute Leserin und ein gutwilliger Leser halten es aus: Erstens, weil ihnen im Lauf der Zeit schon schrägere Bilder vor Augen gekommen sind. Zweitens, weil sie davon ausgehen können, bei Herrn Schnefl und seiner Katze nicht zum Narren gehalten zu werden, nur weil er selber diese offenbar angeborene Tendenz hat, sich zum Narren zu machen.

Der Anfang des Begreifens, auf den wir eigentlich hinaus wollten, liegt in der unlängst zitierten Feststellung des Meisterastrologen Döbereiner, der Knabe übernehme das Schicksal von der Mutter, das Milieu hingegen werde ihm vom Vater vererbt.

In Bezug auf Herrn Schnefls Biographie könnte das nachträglich erklären, woher der Haß und das Mißtrauen zwischen der väterlichen Familie und der Mutter gekommen ist: Wenn unser Sohn die Tochter des schwachsinnigen Straßenkehrers zur Frau nimmt, müssen die Eltern des Vaters sich gesagt haben, erbt der Sohn des Sohnes, unser Enkel und rechtmäßiger Thronfolger ein Straßenkehrertochterschicksal zum Fleischhauermeistermilieu dazu. Das läßt nichts Gutes erhoffen für die Zukunft der bürgerlichen Existenz, die wir uns im Schweiße des Angesichts und unter Einsatz aller verfügbaren Ellbogen geschaffen haben.

Gesagt, um genau zu sein, müssen die Großeltern sich das nicht haben. Aber gespürt haben werden sie es. Und ihre Schwiegertochter ebenso.

28° Wassermann

In Wirklichkeit ist die Geschichte vom verwöhnten Fleischhauermeistersohn, der des schwachsinnigen Straßenkehrers jüngste Tochter freit, nichts anderes als eine wenig originelle, weil jeden Tag sich tausendfach wiederholende Variante der homerischen Legende vom trojanischen Pferd.

Im Falle des Hauses Schnefl beginnt die Geschichte damit, daß der Fleischhauermeister S. den Gott seiner Vorfahren betrügt, indem er sich den neuen Göttern des Nationalsozialismus unterwirft, seinen jüngeren Sohn, gezeugt im September 1939, Horst Waldemar nennt und als einfacher Soldat in die Welt hinauszieht, um diese für die nächsten tausend Jahre dem Geist der oberösterreichischen Provinz mit allen zur Verfügung stehenden militärischen Mitteln zu unterwerfen.

Knapp zehn Jahre nach Ablauf der tausend Jahre verfällt das Schicksal auf die List, den älteren Sohn des Fleischhauermeisters die Straßenkehrertochter ins Haus holen zu lassen. Im Bauch der Straßenkehrertochter wächst ein Enkel heran, an dessen Horoskop der Untergang des Fleischhauermeisterreiches im vorhinein ablesbar wäre, verfügte man über astrologische Kenntnisse. Da einem diese Kenntnisse fehlen, wundert man sich zwar über den von Anfang an kränkelnden Stammhalter, denkt aber, zumal die Geschäfte so gut gehen wie nie zuvor, an nichts Böses dabei.

29° Wassermann

In Wirklichkeit, hätte der alte Homer gesagt, ist mein junger Freund Schnefl nur auf der Welt, weil sein Großvater väterlicherseits den Gott der Vorfahren betrogen und einen falschen Preußen aus der oberösterreichischen Provinz an dessen Stelle gesetzt hat. Wäre der Großvater standhaft oder auch nur schlau genug gewesen, sich auf einen derartigen Handel nicht einzulassen, hätte das Schicksal keine Veranlassung gehabt, seinem Sohn unter Vorspiegelung romantischer Verliebtheit die Tochter des schwachsinnigen Straßenkehrers zuzuführen. Damit wäre unserem Herrn Schnefl, diesem trojanischen Fohlen, wie Homer vielleicht sagen würde, die Grundlage seiner Existenz entzogen gewesen.

Verloren und vertan wäre diese Existenz, würde das trojanische Fohlen aus romantischen oder irgendwelchen anderen verlogenen Motiven heraus zögern, die Verbrechen der Trojaner beim Namen zu nennen. Viel Zeit dazu bleibt ihm nicht mehr, wenn man bedenkt, daß die Sonne heute nacht via 30° Wassermann die

0° Fische

erreicht, also den Anfang vom Ende, das wiederum ein Anfang sein wird. Wenn auch ein für die Leserin, den Leser und ihren

Herrn Schnefl nicht mehr in Betracht kommender, weil außerhalb dieses Buches liegender Anfang.

Würde man die Tierkreiszeichen des Buches mal sieben nehmen, wie man Hundejahre mal sieben zu nehmen pflegt und sieben Menschenjahre einem Hundejahr gleichsetzt, wäre das Buch heute 77 Jahre alt, könnte sich gelassen zurücklehnen und sagen: Was ab morgen kommt, Leserin, ist nur noch Draufgabe. Erkenntnisse, die man bis 77 nicht gehabt hat, helfen einem mit 78 vermutlich auch nicht mehr weiter. Aber wenn Sie möchten, liefern mein Herr Schnefl und ich Ihnen in den verbleibenden sieben Jahren ein paar Geschichten, die in den vergangenen 77 liegen geblieben sind oder erzählen weiter, was andere uns zutragen, ehe der Tierkreis sich schließt. Folgen Sie uns also auf

1° Fische

und lesen Sie hier *Die wahre Geschichte von den Tränen, die der verstorbene Onkel Horst bei seiner Einäscherung geweint hat*

Zur Hölle nennt sich der Gasthof knapp außerhalb der Mauern des Kommunalfriedhofs der Stadt Salzburg. Nicht jeder, der sündenfrei durchs Leben ging, wird das originell finden, einerseits. Obwohl es andererseits schon etwas hat, nach dem Ende der Trauerfeier aus der sogenannten Feuerhalle direkt in den Gasthof *Zur Hölle* zu gehen, dort wahlweise Wiener Schnitzel, Gekochtes Rindfleisch oder Gemischte Gemüseplatte zu essen, noch einmal anzustoßen auf das Wohl des Verstorbenen und auf Kosten der Hinterbliebenen.

Mancher, der bedrückten Herzens diesen Gasthof betrat, wird ihn vielleicht nicht gerade guter Dinge, aber doch besserer Stimmung wieder verlassen haben im Lauf der Jahrzehnte.

Auch Herr und Frau Schnefl sind beinahe im Gehen begriffen am vorvergangenen Montag, als die Lebensgefährtin des verstorbenen Onkels sich schnell noch auf ein paar Worte an ihren Tisch setzt: Fünf Tropfen, sagt sie, seien ihr vorhin auf den Kopf gefallen. Vollkommen unerwartet, ganz und gar unvorbereitet hätten sie diese fünf Tropfen getroffen inmitten der Ansprache des Pfarrers, bei geschlossenem Hallendach, an diesem sonnigen Februarvormittag. Fünf Tropfen, sagt sie, sind durch mein dünnes Haar hindurch – ihr kennt ja mein dünnes Haar – sind mir den Nacken hinunter geronnen: Das war Er, ich schwöre es euch. Das war Er, der geweint hat. Das waren Seine Tränen. Ich weiß es. Das darf man gar niemandem erzählen, aber ich weiß es.

2° FISCHE

Die wahre Geschichte vom Traum der vergangenen Nacht

beginnt in einer Straße, die den Träumenden an die Rudolfstraße in seiner Vaterstadt Linz erinnert und endet in den Dünen hinter London/Paris/New York/Moskau.

In der Straße, die ihn an die Rudolfstraße erinnert, bemerkt der Träumende plötzlich, daß er viel zu schnell unterwegs ist in seinem nicht ganz vollständig zusammengebauten Auto. Gleich wird die Polizei auftauchen, denkt er, und indem er es denkt, steht die Polizei auch schon da. Das Auto wird langsamer und verwandelt sich in ein Fahrrad.

Der Träumende steigt ab, geht mit einer der Polizistinnen durch eine Seitengasse der rudolfstraßenähnlichen Straße in die Dünen hinaus. Passend zur veränderten Umgebung trägt die Polizistin jetzt einen Bikini. Sie legt sich auf den Rücken, stemmt beide Hände in den Sand, fordert den Träumenden auf, sich umzudrehen und sie recht fest an den Knöcheln zu fassen, wie es der Brauch oder irgendeine dem Träumenden unbekannte polizeiliche Vorschrift erfordert.

Er mit seinen und ihren Füßen voran, sie auf ihren Händen hinterdrein durchqueren der Träumende und die Polizistin nun nacheinander oder eigentlich gleichzeitig sämtliche unterirdischen Einkaufspassagen von London, Paris, New York und Moskau.

Dem Augenschein nach, denkt der Träumende im Aufwachen, dürfte es sich bloß um eine einzige Einkaufspassage gehandelt haben, die London/Paris/New York/Moskau hieß und direkt unter den Dünen gelegen sein muß.

Im Traum selber war ihm nur aufgefallen, daß Moskau jetzt offenbar auch dazugehört. Und ob es nicht besser gewesen wäre, schneller zu gehen, hatte er sich zum Schluß, nun ganz allein in den Dünen hinter London/Paris/ New York/Moskau stehend, noch gefragt. Trotz oder gerade wegen der Anordnung der Polizistin, nur ja nicht zu schnell zu gehen.

3° Fische

Die wahre Geschichte vom Mann mit den zwei Unterschriften

kennt nicht einmal Frau Schnefl, die den Mann selber gesehen hat in der Autobahnraststätte bei Schreibersdorf, deren stellvertretende Geschäftsführerin sie seit Jahren ist. Zwei Mal sei der Mann mit dem ukrainischen Kleinbus bei ihr in der Raststätte erschienen: das erste Mal am Donnerstag voriger, das zweite Mal am Montag dieser Woche. Beide Male habe er mit dem einzigen Fremdwort, das er zu beherrschen schien, ein Zimmer für die Nacht verlangt. Beide Male habe eine Kollegin die cyrillischen Buchstaben seines Namens aus dem Reisepaß ab und in die Gästekartei hineingemalt. Und sicherlich wäre unter normalen Umständen niemandem aufgefallen, daß der am letzten Donnerstag und der an diesem Montag abgemalte Name zwei völlig unterschiedliche Schriftbilder ergeben.

Aufmerksam wird man erst, als der ukrainische Kleinbus am Dienstag abend immer noch oder schon wieder auf dem Parkplatz steht, der Mann mit den zwei Unterschriften sich aber nicht mehr in der Raststätte blicken läßt. Den ganzen Mittwoch und den ganzen Donnerstag bleibt der Bus stehen und der Mann bleibt verschwunden. Freitag früh steht der Bus dann auf einmal nicht mehr da. Und Freitag mittag hört Frau Schnefl im Verkehrsfunk die Meldung von einem bei Schladming in der Obersteiermark in die Enns gestürzten ukrainischen Kleinbus. Der Fahrer habe schwer verletzt überlebt. *Der* Fahrer oder ein anderer, sie weiß es nicht.

4° Fische

Die wahre Geschichte von der Wurst, der meine Tante ins Auge geschaut hat

kann so wahr sein, wie sie will und bleibt trotzdem, was sie ist: die tausendfach erzählte Anekdote von der Hausfrau, die die Wurst anschneidet, und wie sie hinschaut – es trifft sie fast der Schlag – schaut die Wurst zurück mit einem großen Kuhauge, das unzerkleinert in die Wurstmasse geraten sein muß.

Herr Schnefl hat die Anekdote als wahre Geschichte vor Jahrzehnten von seiner Mutter, der jüngsten Tochter des Straßenkehrers gehört. Der Mutter wiederum war sie damals von ihrer älteren Schwester, der mittleren Tochter des Straßenkehrers, als selbst oder so gut wie selbst erlebte Horrorgeschichte erzählt worden.

Mehr als eine Anekdote ist die Geschichte von der Augenwurst für Herrn Schnefl, weil sie sich in seiner Erinnerung verknüpft mit dem Tag, an dem die Mutter eines Mitschülers der Schneflmutter ausrichten ließ, die unlängst in der Schneflschen Fleischhauerei erworbene Wurst habe einen deutlichen Grünstich gehabt und aus diesem Grund weggeworfen werden müssen: Wir, die Stammkundschaft, hatte das auf gut deutsch geheißen, verlassen das sinkende Schiff. Wir haben unter den hundert Würsten aus ein und derselben Wurstmasse die eine ungenießbare erwischt. Jetzt wissen wir wenigstens, warum wir in diesem Laden, von dem gesagt wird, er laufe nicht mehr besonders gut nach dem Ableben des alten Herrn Schnefl, so und so nicht mehr einkaufen wollten.

Ein paar Monate danach war die Schneflsche Fleischhauerei tatsächlich zugesperrt. Und nach demselben Muster lief es später mit der Fleischhauerei im Nachbardorf, der von der Tante die Treue aufgekündigt worden war, nachdem sie selber oder eine ihr persönlich bekannte Dorfbewohnerin der Wurst ins Auge geschaut hatte.

5° Fische

Die wahre Geschichte von den zwölf Heringen, die sich im Heringssalat aufgelöst haben

hat den Vorzug, ganz frisch zu sein: Ein Rest des Heringssalates steht, während man darüber schreibt, noch in der Küche nebenan im Kühlschrank. Ein Rest des angeblichen Heringssalates, wie es eigentlich heißen müßte, weil von zwölf oder dreizehn marinierten Heringen, die Frau Schnefl gestern vormittag in Streifen geschnitten und unter die übrigen Salatzutaten gemischt hatte, am Nachmittag, als man zu essen begann, kein einziges, kein auch noch so winziges Stückchen mehr zu finden war; so sehr man herumstocherte zwischen den Erbsen und den Zwiebelringen, den Apfel-, Erdapfel-, Gurkerl- und Karottenwürfeln.

Außer, daß sie wahr ist und von Frau Schnefl jederzeit vor der Leserin und dem Leser bezeugt werden kann, ist nichts an dieser Heringssalatgeschichte: Keinerlei Verknüpfung mit anderen Vorfällen, die ihr als Anekdote Bedeutung verleihen würden über das bloß Anekdotische hinaus. In Erinnerung bleiben wird sie einem möglicherweise als selbst erlebtes Negativ zur Anekdote von der Augenwurst. Und auch das nur, weil die Heringe sich ausgerechnet an dem Tag aufgelöst haben, an dem man im Büro nebenan dieser Augenwurstanekdote gedachte.

6° Fische

Die wahre Geschichte vom guten Geist der alten Frau Lex,

dessen Name einem leider entfallen ist in den 29 Jahren, seit man der alten Frau Lex zum ersten und zum letzten Mal gegenübersaß in ihrem Reihenhaus am Stadtrand von Linz.

Es war ein kurzer Name, daran erinnert man sich. Ein Name mit drei oder vier Buchstaben, auf I oder auf O endend. Sami vielleicht, oder Bobo. Ein Name von der Sorte, wie andere alte Damen sie ihren Kanarienvögeln geben: Einerseits passend zur seltsamen Lage, in die man sich durch Betreten des Hauses der alten Frau Lex hatte drängen lassen. Andererseits lächerlich unangemessen für einen guten Geist, von dem es hieß, er sei imstande, die Zukunft der hier Eintretenden vorherzusehen.

Es hänge alles davon ab, hat Sami oder Bobo dem achtzehnjährigen kaufmännischen Angestellten Schnefl über die ungefähr achtzigjährige Frau Lex damals ausrichten lassen, ob er sich in späteren Jahren zu Gott bekehre oder nicht. Bekehrt er sich zu Gott, wird er die große Krise mit Fünfzig überleben, wird recht alt werden und im Alter erfolgreich sein.

Ob der Geist die Wahrheit gesagt oder die Alte gesponnen hat: wie soll man das heute, mit 47, beurteilen.

7° FISCHE

Die wahre Geschichte vom Du- und vom Sie-Sagen

Du mußt doch nicht Sie sagen, sagt der alte Herr K. aus Obermühl an der Donau zu unserem Herrn Schnefl, als man einander nach ungefähr dreißig Jahren wieder einmal begegnet aus Anlaß der Verabschiedung des toten Onkels Horst.

Als Zehnjähriger hat Herr Schnefl bei Herrn K., der damals an die vierzig gewesen sein muß, die Anfangsgründe des Trompetenspielens erlernt, über die er, falls kein Wunder geschieht, bis an das Ende seiner Tage nicht hinauskommen wird. Als Neunzehn- oder Zwanzigjähriger hätte der junge S. mit dem nicht mehr jungen, aber auch noch nicht alten K. vermutlich Bruderschaft getrunken im Dorfwirtshaus, wäre er nicht als Achtzehnjähriger schon aus Obermühl fortgezogen.

Heute ersetzt die seit damals vergangene Zeit das Bruderschaft trinken. Der graue Bart, die vielen vom Kopf des nicht mehr jungen, aber auch noch nicht alten Herrn Schnefl verschwundenen Haare lassen dem alt gewordenen Herrn K. das Duzen bei gleichzeitigem Gesieztwerden offensichtlich als unangemessen erscheinen.

8° Fische

Die wahre Geschichte vom Feuerwehrmann, der beim Hochwassereinsatz verbrannte

begab sich in den frühen Morgenstunden des 23. Juli 1955 in der Nähe von Ohlsdorf in Oberösterreich und hätte beinahe einen Schatten auf das Leben des damals noch ungeborenen Herrn Schnefl geworfen. Daß sie es nicht getan hat, verdankt er einer gütigen Fügung des Schicksals oder einem glücklichen Zufall. Je nachdem, wie man es nennen möchte, wenn der Pfarrer bei der Taufe den zweiten Vornamen vergißt: Wenn er sagt, er taufe einen auf den Namen Franz, anstatt, wie es eigentlich von ihm gefordert war, auf den Doppelnamen Franz Egon, zum Andenken an den vor gut drei Monaten, in den frühen Morgenstuden des 23. Juli beim Hochwassereinsatz verbrannten Cousin des Vaters, einen gewissen Egon Schnefl.

9° Fische

Nachbemerkung zur wahren Geschichte vom Feuerwehrmann, der beim Hochwassereinsatz verbrannte, aus astrologischer Sicht

Einerseits paßt es aus astrologischer Sicht recht gut zum Beginn eines Lebens, dessen markanteste Konstellation identisch ist mit der Grundkonstellation für Morbus Alzheimer, wenn der Pfarrer bei der Taufe den zweiten Vornamen vergißt. Andererseits paßt diese Vergeßlichkeit des Pfarrers auch zur Geschichte von den freiwilligen Feuerwehrmännern, die sterben müssen, weil der Fahrer des Feuerwehrautos in der Hektik des Hochwassereinsatzes nicht oder zu spät bemerkt, daß die Brücke über den wasserlosen Bach in der vorhergegangenen Nacht eingestürzt ist.

Das Feuerwehrauto, heißt es, sei auf die Straße unter der eingestürzten Brücke gefallen und sofort in Flammen aufgegangen. Der verbrannte Egon Schnefl habe von seinem Vater identifiziert werden können dank eines ungewöhnlichen Koppelschlosses am Uniformgürtel. Die Reste der Feuerwehrmänner mit den herkömmlichen Koppelschlössern seien auch für deren engste Angehörige nicht mehr voneinander zu unterscheiden gewesen.

Mit dem Namen dieses Unglückseligen wäre unserem Herrn Schnefl, aus astrologischer Sicht, unweigerlich etwas von dessen Schicksal aufgehalst worden: Hieße er Egon nach Egon, dem Verbrannten, müßten sich im Schneflhoroskop Konstellationen finden lassen, die auf eine Gefährdung des Lebens durch Verbrennen hinweisen. Da dies nicht der Fall ist, wagen wir die Behauptung: Die Vergeßlichkeit des Pfarrers war nicht günstige Fügung oder glücklicher Zufall, sondern als günstige Fügung oder glücklicher Zufall getarnte Notwendigkeit.

10° Fische

Die Nachbemerkung zur Nachbemerkung zur wahren Geschichte vom Feuerwehrmann, der beim Hochwassereinsatz verbrannte

ist ein ungeschriebenes Buch, genauer gesagt: schon das zweite ungeschriebene Buch innerhalb weniger Tage, das sich bei Herrn Schnefl meldet.

Nicht unähnlich, diese ungeschriebenen Bücher, der jungen Frau, die neulich anrief, um mitzuteilen, man sei auserwählt, einen Erholungsaufenthalt in Tirol zu gewinnen. Zwei Tage später kam ein Brief ohne Absender mit der Behauptung, man habe unlängst an einem Telefonquiz teilgenommen und dabei den Hauptpreis, einen Erholungsaufenthalt in Tirol gewonnen. Einzulösen im Rahmen einer unverbindlichen Werbeveranstaltung am soundsovielten des Monats um soundsoviel Uhr im Gasthaus Wörterberger Hof.

Ich bin auserwählt, wird Herr Schnefl heute abend, wenn sie von der Arbeit heimkehrt, zu seiner Frau sagen, ein neues Buch zu schreiben, sobald die Sonne das Sternzeichen Fische verlassen hat. Es spielt am wasserlosen Bach in der Nähe von Ohlsdorf und liegt im Unbewußten so gut wie fertig vor.

Worauf seine Frau ihn wahrscheinlich daran erinnern wird, erst letzte Woche auserwählt gewesen zu sein, ein auf der Atlantikinsel Gomera spielendes Buch über den genuesischen Seefahrer Cristoforo Colombo und seinen Freund, den auf Gomera lebenden Urgroßneffen des deutschen Nervenarztes Alois Alzheimer zu schreiben.

11° Fische

Um weiteren Nachbemerkungen vorzubeugen, sagt Herr Schnefl zu seiner Katze, schlage ich vor, wir halten uns ab sofort wieder an die Gegenwart: Die Gegenwart einer getauften Maus an einem verregneten Vorfrühlingstag, wie man versucht ist zu schreiben, wenn man dich so vollständig durchnäßt vor der Haustür sitzen sieht.

Wir halten uns an die Gegenwart, das bedeutet: wir schreiben heute den zehnten Sonntag nach Weihnachten, gleichzeitig der siebtletzte vor dem Ostersonntag, der dann, sobald er Gegenwart ist, auch schon wieder der fünfte sein wird, nach dem wir beide als Romanfiguren aufgehört haben zu existieren.

12° Fische

Als Romanfigur hätte man mit dem Osterfest mehr angefangen, als Eier zu pecken und eine Flasche guten Rotweins aufzumachen nach siebenwöchigem Fasten. Vielleicht wäre man die fünf Kilometer zu Fuß nach Schreibersdorf hinunter und wieder zurück, um dem Pfarrer Loidl dort vorne am Volksaltar zuzusehen beim Umwandeln des Weines und Trinken des Erlöserblutes, beim Umwandeln des ungesäuerten Brotes und Austeilen des Erlöserleibes.

Außerhalb des Romans ist man Mitte der siebziger Jahre versuchsweise noch einmal in einen katholischen Gottesdienst hineingegangen, wurde gegen Schluß vom Pfarrer aufgefordert, dem Sitznachbarn die Hand zu reichen und sich mündlich mit ihm darüber auszutauschen, wann und aus welchem Grund man zum letzten Mal glücklich gewesen sei.

Als Romanfigur wäre man damals aufgestanden, hätte den Pfarrer einen trojanischen Psychotherapeuten geschimpft, herausgestiegen aus dem Bauch jenes aufgeblasenen Pferdes, dem eine vom Zeitgeist in die Enge getriebene Kirchenführung um 1968 herum Tür und Tor geöffnet hatte.

13° Fische

Glauben Sie, hätte man den Sitznachbarn als Romanfigur gefragt, nachdem der Pfarrer abgekanzelt gewesen wäre... Glauben Sie vielleicht, ich trage diesen Rucksack freiwillig mit mir herum? Es ist der Rucksack, den meine Mutter, die jüngste Tochter des schwachsinnigen Straßenkehrers und seiner frommen Frau mir umgehängt hat gleich bei der Geburt. Eine ganze Nacht und einen halben Vormittag lang, wird die Mutter mir später, wenn wir gemeinsam schon über hundert Jahre alt sein werden, erzählen, hätte ich mich gegen das Geborenwerden gewehrt, hätte sie leiden und den Arzt warten lassen im Krankenhaus der Barmherzigen Schwestern zu Linz. Und unter der Tatsache, dem Geborenwerden damals nicht entkommen zu sein, glauben Sie mir, leide ich bis heute.

Falls Sie mir nicht glauben, überzeugen Sie sich bitte selber, Herr Nachbar. Wenn Sie schon meine Hand halten, befühlen und beschnuppern Sie doch gleich auch meinen Rucksack! Beachten Sie vor allem aber auch die Träne in meinem Knopfloch! Es ist die Träne der Niederlage, die ich vergossen habe beim Umgehängtbekommen des Rucksacks an jenem Vormittag um 9 Uhr 42 Mitteleuropäischer Zeit.

Worauf der Sitznachbar zuerst auf den Rucksack, dann auf die Träne im Knopfloch geschaut und darüber möglicherweise vergessen hätte, wann er selber zuletzt glücklich gewesen ist, ob er es überhaupt jemals war.

14° Fische

Aus dem Kindergarten, Herr Nachbar, hätte man noch hinzugefügt, bin ich schon schreiend davongerannt, als der Aufenthalt dort meinem Alter angemessen gewesen wäre und dem Wunsch der Eltern entsprochen hätte. Deshalb, ich bitte Sie, verlangen Sie keine Antwort auf die Frage, die der Onkel Pfarrer dort vorne mir durch Sie stellen läßt.

In Wirklichkeit bin ich hier, weil ein gewisser Sami oder Bobo mir ausrichten ließ, ich würde im Alter Erfolg haben, sollte ich mich beizeiten zu Gott bekehren. Würde ich das nicht tun, wäre mein Leben vertan.

15° Fische

Nicht, daß dieser Sami oder Bobo mir tatsächlich angst macht vor einer Hölle, an die ich auf keinen Fall glauben will oder Hoffnung einflößt auf einen Erfolg, der sich durch sein Zuspätkommen ja doch nur lustig machen würde über den hinfälligen Alten, der man wäre, wenn er endlich da ist.

Aber eines Tages, Herr Nachbar, gehe ich dem Sami oder Bobo zuliebe vielleicht noch ein letztes Mal in einen katholischen Gottesdienst hinein. Gehe die zehn Kilometer von Wörterberg nach Schreibersdorf und zurück, um dem Pfarrer Loidl beim Umwandeln, Trinken und Austeilen von Wein und Brot zuzuschauen.

Es wird ein Ostersonntag sein. Und er wird, wenn Sie sich den Roman, in den wir hier offenbar geraten sind, als Festland denken und alle Zeit der Welt um den Roman herum als Meer, knapp außerhalb des Festlandes liegen. Also nicht zu vergleichen mit der realen, drei oder viertausend Kilometer westlich Südamerikas im Pazifik gelegenen Osterinsel. Eher schon mit einer dieser atlantischen Inseln unweit der Küste Nordafrikas: Gomera zum Beispiel, wo mein alter Freund Alzheimer jeden Tag ein paar Absätze in der Bibel liest, um zu wissen, woran er nicht glaubt und warum nicht.

16° Fische

Für das Wunder der Umwandlung von Wein in Erlöserblut, von ungesäuertem Brot in Erlöserleib, hätte der Sitznachbar geantwortet, wäre es gewiß nicht zu viel verlangt, die dreihundert Kilometer von Linz nach Schreibersdorf und zurück zu Fuß zu gehen. Aber das werden Sie heute, da Sie im Leben außerhalb des Romans, wo sie eigentlich hingehören, immer einen oder zwei Schritte danebenstehen, überhaupt nicht und auch später nur ungern begreifen.

Worauf Herr Schnefl sich bemüßigt gefühlt hätte, die Romanexistenz gegenüber dem Leben außerhalb des Romans in Schutz zu nehmen mit dem Argument, sie allein ermögliche es, aus einem Dummdasitzen in der Kirchenbank etwas zu machen, das der Umwandlung von Wein in Erlöserblut zwar nicht zu vergleichen sei, auf seine Art aber dennoch ans Mysteriöse streife.

Dem Dummdasitzen nicht entkommen zu können und gleichzeitig eine über das Dummdasitzen sich erhebende Romanfigur zu sein, tröstet den Dummdasitzenden auf ähnliche Weise, wie es seine außerhalb des Romans existierende Großmutter, die Ehefrau des schwachsinnigen Straßenkehrers getröstet haben muß, die Kügelchen ihres Rosenkranzes durch die Finger gleiten zu lassen und sich gleichzeitig an ihnen festzuhalten.

17° Fische

Vor zwölf oder dreizehn Jahren, als Herr Schnefl noch davon ausging, seine täglichen Schreibexerzitien wären ein Fortschritt im Vergleich zum täglichen Rosenkranz beten der Großmutter, verfiel er auf den Gedanken, einer der unzähligen Namen Gottes, die keiner auszusprechen wagt, weil sie so lächerlich klingen, könnte Hänschen Hilfreich sein, und schrieb:

HÄNSCHEN HILFREICH, der Haltbargott meiner Großmutter; ein Leben lang hat sie ihn durch die Gebetsmühle der Katholiken gedreht, den sogenannten Rosenkranz, ohne daß er weniger oder gar ranzig geworden wäre.

Du bist ein guter und äußerst haltbarer Gott, Hänschen, dachte die Großmutter. Ich bin sehr zufrieden mit dir. Man kann dich drehen und wenden wie man will: Du wirst nicht weniger. Du wirst nicht ranzig. Du rauchst nicht. Du trinkst nicht. Du machst dir nichts aus den Weibern, und bist gerade deshalb die Zuflucht, der Trost und die einzige Freude, die mir am Ende eines langen Lebens geblieben ist. Ich wünschte, auch du blicktest mit Wohlgefallen auf mich, deine gebetsmühlendrehende Dienerin, jetzt und in der Stunde meines Absterbens, Amen.

18° Fische

Heute, den sechstletzten Sonntag vor Ostern, der gleichzeitig der vorletzte Romansonntag ist, hat der Wind auf Südwest gedreht. Die blaue Winterpudelhaube auf dem Kopf des spazierengehenden Herrn Schnefl ist durch einen schwarzen Frühlingshut ersetzt worden, bei dem es sich in Wirklichkeit um den auf Schwarzer Frühlingshut umgetauften Schwarzen Herbsthut handelt (siehe auch 18°–20° Skorpion).

Der Wald, um das Dorf herumstehend, als wäre es eine Tag und Nacht von ihm zu bewachende, gegen alle umliegenden Dörfer, Talschaften und Weltgegenden abzuschirmende Einzigartigkeit, zeigt sich in der Abenddämmerung auf einmal mit Birkenzweigerl- und Palmkätzchenschleiern verhängt. Zarteste Palmkätzchenschleier hätte man fast geschrieben: Als käme die Zartheit im Wort selber nicht deutlich genug zum Ausdruck. Als hätte man, unter der Bedeckung seines Frühlingshutes irgendwelchen mit dem Wald in gar keinem Zusammenhang stehenden Gedanken nachhängend, nicht die längste Zeit gemeint, die Palmkätzchenschleier wären sich auflösende Rauchschwaden vom Abbrennen ungenutzter Feldränder oder im Herbst ungemäht gebliebener Waldwiesen.

19° Fische

Hinter dem Wald, in den umliegenden Tälern und auf den quer zur pannonischen Tiefebene stehenden Hügelzügen des ehemaligen Deutsch-Westungarn, fangen Herrn Schnefls Altersgenossen an, im Kreis zu gehen. Ein ganzes Jahr im Kreis gehen, hat ihm neulich einer erzählt, ohne daß er ihn ausdrücklich danach gefragt gehabt hätte, kostet auch nicht mehr als ein Schiurlaub. Wobei die Befriedigung, die das Im-Kreis-Gehen den Altersgenossen verschafft, mit dem Gehen selber wenig zu tun hat. Sehr viel dagegen, eigentlich fast alles mit dem Einlochen, also dem Hineinschlagen eines kleinen Balles in ein nicht viel größeres Loch im Boden aus möglichst großer Entfernung mit möglichst wenigen Schlägen.

Zwanzig bis fünfundzwanzig Jahre sind die meisten der Altersgenossen jetzt verheiratet, zwei von dreien mit ein und derselben Frau. Die Kinder, die sie oder ein anderer mit dieser Frau gezeugt haben, sind ihnen vor Jahren schon über den Kopf gewachsen. Und im Beruf erwehren sie sich, so gut es geht, der nachdrängenden, besser ausgebildeten Kinder ihrer Vorgänger, deren Stühle sie selber erst unlängst einnahmen.

Eine Geliebte, da brauchen sie sich nichts vorzumachen, käme noch teurer als ein Schiurlaub. Also gehen sie im Kreis und versuchen einzulochen. Wenn es gelingt, ist das weniger als ein Orgasmus, aber mehr als gar nichts. So viel mehr als gar nichts, läßt Herrn Schnefls Gewährsmann, der Bankangestellte H., durchklingen, daß man süchtig wird danach. Für ihn jedenfalls sei das Einlochen mittlerweile eine Sucht. Über neunzig Turniere habe er bestritten in relativ kurzer Zeit.

20° Fische

Quasi im Gegenzug zur Golfsucht habe er von einem Tag auf den anderen das Rauchen aufgegeben, erzählt Herrn Schnefls Gewährsmann. Wesentlich länger habe es gedauert, der Ehefrau im Gegenzug zum Bau des Eigenheims ihren Wunsch nach weiteren Kindern auszureden. Eigenheim plus drei Kinder, wie es der Ehefrau in ihrer jugendlichen Unbekümmertheit ursprünglich vorgeschwebt hätte, wäre nur mit Abstrichen bei der Ausbildung der Kinder und um den Preis verminderter Lebensqualität der Eltern zu haben gewesen.

Die Kosten/Nutzen-Rechnung wäre aus dem Gleichgewicht geraten, sagt der Gewährsmann nicht. Aber die Ehefrau, seit zwei Jahren selber vom Golfvirus angesteckt, sieht heute ein, wie recht er damals gehabt hat. Mit 36, sagt sie, habe der Wunsch nach einem zweiten Kind sich noch einmal heftig geregt in ihr. Mit 37 sei er praktisch über Nacht verschwunden gewesen und danach nie wieder aufgetaucht.

Als hätte das ungeborene Zweitkind der Ehefrau des Gewährsmannes ein ganzes Jahr lang ins Gewissen geredet, ihm um

Himmels Willen ins Leben zu helfen; auch auf die Gefahr hin, mit einer weniger guten Ausbildung vorlieb nehmen zu müssen. Als hätte es seine Überredungsversuche dann von einem Tag auf den anderen aufgegeben. So ähnlich wie der Gewährsmann, sein Nichtvater, ein paar Jahre später das Rauchen aufgab zugunsten der anderen, besser beleumundeten Sucht.

21° Fische

Schön langsam müssen wir aufpassen, mein Kätzchen, uns nicht zu weit auf die metaphysischen Äste hinauszulassen. Heute mag es noch angehen, Ungeborene auf unentschlossene Gebärwillige einreden zu lassen. Aber übermorgen in einer Woche, wenn wir aufgehört haben werden, Romanfiguren zu sein, bedauern wir es möglicherweise.

Du lieber Gott, wir waren damals doch bloß Romanfiguren, werde ich sagen, falls jemand fragt, ob ich tatsächlich glaube, was auf 20° Fische geschrieben steht. Meine Katze war auch als Romanfigur niemals mehr als eine getigerte mitteleuropäische Hauskatze. Und was mich persönlich betrifft, gebe ich gerne zu, keine Ahnung zu haben, wie die Ungeborenen es anstellen, sich ohne Mund und Stimme bei den Geborenen Gehör zu verschaffen.

Als Romanfigur hätte ich in das eigene oder in fremde Horoskope hineingeschaut, um deren rhythmische Auslösungen bis weit in die Zeit des Ungeborenseins zurück zu verfolgen. Oder ich hätte dem Computer Befehl erteilt, mit unmenschlicher Schnelligkeit auszurechnen, wie die Sterne an meinem 200. Geburtstag stehen, auch wenn ich vernünftigerweise davon ausgegangen wäre, diesen 200. Geburtstag nicht in der Form zu erleben wie, sagen wir, den 47.

Außerhalb des Romans könnte ich alles das auch. Unterlasse es aber, weil mir die Phantasie fehlt, mir vorzustellen, wie an Zeit und Ort gebundene astrologische Konstellationen und ihre Rhythmen sich auswirken bei jemandem, der weder Zeit noch Ort zur Verfügung hat.

22° Fische

Zumindest in einem Punkt ist seine Katze unserem Herrn Schnefl näher als die Mehrheit der menschlichen Altersgenossen: Sie zahlt keine Pensionsversicherung. Sie wird der Gnade der fütternden Hand vollständig ausgeliefert sein spätestens ab dem Tag, an dem ihr der letzte Zahn ausfällt und auch die ängstlichsten unter den Mäusen auf einmal nicht mehr zittern bei ihrem Anblick. So wie unser Herr Schnefl der Gnade eines späten Erfolgs ausgeliefert sein wird, der vorläufig nur als Prophezeiung der alten Frau Lex im Namen eines gewissen Sami oder Bobo in jenem Winkel seines Gedächtnisses existiert, der für die schrulligen Erinnerungen zuständig ist.

23° Fische

Womöglich war der Schneflsche Ausstieg aus dem geregelten Arbeitsleben, sieben Jahre nach der Sami/Bobo-Episode so etwas wie der erste Schritt zum späten Erfolg: Das frühzeitige oder gerade noch rechtzeitige Herausgeschleudertwerden aus einer nach versicherungsmathematischen Kriterien berechneten Umlaufbahn um das Goldene Kalb des modernen Sozialstaats.

Wäre man in der Umlaufbahn geblieben, würde man heute im sportlichen Wettstreit mit gleichaltrigen Bankangestellten kleine bunte Plastikbälle in kleinen kreisrunden Löchern zu versenken versuchen und käme sich überhaupt nicht lächerlich vor dabei.

Dieser und vielleicht noch größerer Peinlichkeit entronnen zu sein, ist bereits ein Erfolg, mein Kätzchen. Wenn auch nicht der ganz große, der einen am Ende vor dem Verhungern bewahren wird.

24° Fische

Goldenes Kalb ist wahrscheinlich nicht der richtige Ausdruck für das Gravitationszentrum der Sehnsucht, das die Altersgenossen umkreisen. Es handelt sich, wenn schon, eher um ein virtuelles Kalb, nämlich um die Vorstellung vom Leben, das man genießen wird, sobald die letzte Runde gedreht ist, sobald der letzte Arbeitstag hinter einem liegt.

Aus der Pflicht genommen zu werden, wenn man die dazu notwendigen Versicherungsjahre beisammen hat, sei das Ziel des Lebens, meinen sie. Ahnen gleichzeitig aber, daß in Wirklichkeit schon alles zu spät war in dem Moment, in dem sie dem Trugschluß aufgesessen sind, das Leben zerfalle in eine Pflicht vom Tag der Einschulung bis zum Tag der Pensionierung und in eine Kür vom Tag der Pensionierung bis zur Stunde des Todes.

Ahnen es und sehnen sich gleichzeitig nach einem Lebensabend, dem dann kein Lebensvormittag, kein Lebensmittag und kein Lebensnachmittag vorausgegangen sein werden. Oder jedenfalls nichts, das sie auf die Idee brächte, von einem Lebensvormittag, einem Lebensmittag und einem Lebensnachmittag zu sprechen.

Einerseits, mein Kätzchen, ist es eine Dummheit der Altersgenossen, zu glauben, das Leben würde sich auf den Abend verschieben lassen, das Aus-Der-Pflicht-Genommen-Werden würde Erlösung bringen und das Ausgedinge nach der Erlösung wäre Ersatz für den Himmel, den sie beim Umkreisen des virtuellen Kalbes aus den Augen verloren haben. Andererseits hätten sie sonst gar keinen Glauben mehr.

25° Fische

Der aus den Augen verlorene Himmel wäre eine Überschrift, die wir über die letzten sechs bis siebenhundert Jahre Menschheitsgeschichte drüberschreiben könnten, mein Kätzchen, ohne diesem Gesindel im mindesten unrecht zu tun. Von der schwarzen Pest bis zur Geburt des Klonschafs Dolly eine erschreckend konsequente, sich mit dem Hinausschieben der Grenzen des Machbaren beschleunigende Abkehr von allem, was vor Anbruch dieser siebenhundert Jahre gezählt hat. Eine Kehrtwende, die heute, nach dem Gähnen des Abgrundes vor unseren Augen zu schließen, so gut wie vollendet ist: Vor uns der Abgrund, hinter uns der Himmel, der uns in den Abgrund stürzen wird, wenn er uns demnächst auf den Kopf fällt.

Wobei Himmel und Abgrund, wenn wir uns nicht sehr täuschen, die beiden Pole ein und desselben Prinzips sind. Ist dieses Prinzip verletzt, weil das Gesindel sich zum Schöpfer neuen Lebens aufschwingt (sich also anmaßt, selber Prinzip zu sein) muß es wiederhergestellt werden. Klarer Fall, sagt der Himmel zum Abgrund. Und der Abgrund gähnt dazu.

26° Fische

Fünftletzter Sonntag vor Ostern, gleichzeitig der letzte im Roman und nachzutragen bliebe noch: Das Schöpferspielen des Gesindels wird auch in Zukunft nicht wirklich funktionieren, weil mit der Klontechnik die sogenannten Telomere an den Enden der Chromosomen zwangsläufig mitgeklont werden (siehe 18° Wassermann). Der Klon, heißt das, ist immer genau so alt wie das Lebewesen, nach dessen Ebenbild er geschaffen wurde.
Ganz folgerichtig litt das Klonschaf Dolly ab dem dritten Lebensjahr, das in Wahrheit sein achtes oder neuntes gewesen ist, an Arthritis. Ebenso folgerichtig haben die Schafsschöpfer drei Jahre später alle charakteristischen Verfallserscheinungen eines zwölf- oder dreizehnjährigen Tieres, inklusive unheilbarer Lungenentzündung bei ihrem Geschöpf diagnostiziert und ihm die Gnade erwiesen, es einzuschläfern.
Den Zusammenhang mit dem Lebensfaden, den die Moirai jedem Sterblichen zuteilen, hat das Gesindel, so schlau es sonst ist, nicht begriffen: Daß ein Achtzigjähriger, wenn er sich demnächst klonen läßt, einen achtzigjährigen Säugling hervorbringen wird, ohne eigenes Schicksal, dafür aber mit allen Anzeichen des hohen Alters schon in frühester Jugend, wird ein nie dagewesener Lacherfolg sein für Klotho, die Spinnerin, Lachesis, die Zuteilerin und Atropos, die Unabwendbare. Zögert deshalb der Himmel?

27° Fische

Am Himmel als Phänomen, dessen Gestirne in wolkenlosen Nächten zum Schlafzimmerfenster hereinleuchten, ist morgen zum dreizehnten Mal Vollmond, seit auf 0° Widder begann, was auf 30° Fische demnächst enden wird. Letzter Aufruf für die Passagiere des Fluges nach Gomera, hört Herr Schnefl, als er irgendwann nach drei endlich eingeschlafen ist, eine Lautsprecherstimme sagen. Er beginnt zu rennen. Sieht, wie sich die Tür am Ende des langen Ganges schließt. Weiß, daß alles zu spät ist und ist gleichzeitig erleichtert zu hören, ein tropischer Wirbelsturm werde den Abflug um mehrere Stunden verzögern.

Mitten im Wirbelsturm sitzt Johann Alzheimer, der Held seines nächsten Romans auf einer Parkbank im Hafen der Inselhauptstadt San Sebastian de la Gomera und schaut aufs Meer hinaus, als erwarte er die Ankunft des Autors oder die Rückkehr derer, die sich anno 1492 an dieser Stelle eingeschifft haben, um den Seeweg nach Westindien zu finden.

28° Fische

Wie so viele Romanhelden war auch Johann Alzheimer ein fleißiger Tagebuchschreiber, bevor er aus dem wirklichen Leben ausgeschieden ist und durch Hinterlassen seiner Tagebuchaufzeichnungen zuhanden des befreundeten Dichters Schnefl erst die Voraussetzung geschaffen hat, in das falsche Leben des Romans einzugehen.

Wollte man den Weg vom wirklichen zum falschen Leben mit dem Vorgang des Schnapsbrennens vergleichen, was an sich gewagt, im Falle Johann Alzheimers aber nicht unpassend ist, wäre das wirkliche Leben das Fallobst, die Tagebuchaufzeichnungen die Maische und der Vorgang des Romanschreibens entspräche dem Herausdestillieren des Schnapses aus der Maische. Ein gutes Destillat ist wirklicher als das wirkliche Leben: daran glauben alle Romanleser, sonst wären sie keine.

Ob die im wirklicheren Leben gefangenen Romanhelden gleichfalls daran glauben, ist äußerst zweifelhaft. Nicht zu reden von einem Johann Alzheimer, der aus dem wirklichen Leben bereits ausgeschieden, in das wirklichere aber noch nicht eingegangen ist und wie er nun so traurig dasitzt im Hades des ungeschriebenen Romans, nicht einmal auf das Mitleid einer nicht vorhandenen Leserschaft zählen kann.

29° Fische

Wäre der Hades des ungeschriebenen Romans ein Berg aus neun Stufen, vergleichbar Dantes Purgatorio, müßten wir uns Johann Alzheimer gegenwärtig auf der untersten dieser neun Stufen vorstellen, wo die Helden nichts als Ideen eines eben erst am Horizont erscheinenden Autors sind: Auf einer Parkbank sitzend in gänzlich unbeschriebener Landschaft, benannt nach jener wuchtelförmigen Insel im Atlantik, auf der Columbus im Sommer 1492 drei Wochen lang jede Nacht mit der schönen Witwe des Statthalters der spanischen Krone geschlafen und seine aus Strauchdieben und erfahrenen Seemännern zusammengewürfelte Mannschaft sich ein letztes Mal Mut angetrunken hat vor dem Aufbruch ins Ungewisse.

Oh, daß sie niemals ankämen dort drüben in Guanahani, dem späteren San Salvador, darf Johann Alzheimer sich wünschen, weil die Helden der ungeschriebenen Romane sich grundsätzlich alles wünschen dürfen. Sogar, daß die Bomben einfach in der Luft stehen bleiben, darf er sich wünschen. Diese großen, mit noch mehr Sprengkraft ausgestatteten Bomben, konstruiert von den besten Köpfen unter den Nachfahren des Gesindels, das dem Abenteurer Cristoforo Colombo ab 1497 hinterhergesegelt ist.

Kaum, daß dieser Roman hier zu Ende sein wird und lange bevor der nächste beginnt, werden die Bomben des Gesindels, sofern sie nicht überraschenderweise in der Luft stehen bleiben, auf Bagdad fallen, das ehemalige Babylon, die Brutstätte jenes abendländischen Denkens und Dünkels, in dessen Namen es nun wieder einmal vernichtet werden soll.

Dieses Kunststück beherrschen wir nämlich, mein Kätzchen: Das Übel, das wir selber sind, an der Wurzel auszureißen, uns selber zu verwerfen wie eine mißratene Romanidee.

30° Fische

Habt dennoch Dank, Herr Leser
und Frau Leserin
die ihr in eurem kleinen Nachen
begierig zuzuhören, meinem Schiff
seid nachgefolgt, das singend weiterzieht.

(*Paradiso,* II. Gesang, Vers 1-3)

Franz Zalto

geboren 1955 in Linz, aufgewachsen im oberen Mühlviertel, untergetaucht im südlichen Burgenland, wo er heute noch lebt.

2001 erschien in der Bibliothek der Provinz:
WÄRE FRANZ EIN FLUSS, MÜSSTE ER PAUSENLOS ENTSPRINGEN,
Tatsachenberichte in Tagebuchform.

publication PN°1
Bibliothek der Provinz

Verlag für Literatur, Kunst und Musikalien